El Legado Van Alen

Una novela de los Sangre Azul

El Legado Van Alen

Una novela de los Sangre Azul

MELISSA DE LA CRUZ

TIKAL

Título original: *The Van Alen Legacy*

Diseño de cubierta: Elizabeth Clark

Dirección editorial: Isabel Ortiz
Traducción: Herminia Bevia Villalba
Corrección: Equipo Susaeta
Diseño de interiores y camisa: Elizabeth H. Clark
Foto de cubierta © Ali Smith
Maquetación: Miguel Ángel San Andrés

Tikal Ediciones
C/ Campezo, 13
28022, Madrid
Teléfono: 91 3009100
Fax: 91 3009110
www.susaeta.com
tikal@susaeta.com

Para mi madre, Ching de la Cruz,
que desde el principio dijo que Los Sangre Azul *sería «el libro».*

Y para Mike y Mattie, siempre.

Los asesinados acosan a sus asesinos.

—Emily Brontë, *Cumbres borrascosas*

Es como si llevase durmiendo un millar de años, tengo que abrir mis ojos a todo...

—Evanescence, «Bring Me to Life»

Una conversación

—Se dice que la hija de Allegra derrotará a los Sangre de Plata. Creo que Schuyler nos traerá la salvación que buscamos. Es casi tan poderosa como su madre. Y algún día lo será aún más.

—Schuyler Van Alen… ¿la mestiza? ¿Estás seguro de que es la elegida? —preguntó Charles.

Lawrence asintió.

—Porque supongo que no has olvidado que Allegra tiene dos hijas —dijo Charles, con un tono ligero, casi juguetón.

La voz del anciano Van Alen se volvió fría.

—Por supuesto que no, pero no es digno de ti bromear acerca de un tema tan serio como la primogénita de Allegra.

Charles desechó el reproche de Lawrence con un movimiento de la mano. No pretendía ofender a los muertos.

—Su sangre está en nuestras manos —suspiró Lawrence.

Empezaba a sentirse agotado por los acontecimientos del día, al igual que por los recuerdos del pasado.

—Aunque me pregunto…

—¿Sí?

—Como me he preguntado todos estos años, Charles, si alguien semejante podrá ser realmente destruido alguna vez.

NEW YORK TIMES
OBITUARIO

LAWRENCE VAN ALEN

Filántropo y filósofo ha fallecido
a los 105 años de edad.

Lawrence Winslow Van Alen, catedrático de Historia y Lingüística en la Universidad de Venecia, falleció anoche en su hogar de Riverside Drive en Manhattan. Había cumplido los 105 años. La defunción fue certificada por la doctora Patricia Hazard, su médico personal. La muerte ha sido atribuida a su avanzada edad. El profesor Van Alen era descendiente de William Henry Van Alen, conocido como el Comodoro, un icono norteamericano y uno de los hombres más prósperos de la época dorada, cuya riqueza provenía de los barcos de vapor y ferrocarriles, inversiones privadas y negocios en Bolsa. Los Van Alen fundaron la línea New York Central y lo que hoy es la Gran Estación Central. La sociedad filantrópica de la familia, la Fundación Van Alen, fue la piedra angular de la creación y el desarrollo del Metropolitan Museum of Art, la Metropolitan Opera, el New York City Ballet y el Banco de Sangre de la ciudad.

A Lawrence Van Alen le sobreviven su hija, Allegra Van Alen Chase, en coma desde 1992, y su nieta Schuyler Van Alen.

Uno

Schuyler

Había dispuesto de poco tiempo para el duelo. Desde su regreso a Nueva York tras el asesinato de Lawrence en Río (debidamente encubierto por el Comité mediante una esquela funeraria en el *Times*), Schuyler no había dejado de correr. Sin descanso. Sin respiro. Un año en constante movimiento, apenas un paso por delante de los Venators, los cazadores que la perseguían. Un vuelo a Buenos Aires y después otro a Dubai. Una noche en vela en un albergue juvenil de Ámsterdam, seguida de otra en un camastro de un auditorio en Brujas.

Había celebrado su dieciséis cumpleaños a bordo del Transiberiano con una taza de Nescafé aguado y unas harinosas pastas de té rusas. De algún modo, su mejor amigo, Oliver Hazard-Perry, había encontrado una vela para uno de los *suharkies*. Se tomaba muy en serio su trabajo como Conducto humano. Sólo gracias a Oliver habían conseguido estirar tanto el dinero. El Cónclave había congelado su acceso a las sustanciosas cuentas Hazard-Perry nada más abandonar Nueva York.

Ahora, corría agosto en París y hacía calor. Se habían encontrado con una ciudad fantasma: panaderías, tiendas y cafés tenían las persianas echadas, mientras sus propietarios huían tres semanas de vacaciones a las playas del norte. La única gente que rondaba eran turistas estadounidenses y japoneses que, ineludibles y ubicuos, atestaban las galerías de los museos y los jardines de todas la plazas públicas, con sus deportivas blancas y sus gorras de béisbol. Sin embargo, Schuyler agradecía su presencia. Confiaba en que el pausado desplazamiento de las multitudes les permitiría a ella y a Oliver detectar con más facilidad a los Venators que los seguían.

Schuyler había recurrido a la *mutatio* para camuflarse alterando sus rasgos físicos, pero estaba pagando un alto precio. No le dijo nada a Oliver, pero últimamente no lograba cambiar ni el color de sus ojos. Y aunque ninguno de los dos lo habría admitido ni loco, ambos estaban cansados de huir.

En ese momento, Schuyler iba sentada en la parte de atrás de un autobús. Vestía una camisa blanca planchada y abotonada hasta el cuello sobre sus ajustados pantalones negros y zapatos planos con suela de goma. Llevaba el cabello oscuro recogido en una cola de caballo y, salvo por un asomo de brillo en los labios, no lucía maquillaje alguno. Intentaba confundirse entre el personal del catering contratado para la noche.

Pero seguro que alguien lo notaba. Alguien escucharía los fuertes latidos de su corazón, se daría cuenta de que su respiración era jadeante y superficial. Tenía que calmarse. Debía despejar la mente y convertirse en la hastiada camarera que fingía ser. Durante muchos años, Schuyler había demostrado su habilidad para volverse invisible. En esta ocasión, su vida dependía de ello.

El autobús atravesaba un puente camino del Hôtel Lambert, en la Isla de San Luis, una pequeña isla en el río Sena. El palacio Lambert era la casa más hermosa de la ciudad más hermosa del mundo. Al menos, a ella siempre se lo había parecido. Aunque llamarlo «casa» era un eufemismo. Más bien se podía hablar de «castillo», algo salido de un cuento de hadas, con sus robustos muros que miraban hacia el río y sus abuhardillados tejados grises sobresaliendo por encima de la bruma circundante. Siendo niña, había jugado al escondite en los cuidados jardines, donde los árboles podados en formas cónicas le recordaban a figuras sobre un tablero de ajedrez. Se acordaba de haber escenificado imaginarias representaciones en el gran patio interior y haber lanzado migas de pan a los gansos desde la terraza que daba al Sena.

¡Hasta qué punto había dado por sentada aquella vida! Esta noche no entraría en el exclusivo y lujoso edificio como huésped, sino como humilde sirvienta. Como un ratón colándose a hurtadillas en un agujero. Schuyler era propensa a la ansiedad por naturaleza y prácticamente tenía que hacer acopio de todo su control sobre sí misma para no desmoronarse. Temía ponerse a gritar en cualquier momento. Estaba tan nerviosa que no podía evitar que le temblaran las manos. Vibraban, aleteando en su regazo como aves atrapadas. A su lado, Oliver estaba muy apuesto con su uniforme de barman, un esmoquin con una pajarita negra de seda y gemelos de plata en la camisa. No obstante, su cuello estaba pálido y sus hombros tensos debajo de una chaqueta que le venía un poco grande. Sus ojos de color avellana claro estaban nublados, más grises que verdes. Oliver no mostraba la misma mirada aburrida e inexpresiva que los demás. Estaba alerta, listo para luchar o para huir.

«No deberíamos estar aquí», pensó Schuyler. «¿En qué estaríamos pensando? El riesgo es muy elevado. Nos descubrirán y nos separarán… y luego…». Bueno, el resto era demasiado terrible para contemplarlo siquiera.

Sudaba bajo la camisa almidonada. El aire acondicionado no funcionaba y el autobús iba de bote en bote. Schuyler apoyó la cabeza contra el cristal de la ventana. Hacía ya más de un año que Lawrence había muerto. Cuatrocientos cuarenta y cinco días. Schuyler llevaba la cuenta, pensando que cuando llegara a algún número mágico dejaría de dolerle.

No era ningún juego, aunque a veces se asemejaba a una horrible versión surrealista del ratón y el gato. Oliver colocó su mano sobre las de ella para impedir que siguieran temblándole. Los temblores habían comenzado pocos meses antes. Al principio, fue un ligero tic, pero no tardó en darse cuenta de que tenía que concentrarse para hacer algo tan simple como coger un tenedor o abrir un sobre.

Conocía el motivo y no había nada que pudiera hacer al respecto. La doctora Pat se lo había dicho la primera vez que la había visitado en su consulta: era la única de su clase, *Dimidium Cognato*, la primera mestiza, y no había modo de saber cómo reaccionaría su cuerpo humano a la transformación en inmortal. Habría efectos secundarios, obstáculos especiales en su desarrollo.

Aun así, se sintió mejor cuando Oliver la cogió de la mano. Siempre sabía qué hacer. Dependía mucho de él y su amor se había ahondado a lo largo del año que habían pasado juntos. Ella le apretó la mano, entrelazó sus dedos con los de él. Era su sangre la que corría por las venas de ella, su rapidez de pensamiento lo que la había permitido alcanzar la libertad.

Schuyler ya no pensaba en todo lo que habían dejado atrás en Nueva York. Aquello pertenecía al pasado. Había tomado una decisión y estaba en paz consigo misma. Había aceptado su vida tal como era. De vez en cuando echaba de menos a su amiga Bliss. En más de una ocasión hubiera querido ponerse en contacto con ella, pero eso quedaba descartado. Nadie podía saber dónde estaban. Nadie. Ni siquiera Bliss.

Quizá tuvieran suerte esta noche. Hasta el momento, la fortuna había estado de su parte. Se habían librado por los pelos algunas veces, como aquella noche en Colonia en que tuvo que huir bruscamente de una mujer que le había preguntado cómo llegar a la catedral. La *illuminata* había desvelado a la agente. Schuyler había captado ese resplandor suave, imperceptible en la penumbra, antes de salir corriendo a todo lo que le daban de sí las piernas. Los disfraces no podían hacer más: en algún punto quedaba al descubierto tu verdadera naturaleza.

¿No era eso lo que habían argumentado los Inquisidores durante la investigación oficial de los acontecimientos de Río? Que quizá Schuyler no fuera quien se suponía que era.

Una proscrita. Una fugitiva. En eso se había transformado ahora. Desde luego, no en la apesadumbrada nieta de Lawrence Van Alen.

No.

Según el Comité, era su asesina.

Dos

Mimi

¡Oh, mierda! Había pisado algo grimoso. Peor que grimoso. Producía un sonido húmedo bajo su pie, una especie de gorgoteo jadeante. Fuera lo que fuese, seguro que le arruinaría las botas de piel de potro. ¿Cómo diablos se le habría ocurrido participar con ellas en una misión de reconocimiento? Mimi Force levantó el talón para evaluar los daños. El dibujo de cebra estaba manchado de algo marrón y goteante.

¿Cerveza? ¿Whisky? ¿Una combinación del alcohol de garrafa que vendían en aquel bar? A saber... Por enésima vez ese año, se preguntó por qué se había apuntado a aquella misión. Era la última semana de agosto. En buena lógica, hubiera debido estar en una playa de Capri, bronceándose y saboreando su quinta copa de *limoncello*. Y no moviéndose a hurtadillas por un local de tercera en algún pueblo entre la cuenca del polvo y el cinturón del óxido. ¿O era la cuenca del óxido y el cinturón del polvo? Dondequiera que se encontraran, se trataba de un lugar aburrido, triste y pequeño. Mimi estaba impaciente por largarse de allí.

—¿Qué te ocurre? —le preguntó Kingsley Martin dándole un codazo—. ¿Te aprietan los zapatos?

—¿Quieres dejarme en paz? —suspiró ella, apartándose para dejar claro que el sitio en el que se ocultaban era demasiado estrecho.

Estaba harta de sus provocaciones. En especial desde que había descubierto, con horror, que empezaba a atraerla. Eso era sencillamente inaceptable. Ella *odiaba* a Kingsley Martin. Después de todo lo que le había hecho, no acababa de comprender cómo podía sentir otra cosa.

—¿Y dónde está la gracia en eso? —él la guiñó un ojo.

Lo que más la enfurecía de Kingsley –aparte del hecho de que en una ocasión hubiera intentado acabar con ella– era que en algún punto de su recorrido, siguiendo una pista por las playas de Punta del Este o entre los rascacielos de Hong Kong, a Mimi había comenzado a resultarle… atractivo. Aquello era suficiente para que se le revolviera el estómago.

—Venga, Force, alegra esa cara. Sabes que me deseas —dijo él con una sonrisa de suficiencia.

—¡Oh, vaya! —bufó, volviéndose para que su larga melena rubia volara sobre su hombro y golpeara a Kingsley en plena cara—. ¡Lo que faltaba!

Puede que fuera más rápido y fuerte –el gran hombre del equipo de Venators, y a todos los efectos su jefe–, pero *ella* debería estar al mando, ya que su posición en la jerarquía del Comité estaba por encima de la de él. Si se podía llamar Comité a semejante grupo de miserables cobardes.

Si Kingsley Martin imaginaba que tenía alguna oportunidad con ella, iba a tener que pensárselo dos veces. Era indeciblemente guapo (quizá fuera por aquel aspecto suyo de estrella del rock), aunque eso carecía de importancia. No estaba interesada, por mucho que se le acelerara el pulso cada vez que lo tenía cerca. Estaba vinculada a otro.

—Mmm. Delicioso. No usas el champú del Hilton del aeropuerto, ¿verdad? Éste es del bueno —ronroneó él—. ¿Es el acondicionador lo que lo deja tan suave y sedoso?

—Cállate ya… Haz el favor de...

—Silencio. Ahórrate el discurso para después de la fiesta, acabo de ver a nuestro tipo. ¿Preparada? —la interrumpió Kingsley en tono serio y controlado.

—Como una bala —asintió Mimi, también totalmente alerta.

Vio al individuo, el motivo por el que se hallaban a unos kilómetros de Lincoln, en Nebraska (¡acababa de acordarse del nombre!). Un antiguo miembro de Fraternidad, a punto de cumplir los treinta, con una incipiente tripa cervecera. Parecía haber sido defensa de esquina en la universidad, pero los kilos de músculo se habían convertido en grasa al cabo de unos cuantos años detrás de una mesa.

—Estupendo, porque no va a ser fácil —la advirtió Kingsley. —De acuerdo, los chicos lo llevarán a ese apartado del rincón y nosotros los seguiremos. Le damos lo suyo y nos marchamos. Nadie notará nada mientras no nos levantemos. La camarera ni se molestará en acercarse.

Resultaba más sencillo y menos doloroso penetrar en la mente de otro durante la fase REM del sueño, pero no podían permitirse el lujo de esperar a que su sospechoso se durmiera.

Por el contrario, pretendían abrirse paso hasta su inconsciente sin advertencia ni consideración alguna. Mejor así: no tendría dónde esconderse. No dispondría de tiempo para prepararse. Querían la verdad, sin adulteraciones, y en esta ocasión iban a obtenerla.

Los Venators eran detectores de la verdad, expertos en descifrar sueños y acceder a los recuerdos. Aunque la sangre les permitía discriminar los recuerdos auténticos de los falsos, existían otros medios más rápidos para separar la realidad de la ficción sin recurrir al Beso Sagrado. Mimi había descubierto que el Comité sólo consentía un juicio de sangre cuando se presentaba una acusación de enorme gravedad, como había ocurrido en su caso. Si bien la práctica de la *venatio*, la caza de memorias, no era infalible, resultaba aceptable para sus fines. Mimi había recibido un cursillo acelerado de entrenamiento como Venator antes de unirse a ellos. Fue de ayuda haber sido una de ellos en otras vidas anteriores. Una vez reaprendido lo básico, fue igual que montar en bici. Sus recuerdos se habían activado y el proceso pasó a convertirse en su segunda naturaleza.

Mimi observó mientras Sam y Ted Lennox, los gemelos que completaban su equipo de Venators, conducían a su testigo a un oscuro reservado. Le habían animado a beber jarra tras jarra de cerveza en la barra. Mister Días de Gloria probablemente creyera que acababa de hacer dos nuevas amistades.

En cuanto se sentaron, Kingsley se deslizó al banco de enfrente con Mimi a su lado.

—Eh, amigo, ¿te acuerdas de nosotros? —preguntó.

—¿Qué? —El hombre estaba despierto, pero borracho y aturdido.

Mimi sintió un pellizco de lástima. No tenía ni idea de lo que estaba a punto de ocurrir.

—Seguro que de *ella* sí que te acuerdas —dijo Kingsley, indicándole que mirara a los ojos a Mimi.

Mimi sujetó al chico de la Fraternidad con su hombro. Cualquiera perteneciente al mundo real hubiera dicho que el tipo estaba simplemente pasmado ante la preciosa rubia, mirando fijamente sus ojos verdes.

—Ahora —ordenó Kingsley.

Sin perder un segundo, los cuatro Venators se sumaron a la apropiación, arrastrando al testigo con ellos. Había sido tan fácil como colarse en la madriguera de un conejo.

Tres

Bliss

Cuando despertó aquella mañana, lo primero que se le vino a la cabeza fue que las blancas y brillantes contraventanas le resultaban familiares. ¿Por qué le parecían familiares? No, no era la pregunta correcta. De nuevo, estaba adelantando acontecimientos. Era algo que pasaba, pero esta vez tenía que concentrarse. Todos los días debía hacerse tres preguntas muy importantes, y esa no era una de ellas.

La primera pregunta era: *¿Cómo me llamo?*

No lo recordaba.

Era como intentar descifrar algo garabateado en una hoja de papel. Sabía lo que se suponía que tenía que decir, pero no alcanzaba a descifrar la caligrafía. Era como si algo quedase justo fuera de su alcance, detrás de una puerta cerrada, y ella hubiera perdido la llave. O como despertarse ciega. Tanteó frenéticamente en la oscuridad, procurando contener el pánico.

¿Cómo me llamo?

Su nombre. Tenía que acordarse de su nombre. De lo contrario… de lo contrario… no quería ni pensar en ello.

Érase una vez una chica que se llamada ¿…?

Érase una vez una chica que se llamaba ¿…?

Tenía un nombre poco frecuente. Eso lo sabía. No era el tipo de nombre que encontrabas en las jarras de café de las tiendas de regalos de los aeropuertos o grabado en aquellos recuerdos de Disneylandia en forma de matrículas de coche, que podías colgar en la puerta del dormitorio. Su nombre era bonito, original y tenía un significado.

Algo que significaba nieve o respiración o gozo o felicidad o…

Bliss. Sí. Eso era. Bliss Llewellyn. ¡Así se llamaba! ¡Lo había recordado! Abrazó su nombre contra sí misma con todas sus fuerzas. Su nombre. Su ser. Mientras recordara quién era, estaría bien. No se volvería loca. Al menos, hoy no.

Resultaba duro, tan, tan duro. Ahora tenía que contar con el Visitante. El Visitante que había dentro de ella, que *era* ella a todos los efectos. El Visitante que respondía a *su* propio nombre. Ella le llamaba el Visitante, porque así era más fácil creer que su situación sería provisional. Después de todo, ¿qué hacían los visitantes? *Se marchaban.*

Bliss se preguntó si seguía siendo ella cuando era otra persona la que tomaba las decisiones. Hablaba con tu voz. Caminaba con tus piernas. Usaba tus manos para matar a la persona que más amabas.

Se estremeció. De improviso, un recuerdo repentino se desplegó en su mente. Un chico de pelo negro desmadejado en sus brazos. ¿Quién era? La respuesta estaba en algún rincón, pero tendría que remover cielo y tierra para hallarla. La imagen se desvaneció. Esperaba acordarse más adelante. ¡Ojalá! En ese momento, debía pasar a la siguiente pregunta.

¿Dónde estoy?

Las contraventanas. Las contraventanas eran una pista. Bastaba con que consiguiera *ver* algo. Últimamente ocurría con poca frecuencia. La mayoría de las veces se despertaba en la oscuridad. Se concentró en las contraventanas. Eran de madera y estaban pintadas de blanco. Atractivas en cierto modo, algo parecido a una granja o una casita inglesa, salvo que eran demasiado brillantes, demasiado brillantes y perfectas. Más bien como las de la idea de un *cottage* inglés que tenía Martha Stewart que como las de uno de verdad. ¡Ah! No era de extrañar que le resultaran familiares.

Bliss sabía dónde estaba. De haber podido sonreír, lo habría hecho.

Hamptons. Estaba en su hogar de Hamptons. Estaban en Cotswold. BobiAnne había puesto el nombre a la casa. ¿BobiAnne? Bliss vio la imagen de una mujer alta, delgaducha, con demasiado maquillaje y un montón de joyas. Hasta alcanzaba a oler el empalagoso perfume de su madrastra. Empezaba a recordarlo todo, y a recordarlo deprisa.

Un verano, durante una cena en casa de un diseñador famoso, BobiAnne se había enterado de que todas las mansiones de la zona tenían nombre. Los propietarios las llamaban «Oak Valley» o «Mandalay», según lo pretenciosos que fueran. Bliss había sugerido que llamaran a la suya Dune House, por la gran duna de arena que había en la playa frente a la propiedad. Sin embargo, BobiAnne tenía otra idea: «Cotswold». Aquella mujer nunca había estado en Inglaterra.

Muy bien. Bliss se sintió aliviada. Había deducido dónde estaba, pero no tenía sentido.

¿Qué pintaba ella en Hamptons?

Era una extraña en su propia vida, una turista en su propio cuerpo. Si alguien le hubiera preguntado qué sentía, Bliss se lo habría explicado del siguiente modo: es como si estuvieras conduciendo un coche, pero sentada en el asiento de atrás. El coche va solo, no tienes el control. Pero es tu coche, o eso es lo que tú crees. Desde luego, antes ser suyo.

O como formar parte de una película. La película es tu vida, pero ya no eres la protagonista. Otra persona está besando al apuesto actor y pronunciando los dramáticos monólogos. Te limitas a observar. Bliss era una observadora de su propia vida. Ya no era Bliss, tan sólo el recuerdo de la Bliss que había sido.

A veces, ni siquiera estaba segura de haber existido realmente.

Cuatro
Schuyler

El autobús se detuvo más allá del portón. El grupo descendió en silencio y en fila. Schuyler notó que hasta los más curtidos de sus compañeros, una colección de estirados actores y actrices pluriempleados junto con uno o dos estudiantes de cocina, miraban a su alrededor asombrados. El edificio y su inmaculado terreno resultaban tan intimidantes y opulentos como el Louvre, con la excepción de que alguien *vivía* allí. Era una residencia, no un monumento nacional. El Hôtel Lambert llevaba cerrado al público buena parte de su historia. Sólo se había franqueado el paso a través de sus enormes puertas a unos pocos privilegiados. El resto del mundo podía ojear fotografías del lugar en libros. O podías entrar en él como personal de catering.

Al dejar atrás el gorgoteo de las fuentes, Oliver la rozó con el codo.

—¿Todo bien? —le preguntó en francés.

Una razón más para estarle agradecida a la Duchesne School. Aunque su acento académico los exponía a ser descubiertos en cualquier momento, merced a los años de estudio obligatorio de una lengua extranjera habían logrado pasar por dos empleados de hostelería de Marsella en la entrevista de trabajo.

—Pareces preocupada. ¿Qué va mal?

—Nada. Estaba pensando en la investigación —dijo Schuyler, avanzando hacia la entrada de servicio situada en la parte trasera.

Recordaba aquel terrible día en el Repositorio, cuando la habían acusado tan injustamente.

—¿Cómo pudieron creer una cosa así de mí?

—No malgastes tiempo en eso. No va a cambiar nada —dijo Oliver con firmeza—. Lo que sucedió en Corcovado fue espantoso, pero no fue culpa tuya.

Schuyler asintió. Parpadeó para contener las lágrimas, que se le escapaban siempre que recordaba aquel día. Como de costumbre, Oliver tenía razón. Sólo desperdiciaba energía deseando que el resultado hubiera sido otro. Lo pasado, pasado. Tenían que concentrarse en el presente.

—¿No te parece precioso este sitio? —dijo—. Cordelia me trajo aquí un par de veces cuando venía a reunirse con el príncipe Henri. Nos alojábamos en los apartamentos para huéspedes del ala oeste. Recuérdame que te enseñe la galería Hércules y la biblioteca polaca. Tienen el piano de Chopin —añadió en susurros, para que no pudieran oírla.

Mientras seguía al silencioso grupo por los resplandecientes pasillos de mármol, experimentó una mezcla de sobrecogimiento y tristeza. Sobrecogimiento por la belleza del lugar, construido por el mismo arquitecto que había diseñado el palacio de Versalles, con idénticos floreos barrocos y molduras doradas. Y tristeza, porque le recordaba a Cordelia. En ese instante, no le vendría mal un poco de la ardiente tenacidad de su abuela. Cordelia Van Alen no habría dudado en colarse en una fiesta para obtener lo que quisiera, pero a Schuyler le invadían las dudas.

El evento había sido bautizado con el nombre de «Las mil y una noches» en homenaje al extravagante baile oriental celebrado allí en 1969. Como en aquella fiesta, en la de esta noche aparecerían bailarinas semidesnudas con antorchas, intérpretes de cítara y músicos hindúes. Habría alguna puesta al día, claro está: a medianoche actuaría el elenco completo de un musical de Bollywood. Los anteriores elefantes de cartón de la entrada habían sido sustituidos por un par de elefantes de un circo tailandés, que estaba de gira por Francia. Los paquidermos pasearían a los asistentes bajo un dosel dorado.

En la prensa, el acontecimiento fue apodado «La Última Fiesta». La madre de todas las fiestas, la que marcaría el fin de una era. La última noche en la que la fabulosa residencia acogería a la realeza.

Porque el palacio Lambert había sido vendido. Mañana no sería ya el hogar de los descendientes de Louis-Philippe, el último rey de Francia. Al día siguiente, la propiedad pasaría a manos de constructores lo bastante ricos para hacer frente a su exorbitado precio. Sería dividido o renovado o reconvertido en museo, o en lo que quiera que los compradores hubieran planeado que fuera.

Pero esta noche sería el escenario de un gran *Bal des Vampires*: la sociedad de los Sangre Azul parisinos se reuniría por última vez en una celebración digna de Sherezade.

—Cordelia me contó que Balzac la había intentado seducir durante un baile que tuvo lugar aquí. Entonces era una joven debutante, en un ciclo anterior, antes de convertirse en mi abuela —le dijo a Oliver. Se dirigían a las enormes cocinas del sótano, en donde se combinaban modernos electrodomésticos de acero inoxidable junto a elementos medievales—. Me comentó que estaba bastante borracho. ¿Te lo imaginas?

—¿A una de las luminarias de Francia seduciendo a una chica de dieciocho años? —respondió con una sonrisa torcida, empujando una puerta de vaivén—. Ya lo creo.

La fiesta comenzaría en un par de horas. Los cocineros se gritaban enfadados los unos a los otros y toda la cocina era un torbellino de apresurados preparativos. Olía a mantequilla fundida y un exquisito aroma ascendía en forma de vapor desde inmensas cazuelas de tamaño industrial.

—¿Qué hacéis aquí? —preguntó el jefe de chefs cuando llegó el grupo de camareros—. *¡Allez, Allez!* ¡Os quiero ver arriba!

El chef mantuvo una breve discusión con el director de personal. Al final, acordaron que parte del personal contratado podía ayudar a los empleados que estaban afuera. Schuyler y Oliver acabaron separados.

A Schuyler la mandaron al exterior, donde los domadores de elefantes explicaban al actor y la actriz que iban a hacer de rey y reina de Siam cómo guiar a las animales. En un intento de mostrarse útil, se dedicó a encender velas, alisar manteles y recolocar los centros florales. A su alrededor, el patio era una cacofonía de ruidos: actores y acróbatas saltando de los tejados, músicos afinando y esclavas danzarinas riendo a la vista de los hombres semidesnudos.

Por último, todas las velas estuvieron encendidas. Las mesas estaban puestas. Todo estaba preparado. Una cosa era segura: iba a ser una señora fiesta.

Encontró a Oliver puliendo cristalería en el puesto que le habían asignado.

—No lo olvides, reúnete conmigo al pie de la escalera en cuanto acabes la primera ronda —susurró Oliver, intentando no atraer demasiado la atención de sus compañeros—. Yo te buscaré.

Sus superiores les habían ordenado que apagaran los teléfonos móviles, cosa que no tenía la menor importancia, ya que allí nadie tenía cobertura. En la parte exclusiva de la isla las antenas repetidoras para móviles estaban prohibidas.

Schuyler asintió con la cabeza. Desempeñarían distintas funciones: ella formaría parte del equipo responsable de recibir a los invitados con bandejas de champán en el momento mismo en que descendieran de las embarcaciones. Oliver estaría en el piso de arriba, atendiendo la barra de atrás.

—Oye, Sky, todo irá bien. Tendrá que verte —dijo sonriendo. Ya me aseguraré yo de ello.

Su jactancia hizo que sintiera aún mayor ternura hacia él. Querido, dulce Oliver, que había dejado atrás todo lo que amaba en Nueva York para salvarla y protegerla. Sabía que él tenía tanto miedo como ella, pero no estaba dispuesto a demostrarlo.

En el mejor de los casos, el plan de aquella noche era un palo de ciego. Ni siquiera estaba segura de si la condesa de París, la anfitriona de la noche que pronto sería la antigua propietaria del Hôtel Lambert, la recordaría. Y mucho menos de si les ofrecería el refugio que tan desesperadamente necesitaban. Pero tenía que preguntárselo, por ella y por Oliver. Y si buscaba venganza contra el demonio que había matado a su abuelo, tenía que intentarlo.

El Cónclave Europeo era su última e improbable esperanza.

Cinco

Mimi

Introducirse en el inconsciente de otro es como descubrir un nuevo planeta. El mundo interior de cada uno es diferente y único. Algunos están atestados, llenos de oscuros y retorcidos secretos relegados a la periferia de la mente, como ropa interior provocativa y unas esposas ocultas en el fondo de un armario.

Otros son prístinos y transparentes como un valle en primavera, repletos de conejos saltarines y copos de nieve cayendo. Son los más raros. La psique de aquel tipo parecía estándar y Mimi escogió un entorno neutral para interrogarle: el hogar de su infancia. Una cocina de suburbio con azulejos blancos y mesa de Formica, todo limpio, ordenado, corriente.

Kingsley acercó un taburete y se sentó frente al antiguo chico de la Fraternidad.

—¿Por qué nos mentiste? —preguntó.

Durante la apropiación, el Venator resultaba apuesto y feroz. El proceso hacía parecer a los vampiros aún más bellos de lo que ya eran.

—¿De qué estás hablando? —preguntó el individuo, con expresión confusa.

—Muéstraselo.

Mimi extrajo el recuerdo y lo proyectó en la televisión que había sobre la encimera de la cocina.

—¿Recuerdas esa noche? —preguntó Kingsley mientras veían al miembro de la Fraternidad salir al balcón y observar cómo un tipo alto sacaba un bulto del tamaño de un niño por las puertas del hotel—. ¿Recuerdas a ese hombre?

Jordan Llewellyn llevaba más de un año desaparecida. La niña de once años había sido raptada de la habitación de su hotel, al tiempo que el Comité estaba siendo masacrado en una fiesta por los Sangre de Plata.

Los Venators habían examinado las memorias de todos los presentes en el hotel la noche que había desaparecido –todos los huéspedes y los miembros del personal, desde los guardias de seguridad a las camareras del servicio de habitaciones– sin obtener el menor resultado. Los Llewellyn estaban demasiado traumatizados para ser de gran ayuda. Era comprensible, pero inútil. Nadie sabía nada, nadie recordaba nada. Excepto el individuo que estaba sentado ante ellos en ese momento.

—Nos dijiste que habías visto algo. Que habías visto a ese hombre cuando saliste a fumarte un cigarrillo aquella noche. Ese hombre no existe. Nos mentiste.

—Si yo no fumo —protestó él—. No lo recuerdo en absoluto. ¿A qué viene esto? ¿Quiénes sois?

Desde el bar, Mimi notó que empezaba a reaccionar. No tenían mucho tiempo.

—¿Por qué nos mentiste? ¡Responde a la pregunta! —aulló Kingsley.

Durante meses habían seguido la pista de cualquier hombre alojado en el hotel que encajara con la descripción que el tipo de la Fraternidad les había dado. Habían localizado a ejecutivos de marketing, hombres de negocios de vacaciones, turistas y gente de la localidad, pero no habían descubierto nada sustancioso. Al cabo de casi un año, empezaron a preguntarse si no estarían persiguiendo un espejismo, un fantasma, una ilusión. Todo el equipo se sentía frustrado y tenso. Ayer mismo, el Comité les había ordenado que abandonaran la misión y regresaran a Nueva York. Jordan se había esfumado, caso cerrado. Pero Kingsley decidió que debían hacer una visita más.

—Déjame que lo formule de otro modo: ¿quién te dijo que nos mintieras? —preguntó Kingsley.

—Nadie… no sé que queréis que os diga… No recuerdo aquella noche. Ni siquiera os recuerdo a vosotros. ¿Quiénes sois? ¿Qué hacéis en la cocina de mi madre?

—¿Por qué estabas en Río? —preguntó suavemente Ted Lennox, haciendo el papel de policía bueno.

—Se casaba un amigo… —farfulló—. Habíamos ido a la fiesta de despedida de soltero.

—¿Viajaste nada menos que hasta Río para una despedida de soltero? ¿Tú? —se burló Mimi, echando una mirada al exterior, al mundo real, examinando desde arriba el cuerpo del individuo desmadejado sobre la mesa. Se diría que lo más lejos que había viajado en su vida era al 7-Eleven de la esquina.

—Oye, yo vivía en Nueva York no hace tanto. Era banquero. Siempre que alguien se casaba, nos desplazábamos a Tailandia, Las Vegas, Punta Cana. Luego, perdí el trabajo y tuve que volver con mis padres. Ya no soy un tiburón.

—¿Te despidieron? —preguntó Sam Lennox.

—No... es sólo que... ya no recuerdo las cosas igual de bien. Pedí una excedencia y no he vuelto. Algo va mal aquí arriba —dijo, golpeándose el cráneo con los nudillos, con expresión preocupada.

Mimi tenía un recuerdo diferente del chico de la Fraternidad. El que habían interrogado hacia un año se había mostrado mucho más articulado y alerta, mucho más gallito. Le extrañó que le hubieran localizado en el quinto infierno. Ella había dado por supuesto que alguien que se alojaba en un hotel tan elegante tenía que venir también de una casa elegante.

—No miente —dijo Sam—. Mirad su córtex prefrontal. Está limpio.

—Ponlo otra vez —dijo Kingsley—. Esto no tiene sentido.

Mimi rescató el recuerdo una vez más. Los cuatro lo observaron con atención. Era idéntico: el hombre alto, el bulto, el cigarrillo. No obstante, Sam estaba en lo cierto. Su córtex prefrontal decía que no mentía al asegurar que no se acordaba de nada.

—Oh, Dios mío. ¿Cómo es posible que lo hayamos pasado por alto? Mirad esto. ¡Force! ¡Lennox! ¡Mirad! —dijo Kingsley, ampliando el borde de la imagen.

Entonces ella vio lo mismo que Kingsley: un ligero desgarro en la memoria de aquel tipo. Era como una costura que hubiera sido repasada. Era tan delgada y estaba tan bien hecha, que era difícil de apreciar. Quienquiera que fuera el responsable, era *muy bueno*. Había que ser un experto avanzado en la apropiación para hacer una cosa así. Un falso recuerdo sumado hábilmente a uno real. Tan bueno como para engañar a un equipo completo de Venators durante buena parte de un año. Troquelar recuerdos falsos en los Sangre Roja era muy peligroso. Podía trastornar a los humanos, convertirlos en lunáticos incoherentes, incapaces de distinguir la realidad de la ficción. O transformar a un banquero de la gran ciudad en un holgazán que vivía con sus padres.

—Dejad que se vaya —dijo Kingsley con voz cansada.

Mimi asintió. Aflojó la presa sobre la mente del hombre y los cuatro regresaron al mundo real. Su testigo estaba recostado sobre la mesa, roncando.

No era un sospechoso.

Era una víctima.

SEIS

Bliss

Todos los días, desde aquella mañana en la cima del Corcovado –el monte giboso–, Bliss tenía que hacerse tres preguntas importantes: *¿Quién soy? ¿Dónde estoy? ¿Qué me ha pasado?*

Había comenzado no hacía mucho. Un día se había despertado y había descubierto que no era capaz de recordar por qué estaba tan triste. El siguiente no conseguía acordarse de si era o no hija única. Lo que le aterró de verdad fue cuando se contempló en el espejo y creyó ver a una extraña. No tenía ni la menor pista sobre quién era aquella chica del pelo rojo.

Y entonces se le ocurrió la idea de hacerse aquellas tres preguntas todas las mañanas.

Si no dedicaba el tiempo necesario a recordar quién había sido, el Visitante se apoderaría por completo de ella. Y la auténtica Bliss Llewellyn, la chica que había suspendido una vez el examen de conducir en un viejo Cadillac descapotable de los años cincuenta, habría dejado de existir. Ni siquiera quedaría aquel recuerdo medio desvanecido de sí misma, que perduraba en un pequeño rincón de su cerebro.

Así pues, estaban en Hamptons. Era por la mañana. Iba a levantarse a desayunar. Un sirviente la estaba llamando. No, un sirviente no, su padre. «Sirviente» era el término que utilizaba el Visitante para referirse a Forsyth, no el que usaba ella. En ocasiones pasaba eso, podía oír al Visitante con toda claridad. Luego, se cerraba violentamente una puerta y se encontraba de nuevo en el otro lado, de nuevo a oscuras. El Visitante tenía acceso a su pasado, a toda su vida, pero ella no podía entrar en la de él. Sus conversaciones con Forsyth se desarrollaban tras una puerta cerrada y los pensamientos de él permanecían ocultos en la sombra.

Una parte de ella se alegraba de que el Visitante hubiera dejado de hablarla. Recordaba vagamente que habían mantenido breves conversaciones, pero éstas habían cesado. Ahora sólo había silencio. Bliss se dio cuenta de que podía asumir el control sin comunicarse con ella. Él solía hacerse cargo durante los desmayos, pero ya no los necesitaba para hacer lo que se le antojara. Ocupaba el asiento del conductor.

De todo modos, tampoco se había quedado tirada en la cuneta. ¿Acaso no había respondido con éxito a la primera pregunta?

Era Bliss Llewellyn. La hija del senador Forsyth Llewellyn e hijastra de la difunta BobiAnne Shepherd. Había crecido en Houston, hasta que su familia se mudó a Manhattan poco después de su decimoquinto cumpleaños. Era alumna de la Duchesne School de la calle 96. Sus aficiones favoritas eran, no necesariamente en ese orden: ser animadora, ir de compras y trabajar como modelo. Oh, Dios mío, soy una pija, pensó Bliss. Tenía que haber algo más dentro de ella.

Volvamos a empezar. De acuerdo, se llamaba Bliss Llewellyn y había nacido en una casa grande, grandiosa, en la zona de River Oaks en Houston. Su parte favorita de Texas era el rancho de su abuelo, donde montaba a caballo sobre verdes praderas alfombradas de flores silvestres. Su asignatura preferida era Arte y Humanidades. Había albergado la esperanza de tener su propia galería algún día o, a falta de eso, convertirse en conservadora del Met.

Era Bliss Llewellyn y en ese momento estaba en Hamptons. Un enclave de playa para clase alta a dos horas de Manhattan (dependiendo del tráfico), a donde iba la gente para «olvidarse de todo» y descubrir que se había metido de cabeza en pleno todo. Agosto en Hamptons era igual de frenético que septiembre en Nueva York. Antes, cuando seguía siendo Bliss y no un vehículo para el mal (o VPM, como había llegado a denominar su situación cuando estaba de humor para reír en vez de llorar), su madrastra los había arrastrado allí porque era «lo que había que hacer».

BobiAnne estaba obsesionada por «lo que había que hacer». Había confeccionado una larga lista de cosas que había que hacer y cosas que no había que hacer. Cualquiera hubiera dicho que había sido editora de revista en otra vida anterior. Lo triste de BobiAnne era que estuviera siempre tan empeñada en estar a la moda y acabara encarnando exactamente lo contrario. Su cerebro empezó a inundarse de imágenes del último verano real de Bliss en Hamptons. Era una muchacha atlética, que se había pasado los tres meses montando a caballo, navegando a vela, jugando al tenis, aprendiendo a surfear. Se había roto la muñeca derecha otra vez aquel año. Las tres anteriores se la había roto haciendo deporte, esquiando, navegando y jugando al tenis. En esa ocasión fue por una estúpida razón muy propia de Hamptons. Había tropezado con sus nuevas plataformas Louboutin y había aterrizado sobre su muñeca.

Ahora que había dado cumplida y detallada respuesta a las dos primeras preguntas, no tenía más opción que pasar a la tercera. Y era la tercera pregunta la que más le costaba contestar.

¿Qué me ha pasado?

Cosas malas. Cosas terribles. Bliss sintió frío. Resultaba extraño que todavía pudiera experimentarlo, cómo perduraba el recuerdo fantasma de haber estado viva y plenamente consciente a través de cada uno de sus sentidos. Era capaz de percibir sus extremidades fantasma, y cuando dormía soñaba que seguía llevando una vida corriente: comía chocolate, paseaba al perro, escuchaba el ruido de la lluvia que tamborileaba en el tejado, notaba la suavidad de una funda de almohada de algodón contra la mejilla.

No podía obsesionarse con eso. Había cosas que no quería recordar, pero tenía que forzarse a sí misma a intentarlo.

Recordó su apartamento en la ciudad, el modo en que los porteros de guante blanco la llamaban «señorita» y se aseguraban de que subieran sus paquetes de inmediato. Recordó que había hecho amigos en el colegio: Mimi Force, que la había acogido bajo su ala y se había burlado de su bolso de cuero blanco. Mimi era paternalista e intimidante al mismo tiempo. Pero había tenido otros amigos, ¿no? Sí, claro que sí. Estaba Schuyler Van Alen, que se había convertido en su mejor amiga, una chica dulce que no era consciente de lo fuerte –o lo bonita– que era. Y Oliver Hazard-Perry, el humano con un sentido del humor travieso y un vestuario impecable.

Recordó una noche en el club, cigarrillos compartidos en una callejuela y a un chico. Había conocido a un chico. El chico del cabello negro que había yacido en sus brazos. Dylan Ward. Se sentía acorchada. Dylan estaba muerto. Se acordaba de todo lo que había ocurrido en Río. Todo. La matanza. Lawrence. La carrera colina abajo, huyendo de Sky y Oliver porque no quería que le vieran la cara, que vieran lo que realmente era.

Semilla de Sangre de Plata.

Había regresado con Forsyth a Nueva York para el funeral de BobiAnne. Una ceremonia, en realidad, porque al igual que en el caso de otros miembros desaparecidos del Cónclave no había nada que enterrar. No quedaba nada de BobiAnne, ni siquiera un mechón quemado de su pelo con reflejos. Una gigantesca foto de estudio ampliada sobre un atril había hecho las veces de ataúd frente al altar. La fotografía mostraba a su madrastra en su mejor momento, cuando una revista de sociedad había publicado una reseña suya.

En el funeral no cabía ni una mosca. La comunidad de los Sangre Azul en pleno había asistido para mostrar su apoyo a los que habían hecho frente a los Sangre de Plata. Mimi había acudido con su hermano mellizo, Jack. Le habían ofrecido palabras de consuelo y sosiego.

Si ellos supieran…

En el funeral, Bliss seguía siendo consciente de lo que la rodeaba. Había oído a Forsyth decirle (a ella, pero no a ella; incluso en ese momento estaba hablándole al Visitante, como había comprendido al fin) que no había de qué preocuparse, que Jordan ya no era un problema.

¿Preocuparse de qué? ¿Qué problema? ¡Oh, claro! Casi lo había olvidado. Su hermana menor, Jordan, sabía que Bliss llevaba al Visitante dentro. Jordan había intentado matarla.

El ejercicio había concluido. Sabía quién era, dónde estaba y qué la había pasado. Era Bliss Llewellyn, estaba en Hamptons y llevaba el alma de Lucifer dentro de su cuerpo.

Esa era su historia.

Al día siguiente tendría que recordarla entera de nuevo.

La investigación

La asesina de Lawrence. La asesina de su abuelo. Bueno, el Inquisidor no había llegado a decirlo así de claro, nada tan tosco, pero había insinuado lo suficiente. Había proyectado tales dudas sobre su historia que lo mismo habría dado que le marcara a fuego la palabra en la frente.

No lo había visto venir. Seguía tan conmocionada por haber perdido violentamente a Lawrence que ni se le había ocurrido pensar que tuviera que defenderse del Comité. Les había contado todo lo sucedido lo mejor que había sabido, sin considerar siquiera la posibilidad de que no la creyeran.

—Señorita Van Alen, permítame que repasemos juntos su testimonio. De acuerdo con su versión de los acontecimientos en Corcovado, un chico fue transformado en la imagen del mismo Lucifer. Su abuelo la ordenó matarlo, pero usted falló y fue su abuelo quien asestó el golpe fatal, dando muerte por error a un inocente, abriendo con ello la prisión de Leviatán y liberando al demonio. Entonces, el demonio le asesinó. ¿Estoy en lo cierto hasta ahora?

—Sí —dijo ella con voz queda.

El Inquisidor consultó sus notas un instante. Schuyler le había conocido cuando su abuelo invitó a casa a unos cuantos miembros del Cónclave. Su nombre era Josiah Archibald y se había retirado del Cónclave hacía años. Sus nietas eran compañeras de Schuyler en Duchesne. Pero, si acaso sentía la menor simpatía por su tribulación, lo disimulaba muy bien.

—El joven estaba justo delante de usted, ¿no es así? —preguntó el Inquisidor, levantando la vista.

—Sí.

—¿Y afirma que usted blandía la espada de su madre?

—Sí.

Él bufó, dirigiendo una mirada significativa a los Ancianos reunidos, que se inclinaron hacia delante o se removieron en sus asientos. El único superviviente en activo del Cónclave era Forsyth Llewellyn, que estaba sentado en la parte de atrás con la cabeza cubierta de vendajes y su ojo izquierdo cerrado por la hinchazón. Los demás eran miembros eméritos como el Inquisidor. Permanecían sentados en semicírculo, formando lo que parecía un grupo de elfos arrugados. Quedaban muy pocos: el viejo Abe Tompkins, al que habían hecho venir desde su casa de verano de Block Island; Minerva Morgan, una de las más viejas amigas de Cordelia y anterior presidenta de la New York Garden Society, inmóvil como una gárgola con su vestido de punto rizado; Ambrose Barlow, que parecía estar profundamente dormido.

—La espada de Gabrielle lleva muchos, muchos años perdida —prosiguió el Inquisidor—. ¿Y dice usted que se le apareció su madre, así de la nada, y se la entregó? Y, es de suponer, desapareció después para regresar a su cama del hospital —su voz rezumaba sarcasmo.

Schuyler se agitó incómoda en su asiento. Dicho de esa forma, parecía fantástico y asombroso... e irreal. Pero así había ocurrido, justo como ella lo había contado.

—Sí... no sé cómo, pero sí.

El tono del Inquisidor era condescendiente.

—Díganos, por favor, ¿dónde está esa espada ahora?

—No lo sé.

No lo sabía. En el caos posterior, la espada parecía haberse esfumado junto con Leviatán, y así lo dijo.

—¿Qué sabe usted sobre la espada de Gabrielle? —preguntó el Inquisidor.

—Nada. Ni siquiera sabía que tuviera una.

—Es una verdadera espada. Posee un tipo especial de poder. Fue forjada de modo que siempre acierte en el blanco —gruñó el Inquisidor, como si la ignorancia de ella fuera un signo obvio de culpabilidad.

—No sé adónde quiere usted llegar.

El Inquisidor habló muy despacio y midiendo sus palabras.

—Dice usted que tenía la espada de su madre. Una espada que lleva siglos perdida y que jamás ha fallado contra el enemigo en toda su historia. No obstante... usted fracasó. En el supuesto de que efectivamente fuera la espada de Gabrielle, ¿cómo pudo fallar?

—¿Pretende usted decir que yo deseaba fallar? —preguntó ella, incrédula.

—Yo no he dicho eso, lo ha dicho usted.

Schuyler se sentía confusa. ¿Qué estaba pasando? ¿Qué era todo aquello?

El Inquisidor se volvió hacia su público.

—Damas y caballeros del Cónclave, nos enfrentamos a una curiosa situación. He aquí los hechos de la cuestión. Lawrence Van Alen está muerto. Su nieta quisiera hacernos creer una historia un tanto escandalosa: que Leviatán, un demonio que el propio Lawrence enterró en la roca hace un milenio, ha sido liberado, y que fue ese demonio el que le mató.

—Es la verdad —susurró Schuyler.

—Señorita Van Alen, hasta hace unos meses no conocía usted a su abuelo. ¿no es cierto?

—Sí.

—Le conocía casi tan bien como a un extraño con el que se cruzara por la calle.

—Yo no diría eso. Intimamos mucho en muy poco tiempo.

—Pero usted albergaba amargura hacia él, ¿verdad? Después de todo, optó usted por vivir con el hermano de su madre en lugar de hacerlo con Lawrence.

—¡Yo no opté por nada! ¡Estábamos recurriendo la adopción! ¡Yo no quería vivir con Charles Force y su familia!

—Eso es lo que usted afirma.

—¿Por qué iba a querer matar yo a mi abuelo? —dijo casi gritando.

Era una locura. Un tribunal irresponsable, una charada, un farsa. En él no iba a hacerse justicia.

—Quizá no pensara matarle. Quizá. Como nos contó anteriormente, puede que fuera un accidente. —El Inquisidor sonrió como un tiburón.

Derrotada, Schuyler se derrumbó en su asiento. Cualesquiera que fueran las razones, el Inquisidor no había creído su historia, y estaba claro que los miembros que quedaban del Cónclave tampoco lo harían. El Sangre de Plata oculto entre ellos había sido descubierto: Nan Cutler había perecido en el incendio de los Almeida. Al menos, el Cónclave así lo creía. Lo habían aceptado. Forsyth Llewellyn ,que había sido víctima de la traición de la Guardiana Cutler, había prestado declaración.

Sin embargo, el órgano rector no quería admitir la realidad del retorno de Leviatán. Una cosa era aceptar el testimonio de un colega, integrante del Consejo de Ancianos, y otra muy distinta dar por buena la palabra de una mestiza. Preferían pensar que Schuyler había matado deliberadamente a su abuelo, antes que reconocer que un demonio amenazaba de nuevo a la tierra.

No había más testimonios para respaldarla que el de Oliver, y el testimonio de un Conducto humano era inadmisible en una investigación del Comité. En última instancia, los humanos, simple y llanamente, no contaban.

Así que la noche antes de que el Cónclave emitiera su veredicto y decidiera qué hacer con ella, Oliver y Shuyler habían abandonado el país.

Siete

Schuyler

Eran las diez de la noche y los primeros invitados iban llegando al embarcadero. Como correspondía al tema oriental, en el río se había formado una majestuosa procesión de auténticos juncos chinos, alquilados para la fiesta, con estandartes que lucían los colores de las grandes casas reales europeas –Habsburgo, Borbón, Liechtenstein, Sajonia-Coburgo–, todas ellas de Sangre Azul, que habían permanecido en el lugar de origen en vez de buscar un nuevo hogar al otro lado del océano.

Schuyler se mantenía en guardia con el ejército de camareros alineado al muro de piedra. Un criado más, aburrido, sin rostro, o eso esperaba. Cada uno sostenía una bandeja: había combinados cosmopolitan rosados en copas de vermú, los mejores borgoña y burdeos de los viñedos de la anfitriona en Montrachet, agua límpida con rodajas de limón para los abstemios. Ella ofrecía flautas de champán, con doradas y brillantes burbujas.

Se percibía el sonido del viento al chocar contra las numerosas velas. Algunas naves iban decoradas como dragones, incluidas escamas chapadas en oro y luminiscentes ojos esmeralda a proa. Otras estaban equipadas como buques, con «cañones» de resplandecientes colores asomando por la popa. Un espectacular e imperial desfile, relajado y llamativo a la vez. Notó algo más: las crestas de las banderolas se *movían*, cambiaban con la luz, transformándose en una fluida danza de formas y colores.

—¿Has visto eso? —dijo, volviéndose hacia la chica que tenía al lado.

—¿Ver qué? ¿Un hatajo de gente rica en unos ridículos barcos? —estalló la camarera, mirándola dubitativa.

Schuyler cayó en la cuenta de que los esplendorosos símbolos únicamente eran visibles para los dotados de visión vampírica. Eran sellos de los Sangre Azul, pertenecientes al Lenguaje Sagrado.

Había estado a punto de descubrirse, pero por fortuna nadie se había dado cuenta. Cuando los invitados descendieron en el muelle y se acercaron a los camareros, tenía el cuerpo tenso y le temblaba el labio. ¿Y si alguien la reconocía? ¿Y si se presentaba en la fiesta algún miembro del Cónclave neoyorquino? ¿Qué haría? Era una locura creer que Oliver y ella podrían salir bien librados. Seguro que habría Venators allí. Si alguno de los Sangre Azul la identificaba antes de que pudiera exponer su caso a la condesa, no tendrían la menor oportunidad. Y entonces ¿qué sería de ellos? No temía tanto por sí misma como por Oliver. Tenía miedo de lo que los vampiros pudieran hacer a un Conducto humano objeto de su desaprobación.

Con un poco de suerte, la multitud permanecería tan indiferente como parecía: un grupo más de la alta sociedad en busca de placer, como los había calificado despectivamente su compañera de trabajo. Que fueran inmortales no significaba que no disfrutaran de lo trivial. Schuyler intentó no fijar su mirada en las mujeres, que en su mayoría lucían más fantásticas que los barcos. Las invitadas iban vestidas de modo variopinto: de geishas japonesas, con maquillaje blanco de polvos de arroz y kimonos de alegres estampados; de emperatrices chinas, con tocados adornados con borlas rojo y oro; o de princesas persas con joyas auténticas pegadas en la frente. Una famosa integrante de la alta sociedad alemana, conocida por su escandaloso ropero, se había vestido de pagoda: un pesado disfraz metálico, que la impediría caminar o sentarse en toda la noche. Salió del barco montada en un *segway*. Por un instante, Schuyler olvidó su nerviosismo e intentó no reírse cuando la archiduquesa estuvo a punto de arrollar a un grupo de camareros que llevaban caviar y blinis.

Los hombres vestían uniformes de oficiales rusos, mostachos estilo Fu Manchú y turbantes. Era todo políticamente incorrecto, anacrónico y fabuloso. Uno de los invitados, responsable del mayor Banco de Europa, llevaba un gran sombrero de marta y una lujosa capa ribeteada en piel. ¡En pleno agosto! Como la dama de la pagoda, que no podía sentarse, estaría asfixiándose por el calor: sufría a cambio de destacar. Schuyler confiaba en que mereciera la pena.

También asistían huéspedes humanos, a los que se reconocía por las pequeñas y discretas cicatrices en la base del cuello. Por lo demás, sus atuendos eran igual de sofisticados, apenas distinguibles de los de sus amos vampiros.

La noche era suave y luminosa. El aire transportaba desde la rotonda música de sitar, un sonido inconfundible, agudo y gemebundo. La hilera de juncos, que aguardaba para desembarcar a sus pasajeros de extravagantes atuendos, iba haciéndose cada vez más larga. Varias lanchas rápidas en las que viajaban jóvenes Sangre Azul europeos atravesaron la fila. Sus disfraces eran mucho más audaces que los de sus mayores. Una de las chicas, hija del ministro de Economía ruso, no llevaba más que cuerdas metálicas enrolladas y un atisbo de chifón negro. Otra esbelta ninfa iba vestida con cota de malla transparente. Ni que decir tiene, los chicos se habían caracterizado de asesinos ninja, con blusones negros de seda, o de guerreros samurái, y llevaban espadas decorativas.

Cuando su bandeja estuvo vacía, Schuyler volvió a cruzar la línea de visión de Oliver desde el segundo nivel. Levantó los ojos y lo vio haciendo un cóctel de color turquesa adornado con chisporroteantes bengalas.

Asintió con la cabeza y ella supo que la había visto. Dejó su bandeja en un rincón oscuro y caminó rápidamente hasta el salón principal, atravesando áreas acordonadas del ala residencial. Era donde ella y Cordelia se habían alojado durante sus visitas. A la derecha había un cuarto de baño, detrás de los murales de las Sabinas.

Estaba vacío. Cerró la puerta con llave y respiró hondo. Habían completado la fase uno del plan. Habían conseguido colarse en la fiesta. Había llegado el momento de poner en marcha la fase dos.

Se soltó la cola de caballo y se quitó el uniforme de empleada del catering, arrancándoselo por capas. Encontró la pequeña mochila que había ocultado antes bajo el inodoro. Sacó lo que había dentro y empezó a vestirse, poniéndose un sensual sari de color rosa con incrustaciones de diamantes. Oliver la había ayudado a escogerlo en la tienda de Little Jaffna en el 10° Arrondissement. Había insistido en él, aunque su precio fuera prohibitivo.

La seda cubría con elegancia sus hombros desnudos, y el deslumbrante rosa marcaba un bonito contraste con su largo pelo negro azulado. Se contempló en el espejo. Estaba más delgada que nunca: la falta de sueño y seguridad habrían tenido el mismo efecto en cualquiera. Sus pómulos, de por sí prominentes, formaban un relieve aún más marcado y eran cortantes como el filo de una hoja. Encogió el estómago, aunque los huesos de sus caderas se marcaran sobre los pantalones de cintura baja del traje.

Sacó una diminuta bolsa de cosméticos de la misma mochila y empezó a aplicarse algo de maquillaje. La caja de polvos se le cayó al suelo y sólo entonces se dio cuenta de que le temblaban de nuevo las manos.

No estaba preparada para esto. Cada vez que pensaba en lo que estaba a punto de hacer, lo que estaba a punto de pedir, se quedaba sin respiración. ¿Y si la condesa la ignoraba? No podría pasarse toda la eternidad huyendo, ¿o sí?

Si la condesa los rechazaba ante el público, no tenían otro lugar adonde ir.

Más que nada, Schuyler lo que quería era volver a casa. Quería estar en el mismo lugar en el que habían vivido sus abuelos. De vuelta en su pequeño dormitorio con la pintura desconchada y el ruidoso radiador. Ya había perdido un año entero de clases. Dentro de un mes Duchesne entraría de nuevo en funcionamiento. Quería volver a esa vida, a pesar de que sabía que ya la había perdido. En el supuesto de que el Cónclave Europeo le ofreciera su protección, eso no significaba que pudiera regresar a Nueva York.

Fuera, la banda estaba tocando «Thriller»: Michael Jackson con ritmo *bhangra* lleno de golpes de plato. Metió su uniforme de cualquier modo en la bolsa y embutió ésta en una papelera. Luego salió del tocador, esquivando el cordón de terciopelo.

—¿Champán? —le ofreció una sirvienta. Por fortuna, la camarera no la había reconocido como compañera de viaje en el autobús.

—No, gracias —rehusó Schuyler.

Caminó hasta el pie de la escalinata vestida de princesa india. Mantuvo la cabeza alta, pero llevaba el corazón en la garganta a causa del miedo. Estaba lista para lo que pudiera traer la noche; esperaba que no tardara mucho tiempo en hacerlo.

Ocho

Mimi

—Los Sangre de Plata son mucho más listos de lo que creemos —dijo Kingsley a su llegada a otro aeropuerto más.

Habían salido de Estados Unidos la noche anterior. Habían retornado al sitio donde todo había empezado antes de recorrer medio mundo dando palos de ciego. De vuelta a Río.

—¿Eso crees? —replicó Mimi, sin intentar ocultar el sarcasmo que su voz destilaba—. Tú deberías saberlo. Eres uno de ellos.

Se puso sus enormes gafas de sol y rescató su maleta con ruedas Valextra de la cinta de equipajes. Le irritaba que Kingsley los hubiera hecho volar en clase turista a todas partes. Estaba acostumbrada a que sus maletas fueran envueltas y aseguradas con plástico siempre que emprendía viajes internacionales. Su pobre valija mostraba el maltrato al que la sometían los encargados del equipaje. Vio una nueva huella de zapato en su lisa superficie de cuero.

— No tiene gracia —dijo Kingsley, recogiendo su otra maleta y lanzándola al carrito como si estuviera colando por el aro un balón de baloncesto en vez de levantar un peso de treinta y cinco kilos. (Mimi jamás viajaba ligera. Una chica necesitaba tener donde escoger).

—No me estoy riendo —explotó Mimi—. Lo que no entiendo es cómo pudo pasársenos por alto la primera vez.

—Que seamos Venators no significa que no cometamos errores. Una cosa es ser incompetente y otra muy distinta ser engañado. No estábamos buscando nada parecido, por eso lo pasamos por alto.

Salieron caminando de la terminal y se adentraron en la tarde dulce y tropical. Por suerte, el clima en el lugar era lo contrario de lo que esperaba. Mimi se había mentalizado para soportar un calor abrasador. Fue una agradable sorpresa descubrir que en Sudamérica era invierno.

Los Lennox habían tomado un taxi al hotel, lo que significaba que ella y Kingsley estaban irremediablemente juntos una vez más. Los dos hermanos preferían su mutua compañía. A menudo hablaban sólo cuando les dirigían la palabra, y eso con gruñidos monosilábicos. Mimi y Kingsley no tenían más alternativa que charlar o morirse de aburrimiento.

Kingsley silbó para pedir un taxi. Se montaron en el asiento trasero y avanzaron lentamente hacia el centro. La ciudad seguía tan fabulosa y exótica como siempre, pero de algún modo ver la estatua del Redentor sobre el Corcovado no suscitó en Mimi la misma emoción. No sabía qué pensar. Conocía, desde luego, la opinión del Cónclave. Hasta Kingsley se había mostrado impaciente por salir a la caza de Leviatán tan pronto como leyó el informe, pero en vez de eso le habían encargado aquella aventurilla. Forsyth Llewellyn presionó a los Ancianos supervivientes para que la localización de la Vigilante fuese la máxima prioridad. Al contrario que el senador, Mimi no estaba del todo convencida de que los traidores Sangre de Plata hubieran quedado desenmascarados por el fuego en casa de los Almeida. Su líder, Nan Cutler, había perecido, pero la Guardiana Cutler había tenido que contar con ayuda. En ese preciso instante, sin embargo, el principal problema de Mimi era otro. Se había ofrecido voluntaria cuando Kingsley empezó a organizar su equipo. Quería salir de Nueva York, alejarse de las caras conmocionadas y tristonas de los supervivientes del Cónclave. ¡Eran todos tan débiles y estaban tan asustados! La irritaba verlos encogidos y aterrorizados. Eran vampiros; ¿dónde había ido a parar su dignidad? Estaban actuando como ovejas acorraladas, balándole a Forsyth que debían ocultarse.

Pues bien, ella no pensaba esconderse. Quería averiguar quiénes eran los responsables de aquella terrible noche, darles caza y matarlos uno por uno. Había sido un sacrilegio, ni más ni menos, una falta de respeto. El alcance e intensidad del ataque de los Sangre de Plata habían sido tremendos. Habían intentado eliminar a los Ancianos y los Guardianes del clan, dejando a los irrelevantes y los débiles a cargo de la comunidad. No habían mostrado la menor misericordia. Mimi pensaba actuar del mismo modo.

Pero primero tenían que encontrar a Jordan. Ella les diría lo que había ocurrido. Jordan sabría quiénes eran los Sangre de Plata y dónde estaban viviendo.

Porque Jordan Llewellyn, que fingía ser una niña, era la Vigilante, Pistis Sophia, Anciana entre los Ancianos, un alma nacida con los ojos abiertos, con pleno control y conocimiento de todas sus memorias. Sophia había dormido durante miles de años hasta que Cordelia Van Alen había pedido a los Llewellyn, una de las familias más antiguas y respetadas del Cónclave, que adoptaran su espíritu en forma de su hija recién nacida. La Vigilante, supuestamente, debía mantenerse alerta frente a sus enemigos y hacer sonar la alarma en caso de que el Príncipe Oscuro regresara alguna vez a la Tierra. Durante la crisis romana había sido la primera en descubrir la traición de los Croatans. O algo por el estilo.

Todo había ocurrido hacía tanto tiempo que Mimi no podía tomarse la molestia de recordar. Cuando una ha vivido miles de años, recorrer los propios recuerdos era como intentar encontrar una lentilla en un montón de cristales rotos. El pasado no estaba archivado en pulcras carpetas en una pantalla de ordenador, marcado con fechas y etiquetas para facilitar la búsqueda. Por el contrario, el pasado era una turbamulta de imágenes y emociones, de conocimientos que una no alcanzaba a comprender y de información que no recordabas haber poseído.

A veces, cuando tenía un momento para sí misma, Mimi se preguntaba por qué se había presentado voluntaria tan alegremente. Se había perdido el curso superior y no podría graduarse junto con los de su clase. Y no era que le preocupara Jordan Llewellyn. Sólo había coincidido con ella un par de veces y, en cada ocasión Jordan había hecho una mueca o pronunciado algún comentario impertinente. Sin embargo, algo la decía que tenía que ir y Jack tampoco había hecho nada por impedírselo.

Era extraño, las cosas nunca acababan como uno esperaba. Mimi había pensado que Jack y ella intimarían más después de lo sucedido, en especial tras la desaparición de la estúpida mocosa Van Alen. Quizá ambos lo dieran por descontado, ahora que no había nadie que se interpusiera entre ellos. Pero ¿por qué estaba ella allí y él en algún otro lugar?

—Una moneda por lo qué estás pensando —le dijo Kingsley, como si acabara de darse cuenta del silencio que reinaba en el taxi.

—Te costaría mucho más que eso saberlo —dijo Mimi—. Digamos que fuera cual fuera el precio, tú jamás podrías permitírtelo.

—¿En serio? —Kingsley enarcó una ceja. Su movimiento característico, garantizado para atraer a las chicas. Ella podía leerlo en todo su arrogante rostro—. Nunca digas nunca jamás.

El hotel en el que tenían reserva era modesto: tres estrellas, y eso siendo generosos. Estaba a kilómetros de distancia de la playa y el ascensor estaba estropeado cuando llegaron. Mimi pasó una noche agotadora sobre las rasposas sábanas y se sorprendió al ver al equipo tan extraordinariamente animoso a la mañana siguiente. Bueno, a alguien tenía que gustarle el percal.

Kingsley estaba sentado a la mesa del desayuno con aspecto de estar nuevamente repleto de energía, y no sólo por los cuatro pelotazos de expreso en su café con leche. Bebía café igual que algunos vampiros bebían sangre humana.

—Hemos estado pensando como humanos —suspiró—. Nos hemos dedicado a buscar sospechosos, a interrogar testigos. A lo que nos enfrentamos es a los Croatans. Y se tomaron el tiempo necesario para manipular un recuerdo que nos condujera a cualquier sitio menos aquí.

—Eso significa que ella está en Río. Ya entiendo —asintió Mimi—. Nos enviaron lo más lejos posible.

—Es probable que la tengamos delante de las narices —dijo Kingsley—. En una de las ciudades más populosas del mundo.

—Diez millones de habitantes es un montón —dijo Mimi.

El corazón se le cayó a los pies cuando pensó en la cantidad de sueños que tendrían que leer, cuántas noches inacabables más tendrían que dedicar a perseguir sombras en la oscuridad.

Vio a Kingsley alejarse de la mesa en dirección al bufé, donde el hotel tenía expuesto un desayuno completo: bandejas de panecillos de queso y galletas saladas; papayas, mangos y sandías recién cortados; cuencos de crema de aguacate; bandejas de huevos escalfados con lonchas de jamón dulce y beicon churruscante. Escogió una raja de sandía y le dio un mordisco, en pie ante las ventanas de cuerpo entero que ofrecían una visión panorámica de la ciudad.

Mimi siguió su mirada hacia las atestadas laderas. La favelas, que se alzaban en precario equilibrio sobre los acantilados, estaban tan superpobladas y eran estructuralmente tan ingeniosas como hormigueros. Un bizantino laberinto de guetos, que daba acogida a los pobres urbanos de Río.

—Asombrosas, ¿verdad? En realidad una ciudad dentro de la ciudad —dijo Mimi—. Es sorprendente que no rueden todas monte abajo durante la estación de las lluvias.

Kingsley soltó la cáscara de sandía.

—Las chabolas… claro. Los Sangre de Plata siempre se han sentido atraídos por el caos y el desorden. Empezaremos por ahí.

—¿Hablas en serio? —gimió Mimi—. Nadie va allí si no es por obligación.

Nueve

Bliss

El Visitante estaba enfadado. Bliss sentía su irritación como una ampolla. Era por la tarde, en la medida en que podía saberlo. Los días se deslizaban tan rápidamente uno tras otro que resultaba difícil deducir la hora, pero Bliss se esforzaba por seguirle la pista al tiempo lo mejor que podía. De noche él estaba en calma, y si ella conseguía percibir su consciencia era de día.

Normalmente, podía atisbar el mundo exterior al despertar. Como ayer por la mañana, con las contraventanas blancas. Luego, las persianas se cerraban de nuevo. Sólo cuando él bajaba la guardia conseguía Bliss obtener una escueta imagen del mundo exterior.

Como ahora, porque al Visitante algo le había pillado por sorpresa.

Hacía un minuto, estaban paseando por la casa y al siguiente se encontraban en medio de un montón de animales: feos, grotescos y pútridos. ¿Qué era aquello? ¿Qué estaba mirando? Se dio cuenta de que estaba viendo el mundo a través de los ojos de él. Sólo cuando se esforzó un poco más pudo ver que se encontraban entre un grupo de gente corriente. Una señora con un traje beige y gafas de sol conducía a una familia a través del recibidor. Parecían los típicos turistas de Hamptons. Papá con un polo en color pastel y un jersey de tenis sobre los hombros. Mamá con un vestido de lino lavanda. Los niños –dos varones– con versiones en miniatura de la ropa de papá.

—Ah, hola… Perdonen. Nos habían dicho que los dueños no estarían para enseñar la casa —dijo la señora del traje de negocios con una falsa sonrisa—. Pero ya que está aquí, ¿sabe si el contratista de su padre sigue estando disponible para completar la renovación?

Entonces todo se volvió negro y la imagen desapareció, aunque Bliss había logrado escuchar la pregunta. Antes de su muerte, BobiAnne se había embarcado en la reforma. La casa de Hamptons hubiera debido estar acabada, pero cuando volvieron de Sudamérica, Forsyth dio orden de detener las obras. Faltaba toda la mitad trasera. En su lugar había un gran agujero en el suelo cubierto de polvo de yeso, serrín y plástico.

A su regreso a Nueva York, el senador descubrió que le habían dejado limpio en el último terremoto financiero. Algún tipo de estafa a lo Ponzi, según pudo entender Bliss, un robo descarado. Fuera lo que fuese, bastó para que Forsyth abandonara sus deberes en el Cónclave durante un tiempo.

No estaba del todo segura, dado que todo había ocurrido en torno a la época en la que el Visitante había empezado a hacerse por completo con el control, pero tenía la sensación de que estaban en bancarrota. Forsyth intentaba obtener un crédito del Comité para ponerse al día, pero no sería suficiente. Su sueldo como senador era una futesa. Los Llewellyn, como muchas familias de Sangre Azul, vivían de las rentas y los dividendos obtenidos.

Y, al parecer, las inversiones que se los proporcionaban se habían esfumado.

Probablemente fuera la razón por la que había una agente inmobiliaria en la casa, junto con unos clientes. Forsyth la había puesto a la venta. La idea no entristeció demasiado a Bliss. No pasaban tanto tiempo en Hamptons como para que pudiera echarla de menos. Se había sentido mucho más desdichada cuando habían abandonado su hogar en Texas. Seguía recordando aquella casa: el modo en que su dormitorio de dos niveles en el ático descansaba bajo las hojas de un viejo sauce llorón, las tardes que había pasado leyendo en el balancín del porche, los espejos de los cuartos de baño, antigüedades que hacían que todo resultara un poco misterioso y mágico.

El Visitante llevaba algún tiempo ausente, pensó, sola en la oscuridad. No sabría decir cuánto, pero había algo diferente en la soledad. Quizá estuviera realmente sola esta vez, no simplemente expulsada de su cuerpo mientras el Visitante hacía vete tú a saber qué. Solía percibir su presencia, pero había habido ocasiones en el pasado en que llegó a estar segura de que estaba sola, completamente sola. De que dentro de su cuerpo sólo estaba *ella* y el otro se había marchado.

¿Sería posible? ¿Estaba de verdad sola? Bliss sintió despertar la excitación en su pecho.

No había nada. El Visitante se había marchado, podía sentirlo. Estaba segura. Sabía lo que tenía que hacer, pero no si *podría* hacerlo.

Abre las persianas. Abre los ojos.

¡Ábrelos!

¡Abre!

¿Dónde estaba? *Incorpóreo*. Comprendía el significado de la palabra. Era como flotar de acá para allá sin un ancla. Tenía que pisar el suelo de nuevo, recorrer a tientas el camino hasta que... Sí, ahí está, una línea de luz. Quizá se lo estuviera imaginando, pero si lograba que se abriera... Así, sólo un poco más...

Bliss abrió los ojos despacio. ¡Lo había conseguido! Miró a su alrededor. Era asombroso contemplar al fin el mundo en sus propios términos, y no como el Visitante lo veía, a través de sus gafas de color odio. Estaba en la biblioteca. Un rincón pequeño y acogedor rodeado de paredes de libros. El decorador de su madre había insistido en que todas las «buenas casas» tenían una. BobiAnne leía revistas. A Forsyth le gustaba quedarse en su madriguera, con su televisión de gran pantalla. La biblioteca se había convertido en territorio de las hermanas. Bliss recordó cómo ella y Jordan ocupaban el asiento de la ventana, mirando hacia el estanque y el océano mientras leían. Bliss observó un viejo montón de lectura veraniega en una estantería, junto al escritorio victoriano de tapa enrollable: *Los hermanos Karamazov. Las uvas de la ira, Persuasión.*

Le pareció escuchar un ruido. No sabía si provenía de afuera o de dentro. *Cierra las persianas. Cierra los ojos,* pensó frenética. *Ciérralos antes de que él regrese.*

Los cerró

Nada. Seguía estando sola.

Esperó mucho tiempo antes de volver a abrir los ojos. Nada. Estaba sola. Tenía que aprovecharse de aquello. Bliss había concebido un plan desde que había notado sus prolongadas ausencias.

Tenía que hacer algo, además de mirar a su alrededor. ¿Se atrevería? Notaba el cuerpo perezoso y pesado. Muy pesado. Iba a resultarle imposible. ¿Y si él regresaba? Debía intentarlo, se dijo a sí misma. Debía hacer algo. No podía limitarse a vivir como una inválida, en el limbo, paralizada.

Si puedo abrir los ojos, puedo hacer algo más. Sigo siendo Bliss Llewellyn, ¿no? He ganado torneos de tenis y he corrido maratones. Puedo hacerlo.

Mueve la mano. Mueve la mano.

Imposible, pesa demasiado. ¿Dónde está mi mano? ¿Tengo una mano? ¿Qué es una mano? Ahí. Siento mis dedos, pero tan lejos como si estuviesen detrás de un cristal o sumergidos bajo el agua. Recordó a un mago en el programa *Today* que había intentado vivir bajo el agua durante varios días. Ella no era un mago, pero tampoco había razón alguna para permanecer atrapada bajo su propio miedo. *Vamos. Muévela. Mueve tu mano. ¡Oh Dios, pesa tres mil kilos! No puedo. No puedo. No puedo, pero he de hacerlo.*

¡Hazlo!

Recordó lo difícil que había sido aprenderse el escorpión en pirámide de cuatro en la base, uno de los movimientos más difíciles del trabajo de animadora. Requería un perfecta coordinación y la habilidad de una artista del trapecio. Bliss era la única animadora del equipo capaz de hacerlo. Recordaba lo asustada que se había sentido la primera vez. Si no conectaba con las manos de la base en su camino hacia arriba, caería; si no le acertaba al localizador negro de la extensión, caería; si no se equilibraba correctamente sobre el pie izquierdo, caería.

Pero conectaba con la base, acertaba con su blanco, se erguía con la pierna derecha doblada hacia atrás sobre la cabeza y mantenía la pose hasta que era lanzada hacia arriba en un triple salto mortal y aterrizaba de pie.

Lástima que Duchesne no tuviera un grupo. Bliss había intentado formarlo, pero ninguna estaba interesada. ¡Esnobistas! No sabían lo que se perdían. La sensación en la noche de un partido importante. La anticipación de la muchedumbre. La excitación de saltar al campo, con los pompones rebotando, el rugido desde los asientos, los celos y la admiración. Los viernes, las animadoras tenían permiso para ir con sus uniformes a clase. Era como llevar una corona.

El escorpión.

Lo había clavado.

Si era capaz de hacer eso, puedo hacer esto, se dijo a sí misma.

Mueve.. la... mano.

Sentía los rizos en la cara. El Visitante no se había molestado en cortarse el pelo ni en hacerse la manicura. Bliss se sintió enojada. Tanto trabajo para estar bonita tirado a la basura. Su pelo estaba desarreglado y sin domar, áspero al tacto. Tenía que hacer algo al respecto.

Así. *¡Urrgh!* Su mano dio un respingo, moviéndose como la de una marioneta, como la de una muñeca movida por cuerdas. Pero lo había logrado. Su mano rozó torpemente su pelo, se lo retiró de los ojos.

Así.

Puedo hacerlo.

Puedo hacerme con el control de mi cuerpo. Va a ser difícil y doloroso y lento, pero puedo hacerlo. Todavía no estoy fuera de juego.

Ahora lo único que le quedaba era aprender a caminar de nuevo.

El Conducto

Durante casi setenta años, Christopher Anderson había prestado sus servicios como fiel Conducto humano de Lawrence Van Alen. Había sido él quien había llevado a Schuyler al hospital para que le curaran el brazo en condiciones cuando volvió de Corcovado con la noticia de la defunción de su amo.

El vivaz y amable caballero nunca le había parecido especialmente anciano a Schuyler, pero desde la muerte de Lawrence era como si la edad le hubiera alcanzado al fin. Ahora era frágil y caminaba con la ayuda un bastón.

Anderson la había visitado aquella última noche en casa de Oliver, donde había estado viviendo desde su retorno de Sudamérica. No había tenido redaños para regresar a la casa de la Calle 101. Le resultaba demasiado doloroso saber que no habría ningún Lawrence chupando su cigarro en su estudio.

El Conducto de su abuelo le aconsejó que saliera del país lo antes posible. Había leído la trascripción de la investigación.

—No puedes correr riesgos. Nadie sabe lo que ocurrirá mañana. Será mejor que te marches ahora, antes de que puedan echarte por traidora.

—Ya te lo había dicho yo —dijo Oliver, mirando con expresión significativa a Schuyler.

—¿Pero a dónde vamos a ir?—preguntó ella.

—A todas partes. No permanezcáis en ningún sitio más de setenta y dos horas. Los Venators son rápidos, pero dado que recurrirán a la apropiación para encontrarte, eso los retrasará un poco. Aseguraos de estar en París el próximo agosto.

—¿Por qué en París? —preguntó Schuyler.

—Porque el pleno del Cónclave Europeo se reúne cada dos años para una gran fiesta y un congreso —respondió Anderson—. Lawrence tenía planeado asistir a la reunión bianual. Tú ocuparás su lugar. La condesa aceptará verte. Los Cónclaves han estado distanciados desde que los Sangre Azul abandonaron la antigua patria. Ella nunca se fió de Miguel y el Cónclave de Nueva York. Aún confiará menos ahora, cuando se entere de la muerte de Lawrence. Era una de sus más viejas amigas.

La condesa había sido también amiga de Cordelia, comprendió más tarde Schuyler. Recordaba vagamente a la aristocrática pareja: su majestuosa residencia le había causado gran impresión. No se había formado una opinión particular acerca de ellos, salvo que parecían elegantes y muy ricos, como todo el mundo que pertenecía al círculo de Cordelia.

Ahora Schuyler comprendió que eran especiales. La condesa se había casado con el difunto príncipe Henri, que habría sido rey de Francia de no ser por la Revolución. Henri había sido Regis del Cónclave Europeo. Al concluir su ciclo, su esposa había asumido el título.

Anderson también iba a abandonar la ciudad. Tras la muerte de un vampiro, a los Conductos se les liberaba del servicio y se les permitía elegir entre el Repositorio o la libertad. Podían trabajar para el Cónclave o llevar una vida normal. Anderson les dijo que no tenía deseo alguno de pasar el resto de su vida en un sótano. Pensaba volver a Venecia, a la Universidad. Por supuesto, su memoria sería borrada por el Cónclave. Era un requisito previo. Los Sangre Azul guardaban bien sus secretos.

Schuyler comprendía la elección de Anderson, pero de todos modos le entristecía. Anderson era el último vínculo con su abuelo que le quedaba, pero no iba a negarle su derecho a llevar una existencia normal. Había entregado toda una vida al servicio de los Van Alen.

—Id a buscar a la condesa —continuó Anderson—. Contadle todo lo que ha pasado. La desconfianza ha reinado entre los Cónclaves, por lo que quizá no esté al corriente de la verdad sobre la masacre de Río. Y, Schuyler...

—¿Sí?

—Sé lo que tienen planeado para mí mañana. La amnesia forzosa. Pero no te preocupes, jamás te olvidaré.

Le estrechó la mano y ella la aferró entre las suyas.

—Ni yo olvidaré tu gentileza —replicó Schuyler.

Oliver tenía razón, como de costumbre. Tenían que marcharse de inmediato. Los Venators vendrían a por ella esa noche. Vendrían a llevársela.

—La condesa os ayudará.

Schuyler deseó que el viejo amigo de su abuelo tuviera razón.

DIEZ

Schuyler

—Estás guapísima —murmuró Oliver, acercándose por detrás y apoyando una cálida mano en la desnuda cadera de Schuyler.

Ella se volvió hacia él con una suave sonrisa, poniendo su mano con firmeza sobre la de él, de modo que quedaron prácticamente abrazados. Pasara lo que pasase hoy, al menos se tenían el uno al otro.

Como respuesta, Oliver tomó la mano enjoyada de ella y se la llevó a los labios, haciéndola estremecerse deliciosamente. Su amigo y su huésped. Eran un equipo. Como los Angeles Lakers, invencibles. Schuyler no pudo evitarlo. Siempre se le ocurrían chistes malos cuando estaba nerviosa.

—¿Qué es esto? —preguntó, cuando Oliver presionó algo contra la palma de su mano.

—Lo encontré antes en el jardín —dijo él, mostrándole un despachurrado trébol de cuatro hojas—. Da suerte.

No necesito suerte, te tengo a ti, hubiera querido decir ella, pero sabía que a Oliver le parecería una cursilada. En su lugar, aceptó el trébol y se lo guardó en el sari con una sonrisa.

—¿Bailamos? —preguntó él cuando concluyó el bhangra pop y la orquesta inició una versión en plan vals de «Norwegian Wood» de los Beatles.

La condujo al centro de la pista situada en el gran salón de baile que daba al jardín. El exterior estaba salpicado de linternas chinas flotantes, delicadas esferas de luz que resultaban incongruentes en medio de la arquitectura clásica francesa. Sólo había unas cuantas parejas bailando y a Schuyler le preocupó que pudieran destacar como la pareja más joven en la pista en varias décadas.

Siempre le había gustado ese tema, que era más bien lo opuesto a una canción de amor. «*En tiempos tuve una chica, o quizá debiera decir que me tuvo ella a mí.*» Le encantaba que Oliver quisiera bailar. Él abrió los brazos y ella dio un paso y se puso dentro de ellos. Apoyó la cabeza sobre su hombro, mientras él la estrechaba por la cintura. Schuyler anheló que lo único que tuvieran que hacer fuera bailar. Era tan agradable vivir sólo el momento, disfrutar de que él la estrechara tan cerca de su cuerpo, apoyar la cabeza en su hombro, fingir durante un instante que no eran más que dos jóvenes enamorados.

Oliver la guió con destreza, habilidad fruto de las lecciones obligatorias de baile impuestas por la madre de él, una obsesa de la etiqueta. Schuyler se sentía tan llena de gracia como una bailarina bajo su confiada dirección.

—No sabía que supieras bailar —dijo él, haciéndola girar sobre sí misma, de modo que sus pantalones de seda flotaron en torno a sus tobillos.

Bailaron otras dos canciones, una pegadiza polonesa y un rap de moda. La música era una esquizofrénica mezcolanza de altos y bajos, de Mozart a M.I.A., de Bach a Beyoncé. Schuyler descubrió que se lo estaba pasando bien. De pronto, la música se detuvo abruptamente y se volvieron para ver la causa de tan repentino silencio.

—La condesa de París, Isabelle de Orleans —anunció el director de orquesta.

Una mujer imponente, bellísima para su edad, de cabello negro como el carbón y un porte regio entró en la estancia. Iba vestida como la reina de Saba, con un tocado de oro y lapislázuli azul. En la mano derecha llevaba una inmensa cadena de oro y en el extremo de ésta había una pantera negra con un collar de diamantes.

Schuyler contuvo la respiración. Así que esa era la condesa. La perspectiva de pedirle cobijo la atemorizó más que nunca. Había esperado que fuera vieja y rechoncha, incluso descuidada. Una anciana dama con un vestido de color pastel y un puñado de corgies. Pero aquella mujer era sofisticada y chic; su imagen era tan distante y remota como la de una deidad. ¿Por qué iba a importarle lo que le pudiera pasar a Schuyler?

Quizá la condesa sólo pareciera impenetrable e inaccesible. Schuyler se preguntó si la condesa estaba triste por haber perdido su hogar. El palacio Lambert había pertenecido a su familia desde hacía generaciones. Schuyler sabía que las recientes crisis financieras habían humillado incluso a la familias más ricas. Los Hazard-Perry habían invertido bien: Oliver le había dicho que se habían salido del mercado años antes de que se viniera abajo. Pero, según había oído Schuyler, en todo el Upper East Side se estaban subastando joyas, tasando obras de arte, liquidando carteras de valores. Lo mismo pasaba en Europa. Ninguna de las familias de Sangre Azul podría permitirse comprar el Lambert. Era previsible que pasase a manos de una corporación, y así había sido.

La condesa saludó con la mano a sus huéspedes cuando el salón de baile prorrumpió en aplausos. Oliver y Schuyler aplaudieron con tanto entusiasmo como todo el mundo. Entonces, Isabelle hizo su salida, la música volvió a sonar y la tensión que reinaba en la estancia fue relajándose. Un suspiro colectivo.

—¿Qué ha dicho el barón? —preguntó Schuyler cuando Oliver la alejó danzando del centro de la pista.

El barón de Coubertin era empleado de la condesa y servía a su señora como Conducto humano, como Oliver a Schuyler. Anderson les había contado que sólo era posible concertar una reunión con la condesa a través del barón. Él era la llave para su reclamación. Sin su permiso, jamás lograrían acercarse siquiera a la condesa. El plan era que Oliver se presentara en cuanto llegara al barón a la fiesta, abordándole tan pronto como bajara del barco.

—No tardaremos en averiguarlo —dijo Oliver, con gesto de aprensión—. No levantes la vista. Viene hacia nosotros.

Once

Mimi

Los cuatro Venators hicieron muy poco ruido al aterrizar sobre el techo del edificio. Sus pasos podían confundirse con el aleteo de pájaros o el sonido de unos guijarros desprendidos de la falda de la colina. Era su cuarta noche en Río y estaban en la favela de Rocinha, recorriendo sistemáticamente la población, bloque a bloque, calle por calle, chabola tras chabola. Iban en busca de cualquier cosa: un jirón de memoria, una palabra, una imagen que pudiera arrojar algo de luz sobre lo que le había ocurrido a Jordan y dónde podría estar.

Mimi conocía tan bien el mecanismo que era capaz de seguirlo hasta en sueños. De hecho, en los sueños *de ellos*. No había más que ver a aquellos sangre roja, durmiendo tan cómodos y seguros, pensó. No tenían ni idea de que unos vampiros estaban andando de puntillas por su sueño.

Había que tener cuidado con los recuerdos, pensó Mimi al entrar en el mundo en penumbra de la apropiación. No eran estables. Cambiaban con la percepción a lo largo del tiempo y ella percibía cómo los afectaba. Un ambicioso obrero podía recordar su infancia como algo repleto de miseria y malos ratos, marcada por los silbidos e insultos de los matones del recreo, y después mostrar una actitud mucho más comprensiva hacia las injusticias del pasado. Las ropas hechas en casa que se veía obligado a llevar se convertían en testimonio del amor de su madre, cada parche y costura un signo de su diligencia y no de su pobreza. Recordaba que su padre permanecía despierto para ayudarle con los deberes, la paciencia y dedicación de aquel hombre entrado en años, y no su temperamento irritable cuando regresaba tarde a casa de la fábrica.

La cosa funcionaba también al revés. Mimi había escaneado miles de recuerdos de mujeres despreciadas, cuyos apuestos amantes se habían vuelto feos y rudos, su perfil romano demasiado afilado, sus ojos pequeños y mezquinos, mientras que el atractivo de los jóvenes de aspecto corriente, que se habían convertido en sus maridos, había ido en aumento con el paso de los años, por lo que si se les preguntaba si lo suyo había sido amor a primera vista, las mujeres respondían afirmativamente.

Las memorias eran películas en las que el significado estaba en flujo constante, historias que la gente se contaba a sí misma. Usar la apropiación –el inframundo de los recuerdos y las sombras, un espacio al que los vampiros tenían acceso a voluntad para leer y controlar mentes– era como entrar en un laboratorio, en el que los fotógrafos revelaban sus fotos sumergiéndolas en bandejas planas de productos químicos, secándolas en soportes de nailon. Mimi recordó el cuarto oscuro de Duchesne, donde solía ocultarse con sus huéspedes, cómo atravesaba la puerta giratoria dejando atrás el mundo en technicolor de la escuela para entrar en un lugar pequeño, tan oscuro que por un segundo creía haberse quedado ciega.

¿Seguiría habiendo cuartos oscuros fuera de las películas en las que tenían que seguirle la pista a un asesino en serie? Hoy todo el mundo tenía cámaras digitales. Los cuartos oscuros pertenecían a la prehistoria, como las cartas escritas a mano y las primeras citas en las que no pasaba nada.

¿Cuartos oscuros, Force? No te imaginaba como una fotógrafa.

Ya te daré yo algo que imaginar.

Ja-ja.

Vuelve con tu durmiente. Vas a despertar al mío.

Iba en contra del protocolo que Kingsley entrara en el espacio mental de ella. Los cuatro Venators podían percibirse los unos a los otros, pero se suponía que utilizaban distintos canales y estaban pendientes de sueños diferentes. Habían entrado en un dormitorio de mujeres, un lugar donde las muchachas de provincia pagaban una cantidad mísera por una cama.

Mimi estaba en la mente de una chica. Ésta tenía, más o menos, la misma edad que ella en este ciclo: diecisiete años.

Trabajaba como camarera de habitaciones en un hotel. Mimi sondeó los últimos tres meses de su vida. La vio hacer camas, limpiar, pasar la aspiradora sobre las alfombras y guardarse las pequeñas propinas que los huéspedes dejaban en las mesillas de noche. La vio esperar a su novio, un mensajero en bicicleta, después del trabajo en un pequeño café. Trabajo, novio, trabajo, novio. *¿Qué es esto?* El gerente del hotel estaba obligando a la chica a entrar en su despacho y quitarse la ropa. Interesante. Pero, ¿era real?

El entrenamiento como Venator significaba que Mimi había aprendido a distinguir la ficción de la realidad, las expectativas de los hechos. ¿Estaba abusando de verdad su jefe de la chica, o sólo temía que pudiera pasar? Parecía un sueño fruto del miedo. Mimi impuso un deseo incontrolable: se imaginó a la chica rechazando a su jefe, dándole una patada donde más duele. Así. Ahora, si alguna vez ocurría, sabría lo que tenía que hacer.

—Llamando. ¿Lennox Uno? —resonó la voz de Kingsley en la oscuridad.

—Despejado.

—¿Dos?

—Despejado.

—¿Force?

Mimi suspiró. No había rastro alguno de la Vigilante en ninguno de los pensamientos de la chica.

—Despejado.

Parpadeó al abrir los ojos. Estaba en pie junto a la chica, que dormía profundamente bajo las sábanas. Mimi creyó ver una pequeña sonrisa en sus labios. *No hay necesidad de que sientas miedo —envió Mimi—. Una chica puede hacer cualquier cosa que quiera.*

—De acuerdo. Nos vamos.

Kingsley los guió en la oscuridad a través de caminos sin asfaltar y desvencijados escalones, que se adentraban aún más en el laberinto medio derruido de improvisadas chabolas y bloques de casas talladas en la montaña.

Siguió al equipo colina arriba, caminando junto a contenedores desbordados y montones de basura en descomposición. No era tan diferente de algunas partes de Manhattan, pensó Mimi, aunque era asombroso ver lo pegada que vivía la gente y lo retorcidas que eran sus prioridades. Había visto casas –en realidad, covachas– sin agua corriente ni retrete, pero con televisiones de pantalla plana de cuarenta y dos pulgadas y antenas parabólicas. En los improvisados garajes había relucientes coches alemanes, mientras los niños caminaban sin zapatos.

Hablando de niños: los oyó antes de verlos. La alegre y pequeña banda que los había estado siguiendo por todas partes durante toda la semana. Sus caras sucias con manchas de brea, sus ropas harapientas con deslucidos emblemas de equipos deportivos norteamericanos, las manos extendidas, la palma hacia arriba, vacías. Le recordaban un anuncio de servicio público que solían poner por las noches: «Son las diez de la noche. ¿Sabe dónde están sus hijos?»

—*Senhora bonita, Senhora bonita* —canturreaban, sus pies desnudos palmeando sobre el suelo mojado.

—¡Largo! —siseó Mimi, alejándolos a manotazos como si fueran moscas impertinentes—. Hoy no tengo nada para vosotros. *Nada para voce. ¡Deixe-me sozinha!* Dejadme en paz.

Sus peticiones de limosna le daban dolor de cabeza. No era responsable de aquella gente, aquellos niños... Era una Venator en una misión oficial, no una celebridad en una campaña de relaciones públicas. Además, aquello era Brasil, un país en desarrollo. Había lugares en el mundo cuya situación era mucho más desesperada. De hecho, aquellos renacuajos no sabían lo afortunados que eran.

—*Senhora, senhora.*

El más pequeño, un querubín con la camiseta manchada y rizos oscuros, la había cogido por el dorso de la blusa. Como los demás Venators, Mimi lucía una cazadora de poliéster y pantalones de nailon a prueba de agua. Se había negado a llevar las voluminosas botas (hacía que sus pies parecieran anchos) e iba calzada con las botas de piel de potro y tacones altos.

—Vale, ya está bien —exclamó Mimi.

Era culpa de ella que los chicos los rodearan. Por mucho que intentara endurecer su corazón, permanecer impasible, estoica e indiferente frente a una pobreza escandalosa –su habitación estándar del hotel (¡ni siquiera era una suite!) le parecía suficiente privación– , Mimi había descubierto que cada vez que los niños se agolpaban a su alrededor siempre tenía algo que darles.

Un dulce. Un dólar (ayer diez dólares a cada uno.). Una tableta de chocolate. Algo. Los niños la llamaban señora preciosa. *Senhora bonita.*

—¡Hoy no tengo nada para vosotros! ¡De verdad! ¡No me queda nada! —protestó.

—No te creerán. No después de que cediste el primer día —dijo Kingsley con gesto divertido.

—Ni que tú fueras diferente —gruñó Mimi, buscando en su mochila.

Los cuatro tenían una veta de blandura. Los silenciosos gemelos repartían chicles y siempre se podía contar con que Kingsley pagara *kibe* fritos de los carros callejeros.

La niña de los rizos esperó con paciencia a que Mimi sacara un perro de peluche que había comprado esa mañana especialmcntc para ella. El peluche tenía una cara que la recordaba la de su propio perro. Deseó que el cariñoso chow estuviera allí con ella, pero la necesidad de la protección de su familiar canino había ido disminuyendo en los últimos años con la transformación.

—Aquí tienes. Y esto es para que lo compartáis —dijo, tendiéndoles una enorme caja de bombones— ¡Ahora marchaos!

—*¡Obrigado! ¡Obrigado, senhora!* —berrearon mientras huían corriendo con su botín.

—Te gustan —aseguró Kingsley con una media sonrisa torcida que enfureció a Mimi porque le hacía parecer más guapo de lo debido.

—Para nada.

Ella negó con la cabeza, sin mirarle a los ojos. Quizá hubiera bebido demasiada Coca-Cola mexicana superdulce que vendían allí. O quizá estaba simplemente cansada, sola y lejos de su hogar. Y es que en algún lugar del frágil núcleo de cemento del oscuro corazón de Azrael, algo se estaba fundiendo.

Desaparecido

«Debes preguntárselo a Charles. Pregúntale por las puertas... por el Legado Van Alen y los Caminos de los Muertos.»

Habían sido las últimas palabras de su abuelo.

Pero Charles Force había desaparecido cuando Schuyler regresó a Nueva York. A través de sus contactos en el Repositorio, Oliver había averiguado que Charles había salido a dar su habitual paseo por el parque una tarde y no había vuelto. De eso hacía una semana. El anterior Regis no había dejado ninguna nota, ninguna explicación. Al parecer, su imperio era un desastre. La Force Corporation había perdido la mitad de su valor en el hundimiento del mercado de valores y la dirección se había alzado en armas: su compañía se estaba yendo a pique y no había capitán que pilotara el barco.

Pero alguien tenía que saber dónde estaba, pensaba Schuyler, y una mañana acorraló a Trinity Force en el salón de peluquería al que había acudido para que le pusieran reflejos en el pelo. La decana social de Nueva York estaba envuelta en una bata de seda, sentada bajo un secador.

—Supongo que te has enterado de las noticias —la saludó con voz seca Trinity, soltando su revista cuando Schuyler tomó asiento a su lado—. Charles debía de tener buenas razones para actuar así, aunque desearía que las hubiera compartido conmigo.

Schuyler le dijo cuáles habían sido las últimas palabras de Lawrence, con la esperanza de que Trinity pudiera arrojar algo de luz sobre su mensaje.

—El Legado Van Alen —dijo Trinity, mirándose en el espejo y dándole unas palmaditas al gorro de plástico que cubría su pelo—. Sea lo que sea, Charles le dio la espalda a todo lo que tuviera que ver con su «familia» hace mucho tiempo. Lawrence vivía en el pasado, como siempre ha hecho.

—Lawrence insistió en que Charles era la clave.

—Lawrence ya ha acabado.

Por el modo en que lo había dicho Trinity, sonaba como si Lawrence fuera un actor que hubiera terminado su papel en una obra de teatro. No había fallecido, no estaba muerto. No se había ido para siempre.

Acabado.

Había otra cosa más, algo extraño que había mencionado su abuelo y que Schuyler quería confirmar. No estaba segura de que Trinity supiera algo al respecto, pero tenía que preguntárselo.

—También dijo que tengo una hermana y que ella será... que será la causa de nuestra muerte. —Schuyler se sintió estúpida al repetir una declaración tan dramática—. ¿Tengo una hermana?

Trinity tardó mucho tiempo en responder. El sonido de los secadores y las clientas intercambiando chismes con sus estilistas rellenó el silencio. Cuando habló finalmente, su voz era queda y recelosa.

—En el sentido de que tu madre tuvo otra hija, sí. Pero eso fue hace mucho tiempo, mucho antes de que nacieras, en un ciclo diferente, un siglo diferente. Y el caso de la chica fue resuelto. Lawrence y Charles se encargaron de resolverlo. Lawrence... Uno de los motivos por los que se exilió fue que jamás pudo olvidarse de sus fantasías. Se estaba muriendo, Schuyler, y tendrás que comprender que... se aferraba a un clavo ardiendo, intentaba resolver flecos pendientes. Es probable que ni siquiera estuviera del todo cuerdo.

Así que Lawrence le había contado la verdad. Tenía una hermana, ¿Quién? ¿Cuándo? ¿Estaba muerta? ¿El caso había sido resuelto? ¿Qué significaba aquello?

—Ya he hablado demasiado —dijo ella frunciendo el ceño.

—El Cónclave me ha pedido que testifique mañana sobre lo que ocurrió en Río. ¿Estarás allí? —preguntó Schuyler con ansiedad.

De repente, se dio cuenta de hasta qué punto necesitaba tener una madre en su vida. Trinity nunca había intentado desempeñar ese papel, pero tenía una actitud pragmática, nada de tonterías, que a Schuyler le recordaba a Cordelia. Era mejor que nada.

—Lo siento, Schuyler, pero no podré asistir. Como de costumbre, los Sangre Roja han permitido que la avaricia se apodere de su sistema financiero. Debido a la desaparición de Charles, estoy obligada ante el Consejo de Dirección a hacer lo poco que pueda para enjugar la sangre derramada. Salgo para Washington esta noche.

—No pasa nada.

Schuyler no esperaba otra cosa.

— Desde tu regreso, tu habitación ha estado vacía. —Trinity la miró fijamente, como haría una madre al regañar a una hija indómita.

—Lo sé —respondió Schuyler—. No pienso vivir más con tu familia.

Trinity suspiró.

—No seré yo quien te detenga. Pero quiero que sepas que fuera de nuestra casa dejas de estar bajo nuestra protección. No podremos ayudarte.

—Lo entiendo. Correré el riesgo.

Por pura rutina, Schuyler y Trinity intercambiaron besos en ambas mejillas y se despidieron. Schuyler abandonó el tranquilizador y cálido capullo del salón de belleza y salió a las calles de Nueva York. Sola.

Charles Force no estaba. Charles Force era un callejón sin salida. Había desaparecido llevándose consigo sus secretos.

Tendría que descubrir el Legado Van Alen por sí misma.

Doce

Schuyler

El barón de Coubertin iba caracterizado de Atila el Huno con armadura de combate completa. Llevaba un arco y un carcaj colgados de un hombro, junto con un escudo y una jabalina. En la cabeza lucía un yelmo en punta sobre una peluca de pelo largo y negro. Su barba era también larga y no menos falsa. Se acercó con ceño fruncido y le dio a Schuyler unos golpecitos con el dedo en el hombro.

—*La contesse voudrait que vous me suiviez, s'il vous plaît.*

La condesa desea que me siga, por favor. Luego, giró bruscamente sobre sus talones.

Schuyler y Oliver echaron a andar detrás de él, pero el barón les detuvo.

—La condesa sólo concede una entrevista a la señorita Van Alen —aclaró en un inglés perfecto, mirando a Oliver como si se tratase de un incordio—. Usted esperará aquí.

Schuyler hizo un gesto a Oliver para acallar sus protestas.

—Estaré bien. Nos veremos más tarde —aseguró—. No te preocupes.

Sintió cómo las miradas de los otros invitados se clavaban en ella, ¿Con quién estaba hablando el barón? ¿Quiénes son *esos dos*? Comenzaban a llamar la atención. Tenían que desaparecer antes de que alguien se fijara en ellos.

—¿Qué no me preocupe? Entonces me quedaría sin trabajo —dijo Oliver enarcando las cejas.

—Puedo encargarme yo —insistió Schuyler.

—Eso es lo que me preocupa —Oliver suspiró.

Le apretó el hombro desnudo. Tenía las manos encallecidas de tanto viaje y trabajo. No eran las manos suaves del muchacho que solía pasarse las tardes en museos. El Oliver al que Schuyler había conocido nunca se había alojado en un hotel de menos de cinco estrellas, por no hablar de los pudrideros en los que se habían visto obligados a residir últimamente. Le había visto discutir el precio de los fideos chinos en Shangái, regateando por cinco centavos.

—Todo irá bien —le prometió. Le dijo algo en voz baja al barón, para que él no pudiera oírlo—. Tengo la sensación de que es el único modo de ver a la condesa.

—Déjame que hable de nuevo con él. Quizá me escuche —susurró Oliver, su mirada iba del barón a Schuyler—. Si ocurre algo…

—No podré vivir conmigo mismo —concluyó la frase Schuyler. Retiró su mano de su hombro—. Yo también estoy asustada, Ollie, pero lo habíamos acordado. Tenemos que hacer esto.

Oliver rechinó los dientes.

—No me gusta —dijo, dirigiendo una mirada aviesa al barón, pero la dejó ir.

Schuyler siguió al barón, que cruzó el patio y entró en el salón principal. La guió a través de una serie de habitaciones sucesivas, más allá de la biblioteca y las muchas salas funcionales. Al final de un largo pasillo, abrió una puerta que daba a una antesala y la condujo a su interior. Era un cuarto pequeño, con mosaicos dorados, vacío salvo por un banco de terciopelo rojo situado en el centro.

—*Arrêtez*.

Espere.

Salió y la puerta se cerró con llave a sus espaldas.

Schuyler miró a su alrededor. Había otra puerta en el extremo opuesto. Debía de dar al despacho de la condesa. Schuyler podía percibir los encantamientos que protegían el lugar. No había otra salida que las dos puertas cerradas. Una de las lecciones de Lawrence había sido detectar las protecciones invisibles en un entorno para descubrir el modo de escapar de ellas. Las posibilidades eran en un noventa por ciento preparación y en un 10 por ciento oportunidad, le gustaba repetir.

Schuyler aguardó lo que le parecieron horas a solas en la pequeña cámara, totalmente aislada de todo ruido del exterior. No alcanzaba a oír nada de la fiesta. Por fin, la puerta se abrió.

—¿Barón de Coubertin? —preguntó en voz alta.

—Inténtalo de nuevo.

La voz era dolorosamente familiar. No, no podía ser. Schuyler se sentía paralizada. Era como si el pasado se burlara de ella. Alguien le estaba gastando una broma pesada. No era posible que *él* estuviera aquí. La única persona de Nueva York que había intentado olvidar...

Jack Force entró en la habitación. Al contrario que los demás invitados, iba vestido con sencillez, todo de negro. Un uniforme de Venator. Llevaba el cabello platino muy corto, al estilo militar, lo que hacía que sus rasgos aristocráticos resaltaran aún más. Se movía con una gracia natural, recorriendo el perímetro de la habitación como un animal peligroso rodeando a su presa. Había olvidado lo guapo que era. O puede que solamente hubiese imaginado que lo había olvidado.

No se habían vuelto a ver desde la última noche en el apartamento de Perry Street. La noche que ella le había dicho que amaba a otro. Le había dolido ver su hermoso rostro, tan grave y serio como si hubiera envejecido toda una vida en un año.

La sensación fue como un dolor físico, una añoranza reprimida y avivada de nuevo: resplandeciente, rojo e iracundo, sorprendentemente intenso. Un deseo imposible, un vacío en su corazón que anhelaba ser rellenado. *No. Detente. No entres ahí.* Estaba furiosa consigo misma por sentirse así. Estaba *mal* y era una deslealtad hacía todo lo que llevaba experimentando un año. Una traición a la vida que ella y Oliver habían construido juntos.

Si pudiera hacer algo con su corazón traicionero, que latía acelerado. Y es que lo único que deseaba era correr a los brazos de Jack.

—Jack —dijo con una exhalación.

Hasta pronunciar su nombre le resultaba difícil. ¿Tan terrible era que deseara verle hasta tal punto? Bien sabía Dios que había intentado dejar de pensar en él, que había relegado cualquier pensamiento al respecto en el rincón más oscuro de su mente.

Sin embargo, siempre estaba presente: en sus sueños volvía al apartamento, a su sitio frente a la chimenea. Una no podía evitar soñar, ¿o sí? No era culpa de ella. Eso era lo más irritante. Por mucho que quisiera, su inconsciente siempre la llevaba a él.

Verlo vivo, respirando allí delante, era un ataque directo contra todo aquello a lo que había intentado aferrarse durante su exilio de más de un año. Se había convencido a sí misma de que su amor estaba muerto y enterrado, metido en un arcón cerrado con llave en el fondo del mar, que jamás se abriría de nuevo. Había tomado una decisión. Amaba a Oliver. Eran felices, o todo lo felices que podían ser dos personas sobre cuyas cabezas pesaba una recompensa. No era su sino amar a Jack, y nunca lo había sido. Lo que quiera que hubieran significado el uno para el otro no existía ya. Era un extraño.

Además, ahora estaba vinculado a su gemela vampiro, su hermana Mimi. Por desgracia, no alteraba en nada lo que Schuyler aún sentía por él. Sencillamente, no importaba. Él estaba vinculado a otra. Ella no significaba nada para él, ni él para ella.

—¿Qué haces aquí? —preguntó.

Incluso después de que pronunciara su nombre, Jack se limitó a contemplarla en silencio.

—He venido por ti —dijo él.

Sus labios formaban una línea hosca. Entonces, Schuyler lo comprendió. Jack representaba al Cónclave. Estaba allí para custodiarla hasta Nueva York, para enfrentarse una vez más al Inquisidor y que éste dictara su sentencia. Inocente o culpable, daba igual, sabía cuál sería el veredicto. Se habían vuelto contra ella y Jack era uno de ellos. Parte del Cónclave, el enemigo.

Schuyler retrocedió hasta la pared opuesta, hacia la otra puerta, aun sabiendo que era inútil. Los sortilegios y protecciones implicaban que no había más salida que ir hacia arriba. Tendría que intentarlo. Coger carrerilla sobre la pared y saltar lo suficientemente alto como para atravesar el cristal.

Jack se fijó en que sus ojos se desplazaban hacia el techo.

—Destruirás esta habitación si lo intentas.

—¿Y a mí qué me importa?

—Creo que te importa. Adoras el Lambert tanto como yo. No eres la única que solía jugar en sus jardines.

Por supuesto, Jack también había estado allí. Su padre había sido el anterior Regis. Era probable que los Force se hubieran alojado en la misma ala que ella y Cordelia. Pero, ¿qué más daba?

—Lo haré si no hay otra salida. Ya verás.

Jack dio un paso hacia ella.

—No soy tu enemigo, Schuyler. Da igual lo que pienses, estás equivocada. Ese camino no lleva a ninguna parte. Hay una protección que no percibes, una que Lawrence no te enseñó. Te destrozarás contra el cristal. Y no voy a permitir que sufras daño alguno.

—¿No?

—No tienes elección. Ven conmigo, Schuyler, por favor.

Jack le tendió la mano. Sus destellantes ojos verdes se tornaron de repente amables y solícitos. La expresión hosca de su rostro prácticamente había desaparecido. Era como aquella noche, cuando la había pedido que se quedara.

Le dio la misma respuesta que entonces.

—No.

Antes de que pudiera respirar estaba ya corriendo lateralmente y hacia arriba, tan veloz que no era más que un borrón rosa sobre la pared dorada. Se lanzó hacia el techo, rompiéndolo y haciendo que una lluvia de esquirlas cayera sobre el suelo de mármol. Todo acabó en un instante.

Estaba equivocado. Conocía el hechizo que lo guardaba y el que lo había destruido. *Contineo* y *Frango*. Lawrence había sido metódico en sus enseñanzas. Al menos en esto no podía fallarle a su abuelo.

Lo siento, Jack, no puedo volver allí.

Nunca.

A continuación, desapareció en la noche.

TRECE

Bliss

—¡Escúcheme bien! ¡No pienso irme hasta haber visto a Bliss! ¡Insisto! ¡Tendrá que llamar a la policía si quiere que me marche!

La voz era fuerte, agresiva y vociferante, segura de sí misma, rebosante de la completa y total confianza de quien cree que está en su derecho, de esa arrogancia neoyorquina de la que sólo un curtido habitante de la ciudad podía hacer acopio. El tipo de voz que gritaba a los mensajeros en bicicleta y ladraba órdenes a subordinados, que corrían a por un venti semidescafeinado sin espuma. Era tan enérgica e insistente que atravesaba la gasa amortiguadora que impedía a Bliss ver y oír el mundo exterior.

El Visitante se movió. Era como una serpiente enroscada preparándose para el ataque. Bliss contuvo la respiración.

La voz continuó con su perorata.

—¿Puede decirme al menos si está aquí?

¿Qué significa esta tontería?

Bliss dio un brinco. Era la primera vez que el Visitante se había dirigido a ella en un año.

Se encendieron las luces y descubrió que estaba mirando por la ventana. En pie, ante la puerta principal, un hombre bajo y calvo de aspecto furioso acosaba a la doncella.

Es Henri, dijo ella.

¿Quién es?

Mi agente como modelo.

Explícate.

Bliss envió imágenes y recuerdos al Visitante: esperando fuera de la oficina en la Agencia Farnsworth, con su carpeta en equilibrio sobre las piernas; reuniones de desayuno con Henri, tomando capuchinos en Balthazar antes de clase; desfiles sobre la pasarela durante la Semana de la Moda en Nueva York; sesiones de fotos en los lofts de Starret-Lehigh; anuncios para Stitched for Civilization; viajes en avión al Caribe para campañas publicitarias; su imagen en vallas, carteles, dobles páginas de revistas, autobuses y taxis.

¿Soy una modelo?

La cobra se relajó, desplegando sus anillos. Su lengua bífida se recogió, pero mantenía una tensa desconfianza. Al Visitante no le divertía aquello.

Una modelo. Un maniquí viviente.

Tomó una rápida decisión. *Líbrate de él. He sido negligente al permitir que ocurriera esto. Mantendremos las apariencias. Nadie ha de sospechar que tú no eres tú. No me falles.*

¿Qué quieres decir? ¿Qué pretendes que haga?, preguntó Bliss, pero antes de que pudiera concluir estaba de vuelta en su cuerpo, controlándolo plenamente. Aquello no se parecía en nada a los patéticos intentos de la semana pasada de quitarse el pelo de la cara. Había descubierto cuánto de sí misma le ocultaba, un pensamiento que intentó hurtarle.

Era como volver a la vida tras haber estado atrapada en un ataúd. Se tambaleó como un potrillo recién nacido. Parecía que el mundo volvía a cobrar foco después de años de ver una versión filmada llena de grano y desenfocada. Podía oler las alteas al otro lado de su ventana, podía saborear la sal en el aire del mar. Sus manos... sus manos eran de ella. Las sentía ligeras y fuertes, no pesadas y paralizadas. Sus piernas se movían; ¡Estaba caminando! Tropezó con la alfombra. Se levantó y avanzó con más cuidado.

Su libertad tenía un precio, porque podía sentir una presencia agazapada detrás (ese asiento trasero del pasajero). Esto es una prueba, pensó. Quiere ver lo que voy a hacer. Necesito superarla... Librarme de Henri. Pero Henri no debe sospechar que pueda haberme pasado algo extraño.

Abrió la puerta del dormitorio, disfrutando del tacto del frío pomo de bronce en la mano, y bajó deprisa las escaleras.

—¡Espera, Manuela! ¡Déjale entrar! —gritó, corriendo hasta el recibidor.

Era un placer volver a escuchar su propia voz, su maravillosa voz profunda resonando en el aire. Sonaba de forma diferente dentro de su cabeza. Le entraron ganas de cantar.

—¡Bliss! ¡Bliss! —gritó el hombre calvo.

Henri estaba exactamente igual que siempre: las mismas gafas sin montura, el mismo atuendo monocromático. Iba vestido de blanco de pies a cabeza, su uniforme de verano, con una camisa de lino y pantalones a juego.

—¡Henri!

Henri la recibió con un aleteo de besos al aire.

—¡Llevo meses intentando ponerme en contacto contigo! ¡Todo el mundo está horrorizado por lo que ha ocurrido! ¡Oh, Dios mío! ¡Todavía no acabo de creérmelo! ¡Me alegra tanto comprobar que estás bien! ¿Puedo entrar?

—Por supuesto.

Le condujo al soleado saloncito donde la familia recibía a los invitados. BobiAnne se había pasado un poco con el tema náutico. Palas cortas de piragua colgadas en las paredes, cojines en azul y blanco ribeteados con cuerda, faros en miniatura por doquier. Bliss pidió a la doncella que trajera refrescos y se acomodó sobre los cojines. Le resultaba fácil interpretar el papel de la gran anfitriona. Le salía con facilidad. Ayudaba que había sido instruida para desempeñarlo toda su vida. Eso evitaba que frotara los pies desnudos sobre la alfombra y se pusiera a saltar sobre los cojines.

¡Estaba viva! ¡En su propio cuerpo! ¡Hablando con un amigo! Compuso el gesto con tanto cuidado como sus pensamientos. No sería buena idea mostrarse exultante cuando la mitad de su familia estaba muerta o había desaparecido. Sin duda, despertaría sospechas.

—En primer lugar, siento mucho lo de BobiAnne —dijo Henri, quitándose sus elegantes gafas y limpiando las lentes con el faldón de su camisa—. ¿Recibiste nuestras flores? No esperábamos una tarjeta de agradecimiento ni nada por el estilo. No te preocupes por eso.

¿Flores? ¿Qué flores? Henri pareció preocupado ante la falta de respuesta de Bliss, que ocultó su confusión de inmediato buscando la mano de él.

—¡Por supuesto! Por supuesto... un detalle precioso y muy considerado.

La agencia, claro está, había enviado flores al funeral de BobiAnne.

En el transcurso de la conversación, Bliss se enteró de que los periódicos habían atribuido las muertes del Cónclave a un incendio en la villa de los Almeida. Se sospechaba que había sido provocado, pero dada la habitual lentitud de la policía brasileña, había pocas esperanzas de que llegara a hacerse justicia alguna vez.

La doncella regresó con una jarra de la bebida favorita de BobiAnne: Arnold Palmers (mitad té helado y mitad limonada, hecha con limones recogidos directamente de su huerto).

—¡No puedo creer que haya pasado un año desde la última vez que te vi! —dijo Henri, aceptando un vaso lleno del líquido ambarino.

¡Un año!

Fue una conmoción. A Bliss estuvo a punto de caérsele el vaso. Le temblaban incontrolablemente las manos. No tenía ni idea de que hubiera pasado tanto tiempo desde la última vez que había tenido su propio cuerpo, su vida, bajo control. No era de extrañar que tuviera problemas para recordar cosas.

Eso significaba que se había perdido su cumpleaños. El año en que había cumplido los quince, su familia había organizado una fiesta en el Rainbow Room, pero no nadie había celebrado sus dulces dieciséis. Ni siquiera ella, pensó secamente, estuvo presente en su propio cumpleaños. Había pasado todo un año mientras luchaba por conservar cierta medida de consciencia. Jamás lo recuperaría y el tiempo era ahora cada vez más precioso.

Una ira ardiente se inflamó en su interior. ¡Le habían robado todo un año! Una vez más, la reprimió. No podía permitir que el pasajero del asiento de atrás notara lo que sentía. Era demasiado peligroso. Tendría que conservar la serenidad.

Se volvió hacia su agente, su amigo, e intentó fingir que no se sentía como si acabara de recibir un puñetazo en el estómago.

Catorce

Mimi

El alba bañaba las faldas de las colinas. Otra noche infructuosa en los barrios bajos. Habían escaneado a todos los hombres, mujeres y niños en el área designada. Mañana harían lo mismo, partiendo de las chabolas del norte, en Jacarezinho. La moral del grupo empezaba a flaquear. Mimi no creía que pudieran encontrar a Jordan. Kingsley mantenía bien el tipo, pero Mimi notaba que se sentía frustrado.

—Mi instinto me dice que estoy en lo cierto, que está aquí —comentó, mientras descendían rápidamente a través del laberinto de improvisados escalones tallados en la cara de la ladera. La estrechas calles estaban vacías, salvo por perros carroñeros y algún gallo despistado.

—Nuestro poder de apropiación dice que estás en un error, jefe —dijo Mimi.

Sabía que detestaba que le llamara así. Él escupió una pella de tabaco, un escupitajo marrón que salió describiendo un arco de su boca. Impresionante, si no fuera tan repugnante.

—Me gustaría que no hicieras eso —dijo Mimi.

—¿Por qué no me dices qué te gustaría que hiciera? —sonrió Kingsley.

Mimi no respondió a su provocación. Se preguntó cómo sería ser un Sangre de Plata reformado, significara lo que significara eso. ¿Continuaban teniendo un alma compañera? ¿Eran aplicables las mismas reglas? ¿Seguían necesitando a los Sangre Roja para sobrevivir? ¿O se limitaban a vivir de cafeína y azúcar, que era con lo que parecía que subsistía Kingsley? El tipo era enjuto, pero capaz de comerse una docena de rosquillas de una sentada.

—Capitán —llamó Ed Lennox—. Esta niña quiere hablar con Force.

Era la misma niña que les había seguido aquella noche. Aquella a la que Mimi le había dado el peluche al que la niña iba abrazada.

—Bonita, ¿qué haces sola? —preguntó Mimi—. Deberías estar en la cama. Son las cinco de la mañana.

—*Senhora, Senhora.* Está buscando a alguien ¿sí? —dijo la niña en portugués titubeante.

Mimi asintió. Los Venators tenían una tapadera. Si alguien preguntaba por qué estaban en los barrios bajos, fingían ser policías en busca de una persona desaparecida.

—Así es —replicó Mimi en el mismo idioma que la niña.

—Una niña como yo.

—¿Cómo lo sabes? —preguntó Mimi con voz cortante.

Eso no formaba parte de la historia. La coartada era que andaban tras un ladrón, un criminal, un convicto huido, un hombre mayor. Nadie sabía que estaban buscando a una niña, porque eso conduciría a pistas falsas en los sueños. Si la gente supiera qué estaban buscando, seguro que soñaban algo al respecto, y eso complicaría todavía más el trabajo de los Venators.

—¿Cómo sabes que estamos buscando a una niña?

—Porque ella me lo dijo.

—¿Quién te lo dijo? ¿Qué te dijo? —preguntó Mimi con voz seca.

La niña agitó la cabeza, como si le hubiera entrado miedo de repente.

—¿La sondeaste? —preguntó Kingsley con una inclinación de la cabeza.

Mimi asintió. Aquella primera noche, nada más llegar, había escaneado a todos los niños. No había encontrado nada. Pero, ¿había sido metódica? ¿O había sido demasiado suave? El proceso de apropiación era impredecible. Algunos humanos llevaban mal la invasión de su consciencia. Si se despertaban en medio de una sesión podían sufrir algún daño, incluso volverse locos. No había más que ver lo que le había pasado a aquel supuesto testigo.

Los Venators eran hábiles y meticulosos. Hasta el momento, no habían dañado a ningún Sangre Roja. Pero quizá Mimi no había querido correr ese riesgo, no con aquella niñita. La había examinado por encima y se había resistido a sondear el núcleo de su subconsciente.

Sam extrajo una foto del bolsillo. Era la fotografía del colegio de Jordan. Parecía preocupada y seria con su uniforme tableado.

—¿La has visto? ¿Es ella?

La niña asintió con la cabeza, estrechando el peluche contra su cuerpo como si le fuera la vida en ello.

—Lo que son las cosas. Seguid a los niños, ya lo creo que sí —dijo Kingsley.

—¡Shhh! —le reprendió Mimi.

El corazón empezó a latirle con fuerza. ¿Sería posible que en todo momento la respuesta a su búsqueda hubiera estado delante de sus narices? ¿Siguiéndoles paso tras paso del camino? ¿Cuándo habían empezado a seguirles los niños? Habían estado allí desde el principio, desde la primera noche. ¿Habrían perdido la pista porque Mimi había sido demasiado débil, demasiado blanda para escanear en condiciones a la niña?

—¿Estás segura? ¿Estás segura de que la has visto? —Mimi quería sacudir a la niña por los hombros, aunque en realidad era a sí misma a quien quería sacudir.

Había permitido que sus sentimientos interfirieran con su trabajo. ¿Desde cuando tenía sentimientos Azrael?

La niña asintió con la cabeza.

—Sí, es ella. Sophia.

Nombró a Jordan por su auténtico nombre.

Mimi sintió que un estremecimiento le recorría la espalda.

Ted se arrodilló ante la niña.

—¿Cómo la conociste?

—Vivía aquí —dijo la niña—. Con su abuela. La señora nos daba miedo. Sophia también.

—¿Dónde está ahora?

—No lo sé. Se la llevaron.

—¿Quién?

La niña se negó a decírselo.

—*Propon familiar* —dijo suavemente Mimi, con los tonos coercitivos del lenguaje sagrado. *Díselo a tus amigos*. Aplicó la compulsión. No quería hacerle daño alguno a la niña, pero tenían que saberlo—. No te pasará nada. Dinos lo que recuerdes.

—Gente mala. Un hombre y una mujer. Se la llevaron —dijo la niña con voz inexpresiva—. El lunes.

Los Venators intercambiaron agudas miradas. Era el día que habían llegado a Río.

—Y su abuela... ¿sigue aquí? —preguntó Mimi.

—No, se marchó pocos días después. —La niña los miraba con los ojos muy abiertos, llenos de temor—. Sophia dijo que vendrían a por ella, gente buena y gente mala. Al principio, no estábamos seguros de quiénes erais vosotros. Pero ella nos dijo que la gente buena vendría con una mujer muy guapa y que me darías un perro de juguete —dijo la niña, vacilante.

—¿Te dijo que vendríamos? —quiso saber Mimi.

—Me dijo que cuando llegara la gente buena le diera esto.

La niña sacó un sobre del bolsillo. Estaba manchado de tierra, pero la caligrafía era bellísima, del tipo usado en sobres marfileños que anunciaban una vinculación.

Estaba dirigido a *Araquiel.*

El Ángel del Juicio, Mimi lo sabía. También llamado el Ángel Bifronte, o de las dos caras. El que llevaba dentro tanto la oscuridad como la luz.

Kingsley Martin.

QUINCE

Schuyler

La expresión del rostro de Jack cuando rompió el cristal era una mezcla de estupor y orgullo, pero Schuyler sólo se permitió un rápido vistazo. Tenía que dejar de pensar en él y concentrarse en lo que estaba haciendo. Había saltado de la habitación al aire, aterrizado en una celosía y de allí al suelo. Corría en medio de los invitados, un borrón rosado para ellos.

Era más de medianoche y la celebración había adoptado un giro más oscuro. Ese momento de todas las reuniones inolvidables en que cualquier cosa está a disposición de todos y cada uno. Mientras las estrellas de Bollywood se estremecían y ondulaban sus cuerpos, y un centenar de percusionistas machacaban un ritmo continuo y seductor sobre tambores con cuerpo de madera, se percibía en el aire una sensación de salvaje abandono. Schuyler no habría sabido decir qué era, pero había algo siniestro en la hipnótica música, un atractivo casi amenazador. Era como que te hicieran cosquillas con demasiada fuerza: dejaban de tener gracia, se convertían en una forma de tortura y la risa se volvía incontrolable.

Atravesó a la carrera una fila de bailarines bhangra, derribó a uno de los acróbatas sobre zancos y esquivó por los pelos a un grupo de portadores de antorchas, que hacían guardia junto al perímetro.

Pero allá donde fuera, él iba pisándola los talones. A un latido del corazón de distancia.

¡Schuyler!

Oyó su voz con toda claridad en su mente. Jack utilizaría la apropiación contra ella. No era justo. Si él hubiera gritado su nombre en voz alta, quizá hubiera podido perdonarle, pero saber que estaba dentro de su mente –que le resultaba tan fácil hacerlo como antes– le resultaba enervante.

Cruzó a la carrera por delante de domadores de tigres y tragafuegos, de un grupo de nobles europeos borrachos y ahítos de sangre. Sus huéspedes humanos estaban medio desmayados junto a los muros que daban al río. Aquello había dejado de ser una fiesta para convertirse en otra cosa. Algo *malvado* y depravado… una orgía, un canto a un pernicioso exceso, monstruoso y perverso. Schuyler no pudo por menos que percibir que había algo –o alguien– detrás, empujando a todos hacia el borde mismo del desastre. Aún podía escuchar los pasos de Jack, ligeros y rápidos a su espalda.

En cierto modo, la persecución la llenaba de energía: correr así de deprisa, empleando sus músculos de vampiro y forzándolos como nunca lo había hecho. ¡Dios, qué veloz era él! «Pero yo soy aún más rápida», pensó. Puedo correr más que tú, Jack Force. Aunque lo intentes, jamás podrás alcanzarme.

Puedo hacerlo y lo haré.

Como la había enseñado Lawrence, Schuyler cerró su mente a la apropiación. Eso lo dejaría fuera.

Tenía que haber algún lugar donde pudiera ocultarse. Había paseado con Cordelia por aquel sitio durante horas cuando iban de visita, y siendo niña había explorado hasta el último centímetro del extenso terreno. Conocía el recodo más oculto, todos los escondites. Lo despistaría en el ala residencial, donde había gran cantidad de armarios camuflados y compartimentos secretos. Regresó al interior del castillo a través de la entrada del servicio.

Mientras corría envió un mensaje telepático.

¡Oliver!

¡Oliver!

Intentó detectar su señal.

¡Oliver!

Los humanos no eran tan sensibles a ese tipo de comunicación. Oliver no era capaz de leer su mente, y menos aún de hablarle directamente. Aunque habían practicado para construir el puente mental que une a un vampiro con su Conducto humano, habían fracasado. Eran jóvenes y tender un puente, como el que había unido a Lawrence Van Alen con Anderson, llevaba toda una vida. Quizá al cabo de cincuenta años pudieran comunicarse telepáticamente, pero no ahora.

Tenía que encontrar a Oliver. Probablemente estuviera histérico de preocupación, paseando a grandes zancadas por la fiesta, bebiendo demasiados cócteles para tranquilizarse. Había renunciado a tantas cosas para estar con ella. Por supuesto, él decía que era su deber, su destino, vivir y morir a su lado. Sin embargo, no podía dejar de sentir que era un lastre para él, que le había impuesto una carga demasiado pesada, que le había sometido a una cacería interminable. Él le había dado todo, su amistad, su fortuna, su vida. Todo lo que podía ofrecerle ella a cambio era su corazón. Un corazón veleidoso, estúpido, culpable, indigno de confianza. Se odiaba a sí misma.

Se le pasó por la cabeza un pensamiento terrible. ¿Y si habían atrapado primero a Oliver? No le harían daño, pensó. Que lo intenten… Si le ocurría algo… No quería pensar en ello.

De repente, mientras cruzaba a toda velocidad el vestíbulo, todo se volvió negro. Alguien había apagado todas las luces del palacio. Tenía la sensación de que sabía quién había sido.

Muy bien, pero al igual que tú, Jack, veo en la oscuridad. Encontró la puerta que daba a una escalera que conducía al sótano, más allá de las cocinas, hasta los calabozos. No mucha gente sabía que el palacio Lambert había sido construido sobre las ruinas de un castillo medieval, y que los cimientos ocultaban capa tras capa de secretos.

Oh, Dios, que no haya sido un esqueleto lo que acabo de pisar, pensó Schuyler cuando su sandalia descendió sobre algo que produjo un crujido alarmante.

Alcanzaba a ver el perfil de los escalones, desgastados y muy empinados. Abajo, abajo, tenía que continuar hacia abajo… Tenía que escapar.

¡Oliver!

Nada.

Tendría que buscarle más adelante, de un modo u otro.

Al fin había llegado. Se encontraba en las profundidades más abisales del calabozo, en la solitaria celda que había encerrado quién sabe a cuántos prisioneros, a cuántas almas desdichadas tras sus barrotes de hierro.

Se sentía mareada y torpe. Cuando entró allí, todo su cuerpo temblaba incontrolablemente

Y cayó directamente en los brazos de su antiguo amor y actual perseguidor.

Jack Force.

Su presa era como la de un tornillo de carpintero. Su voz gélida, más que el aire que los rodeaba.

—Ya te lo había dicho, Schuyler. No eres la única que conoce los secretos del Hôtel Lambert.

DIECISÉIS

Bliss

Lo bueno de la gente del mundo de la moda es que normalmente no se fija en las reacciones de los demás. Así que Henri no notó en ningún momento lo agitada que estaba Bliss mientras parloteaba sobre los últimos chismes de Nueva York.

La mayoría de las noticias eran sombrías: qué revistas habían desaparecido, qué diseñadores se habían quedado sin trabajo.

—Es terrible, en este momento, es todo terrible —Henri agitó la cabeza—. Pero, en fin, la vida sigue... y nuestro lema es no rendirse jamás. Todavía hay un mercado ahí afuera —dijo con una mirada intencionada—. Sé que es mucho pedir y comprendería perfectamente que si no te sientes preparada...

Sólo entonces se dio cuenta Bliss, sobresaltada, de que Henri le estaba hablando de volver al trabajo.

Detectando su indecisión, que tomó por un signo de rendición, Henri pasó de inmediato al modo negocios, dejando su copa y levantando su BlackBerry.

—No es nada especialmente difícil. Se trata de algo sencillo, para que puedas coger de nuevo el ritmo. ¿Te suena el desfile benéfico anual de Muffie Astor Carter? Lo celebra en su propiedad del East End.

Bliss lo conocía. Su madrastra solía quejarse de que Muffie nunca le había dado un asiento en primer fila, aunque BobiAnne siempre encargaba un camión de ropa en todos sus desfiles.

—Resultarías perfecta en ese desfile. ¿Puedo decirle que lo harás? —suplicó Henry.

—No sé…

Pases de modelos. Qué precioso le parecía ahora, qué trivial. Qué divertido sería volver a aquella antigua vida: entrevistas, pruebas de vestuario, chismorreos con los peluqueros y estilistas, que los diseñadores babearan contigo, maquillarse, ir a fiestas. ¿Significaría aquello que esa vida aún era accesible para ella? Había dejado de pensar en eso por completo. A la vista de lo sucedido, había dado por supuesto que se había terminado. ¿Qué era lo que había dicho el Visitante? *Nadie debe sospechar*. Después de todo, había transcurrido un año. Nadie podría culparla por volver a trabajar, ¿no? ¿Acaso el mejor modo dc enfrentarse al duelo y la pérdida no era encontrar algo que la distraiga a una? ¿Y qué podría ser más distraído que un estúpido y frívolo desfile de modelos? Como había dicho Henri, no había más que fijarse en esos tipos, que habían perdido un montón de dinero de otra gente y seguían con lo suyo como si nada. Montando fiestas de caridad y comprando en Hermès, mientras las víctimas de su falta de escrúpulos financieros dejaban caer sus lágrimas en copas de cristal.

Se acordó de una joven viuda, una profesora de Duchesne, que había vuelto a la enseñanza después de la muerte repentina de su marido. Volver al trabajo, a su antigua vida... De pronto, le parecía... posible.

Líbrate de él, le había ordenado el Visitante. Pues bien, darle a Henri lo que buscaba era la mejor manera de garantizar que se fuera. En cuanto su agente estuviera seguro de que había recuperado a su modelo, sin duda anunciaría que tenía asuntos urgentes que atender en alguna otra parte. Probablemente, ir a preguntar cómo se encontraba no era más que un pretexto para ver si podía ficharla para el trabajo.

—De acuerdo —aceptó, respirando hondo y exhalando despacio.

—¿De acuerdo? —Henri alzó una ceja.

—De acuerdo —Bliss sonrió.

Tras despedirse de su antiguo jefe, Bliss se quedó sentada en el sofá durante un rato. En algún momento de la visita de Henri había notado un cambio en sí misma. El Visitante se había ido. El asiento de atrás estaba vacío. Fuera por lo que fuese, al igual que Henri, había abandonado el edificio. Sin pretenderlo, le había devuelto la llave de su propio cuerpo. O se había olvidad de llevársela. Como el padre que se dejaba las llaves del Ferrari sobre la mesa en aquella vieja película que solía ver de pequeña y reponían en el canal USA... el día libre de no sé quien. El chaval había atravesado la cristalera con el Ferrari. Ella no haría una estupidez semejante, por supuesto. El cuerpo era suyo. Tenía poco tiempo y tenía que usarlo con sabiduría.

Decidió darse un baño y subió las escaleras. Cada uno de los diez dormitorios de la casa tenía su propio y espacioso cuarto de baño. BobiAnne había permitido a Bliss intervenir en el diseño del suyo. Era un espacio atractivo: todo de cálido mármol travertino y con una favorecedora iluminación incandescente. Abrió el grifo y llenó la vieja bañera de patas de latón. Añadió una buena dosis de su gel de baño favorito. Luego se desnudó rápidamente y se metió en el agua, deleitándose con las burbujas y la sensación escurridiza del agua caliente corriendo por su espalda.

Después, se puso un mullido albornoz turco, de los que su madre había elegido para la casa, y bajó a la cocina, donde pidió a la cocinera que le preparara algo de comer. Tomó una hamburguesa con queso, poco hecha. El jugo escurría y se mezclaba con la mostaza francesa, de un modo que siempre hacía que se sintiera feliz de ser carnívora.

Sólo entonces se dio cuenta Bliss de que no tenía hambre en el sentido real, en el sentido de los vampiros. El ansia de sangre se había apagado. El anhelo había desaparecido. ¿Qué podía significar eso?

Apartó el plato vacío y se pasó la mano por el pelo. Tendría que concertar una visita al peluquero lo antes posible. ¿No quería el Visitante que mantuviera las apariencias? Mantener las apariencias era algo que la hija de Forsyth Llewellyn llevaba en la sangre.

Era imposible evitar el escrutinio cuando tu padre era senador por Nueva York.

DIECISIETE

Mimi

El rostro de Kingsley permanecía inescrutable. Mimi se sintió incapaz de soportarlo más.

—¿Y bien? ¿Qué? ¿Se ha ido a un concierto de Miles Cyrus? ¿Ha escrito una novela para móvil? ¿Qué es lo que pone?

Él la calló con una mirada y le mostró la carta. Una línea, escrita con la misma y bellísima caligrafía. *Phoebus ostend praeeo.*

Mimi sabía que Phoebus era el nombre del sol en la vieja lengua. El resto era fácil de comprender.

—El Sol mostrará el camino. ¿Qué quiere decir?

Como toda respuesta, Kingsley plegó la nota con cuidado y se la guardó en el bolsillo de la chaqueta.

No tiene ni idea, seguro, pensó Mimi.

—¿Por qué iba la Vigilante a tomarse la molestia de enviarnos una nota sin sentido? —preguntó irritada—. ¿Y cómo supo que vendría yo y que llevaría un peluche encima?

—Olvidas que puede ver el futuro. Si estaba siendo retenida por los Sangre de Plata, cosa casi segura, debía de sentirse lo suficientemente amenazada como para permitirse sólo las comunicaciones más crípticas.

—Es una adivinanza, una pista —dijo Ted de repente—. Una pista de dónde se encuentra: «El Sol mostrará el camino».

Era la frase más larga que había pronunciado en un año. Hasta a Sam pareció sorprenderle que su hermano se mostrase tan hablador.

Kingsley asintió con la cabeza.

—Por supuesto. Sophia siempre dijo que la sabiduría había que ganársela.

Una adivinanza. Estupendo. Un año siguiéndole la pista a la Vigilante y cuando por fin dan con algo, se encuentran con una especie de esfinge de un solo ojo que les impide el paso. ¿Tanto le habría costado escribir *¡Estoy prisionera en Favela Lane 101! Venid pronto y traed algo dulce*? ¿Acaso era pedir demasiado?

Te tomas a la ligera cuestiones triviales, transmitió Kingsley.

Sólo intento que las cosas resulten interesantes, le contestó telepáticamente Mimi. *Y sal de mi mente. No pintas nada en ella.*

Entretanto, los otros Venators estaban profundamente sumidos en la búsqueda, consultando sus recuerdos, intentando averiguar el significado oculto tras las palabras. Finalmente, Ted abrió los ojos y habló.

—Hay un bar no muy lejos llamado *El Sol de Ajuste*. El Sol Poniente.

—¿Y?

—Es una vieja expresión de los Sangre de Plata. El sol poniente representa la caída a la Tierra de Lucifer —explicó Kingsley—. Eso podría ser.

Lucifer había sido el Príncipe del Cielo, la Estrella de la Mañana, recordó Mimi. Tenía sentido que su condenación fuera semejante a la puesta del sol para los Sangre de Plata.

—Bien, ¿a qué estamos esperando? —preguntó Mimi—. Tenemos que encontrar a una Vigilante desaparecida. Y no sé vosotros, chicos, pero yo necesito beber algo.

Dieciocho

Schuyler

—No tienes nada que temer. Por favor, no vuelvas a huir de mí.

El aliento de Jack era cálido en su oreja y Schuyler percibió cada palabra como una caricia. No obstante, las manos de él no aflojaron la presa y sus dedos aferraban con firmeza los brazos de ella.

—¡Déjame ir! Me estás haciendo daño —jadeó ella.

Para su sorpresa, los temblores habían mermado en el momento mismo en que la había tocado. Sintió cómo se aflojaban sus dedos. Una parte de ella se desmoronó un poco por haberse rendido con tanta rapidez. Esa maldita, odiosa parte de sí misma que echaba de menos el contacto de él en cuanto lo perdía. Se abrazó para no mostrarse tan abandonada. ¿Por qué se sentía así? Era ella la que le había rechazado. Ella era la que se había ido. Jack no significaba ya nada para ella. Nada.

—Lo siento —susurró él—. ¿Qué te pasa? ¿Estás bien? —la miró atentamente—. Estás temblando.

—Es que... a veces me dan temblores... no es nada —dijo ella. Se volvió para mirarle directamente—. Sea como sea, no pienso volver. No volveré a Nueva York.

La sorprendió ver que Jack parecía aliviado, como si le hubieran quitado un gran peso de encima.

—¿Era por eso por lo que huías? ¿Porque creías que te iba a llevar a Nueva York?

Ahora le tocó a ella el turno de sentirse confusa.

—¿Por qué si no?

—¿De verdad no lo sabes?

Ella negó con la cabeza.

—Corres peligro aquí, Schuyler —dijo, mirando a su alrededor con desconfianza—. Los Sangre de Plata están por todos lados. ¿No te das cuenta? ¿No notas su hambre?

Nada más decirlo, sintió exactamente aquello de lo que él estaba hablando, una profunda y consuntiva voracidad, un anhelo insaciable. Así que era eso lo que había percibido en la fiesta, un apetito sin fondo de avaricia y sexo y deseo, un fascinante canto de sirena a la depravación. Zumbaba en el aire, como un ruido que no se lograba distinguir pero que estaba allí. *Croatan*. Así que, en efecto, tenía razones para sentir miedo. Lo había sentido.

Jack la había ido empujando hacia un rincón de la celda y Schuyler empezaba a sentir claustrofobia en el confinado espacio. Sabía instintivamente que muchas almas habían sufrido y muerto en el mismo lugar en el que ella estaba ahora. Podía sentir el dolor primigenio, un inconfundible sentimiento de injusticia. Por aquel entonces, los prisioneros eran enviados a los calabozos a morir, a pudrirse bajo tierra, para que no vieran más la luz del sol.

Era gracioso que la Conspiración hubiera hecho creer a los humanos que los vampiros temían al sol, cuando la verdad era lo contrario. Tanto lo habían amado que habían sido exiliados del cielo a causa de su amor por la luz de Lucifer.

Schuyler se estremeció mientras Jack continuaba con su explicación.

—La fiesta ha sido una componenda. Están aquí por ti.

—¿Qué les importo yo a los Sangre de Plata? ¿Qué tengo que sea tan importante? —preguntó Schuyler, intentando no parecer petulante y autocompasiva.

¿Por qué ella? No había elegido aquello. Lo único que había querido desde siempre era que la dejaran en paz, pero era como si hubiera nacido siendo ya un blanco a abatir.

Jack contestó con la seguridad y seriedad de una presencia mucho más vieja, desvelando un pequeño atisbo de la antiquísima persona que había detrás de la máscara de joven vampiro. ¿Cómo le había llamado Lawrence? *Abbadon*. El Ángel de la Destrucción, el Ángel del Apocalipsis. Uno de los más temibles generales de Lucifer.

—Los ciclos son la clave de nuestra existencia. Garantizan la continuidad de nuestra invisibilidad en el mundo humano. De acuerdo con el Código, la expresión de cada espíritu es vigilada de cerca y registrada. Hay listas y reglas que gobiernan quién es convocado, por quién y por qué. No había registro alguno de que Allegra recibiera permiso para dar a luz a una niña en este ciclo. Así que el mero hecho de que nacieras es ya una transgresión.

Había sido un error desde su nacimiento, pensó Schuyler. Su madre, aquella figura silente, inmóvil, de la cama del hospital… «¿Por qué decidió tenerme?», se preguntó Schuyler.

—Pero aun así, eso no explica nada. ¿Por qué habría de importarles semejante cosa? ¿Qué significa para ellos? ¿Qué más les da? No tiene sentido.

—Lo sé —suspiró Jack.

—No me lo estás contando todo. —Schuyler comprendió que la estaba protegiendo—. Dime la verdad. Tiene que haber una razón por la que intentan matarme.

Jack inclinó la cabeza. Finalmente, habló.

—Hace mucho tiempo, durante la crisis de Roma, Pistis Sophia vio el futuro. Dijo que un día, el vínculo irrevocable entre los Incorruptos se rompería. Que Gabrielle rechazaría a Miguel y daría a luz a una hija con un Sangre Roja. Y que esa hija sería la muerte de los Sangre de Plata. Sophia jamás se ha equivocado.

—¿Así que yo represento su muerte? —A Schuyler le pareció un absurdo divertido—. ¿Yo? ¿Tienen miedo… de mí?

Se le escapó una risita histérica antes de que pudiera contenerla. Era absolutamente ridículo. ¿Qué podía ella hacer que *les* hiciera daño? Como ya señalara el Inquisidor, había usado la espada de su madre y había *fallado*. Puede que fuera fuerte y rápida, pero no era una luchadora, no era una guerrera, no era una soldado.

Jack cruzó los brazos.

—No tiene nada de gracioso. Leviatán te habría matado de inmediato aquella noche en Río si hubiera sabido quién eras. Y ahora que sabe que estuvo tan cerca y no llegó a matarte, te ha seguido la pista hasta aquí para concluir el trabajo.

—¿Cómo sabes que Leviatán me ha seguido?

—Porque yo le he seguido la pista a Leviatán —dijo Jack con expresión adusta—. Mi padre y yo llevamos meses siguiéndole.

—¿Charles está aquí?

Se preguntó por qué la noticia no hacía que se sintiera más segura. Charles Force era el más grande de todos ellos. Era Miguel, el Puro de Corazón, el Valeroso, el Príncipe de los Ángeles, el Comandante Supremo del Ejército de Dios. Ella también había buscado a Charles, y saber que estaba allí, en París, y que era su protector –uno de ellos, al menos– hubiera debido aligerar su corazón. Pero no era así. Charles Force no era un amigo. No era un enemigo, pero tampoco era un amigo.

Aunque quizá ahora pudiera hacer lo que Lawrence le había pedido que hiciera. Charles tendría que hablarle del Legado Van Alen. Schuyler tenía que saberlo. Se lo debía a su abuelo.

Jack asintió.

—Sí. Decidió venir en persona cuando el Cónclave se negó a enviar a los Venators a perseguir a Leviatán después de tu testimonio. Llevamos meses un paso y dos ciudades por detrás de él. Cuando Leviatán nos condujo hasta aquí, a esta fiesta, pensamos que iba a por la condesa, ya que desempeñó un papel decisivo en su encarcelamiento en Corcovado. Pero cuando te vimos en el salón de baile, comprendimos cuáles eran sus verdaderas intenciones. Charles me envió para asegurarme de que estabas a salvo mientras él se encargaba del propio Leviatán.

Así que, básicamente, la perseguía el peor demonio del mundo. Había estado huyendo de los Venators cuando probablemente hubiera debido correr *hacia* ellos, ahora que sabía qué era lo que la perseguía de verdad.

—¿Me crees? ¿Crees que yo no maté a Lawrence como piensa el Cónclave? —preguntó Schuyler.

Él bajó la vista.

—No puedo hablar en nombre del Cónclave, pero yo siempre te he creído. Siempre he creído en ti —dijo con suavidad.

—Muy bien —dijo ella, intentando ocultar el hecho de que se había sentido conmovida por la fe de él. Estaba de su parte. Al menos no la odiaba por haberle roto el corazón—. ¿Y ahora qué?

—Lo primero es lo primero —dijo él con energía—. Salgamos de este calabozo. Me preocupaba que eligieras este lugar para esconderte. Supongo que habrás notado que huele horriblemente mal.

DIECINUEVE

Bliss

Muffie Astor Carter (nombre real, Muriel) era una Sangre Azul en todos los sentidos de la palabra. Había estudiado en Miss Porter y Vassar, y había trabajado en el departamento de publicidad de Harry Winston, antes de contraer matrimonio con el doctor Sheldon Carter, que se había hecho famoso como *el* cirujano plástico del círculo de Park Avenue. Su vinculación había sido una de las más polémicas de los últimos tiempos, ya que a ambos les había costado varios intentos dar el uno con el otro. Él era el segundo marido de ella y ella la tercera esposa de él.

Además, Muffie era uno de los miembros más populares de la alta sociedad neoyorquina. Sus celosas rivales le lanzaban puñaladas diciendo que el público simplemente se había encaprichado con ella. Era tan descaradamente ingenuo que parecía una broma, pero no lo era. Era real, como la propia Muffie, una auténtica e irrebatible *wasp* de Bedford, una privilegiada en una era con hordas de nuevos ricos, que no distinguían un Verdura de un Van Cleef.

Todos los años, Muffie abría su amplia mansión de Hamptons, «Ocean's End», para un desfile de moda, cuyos beneficios iban destinados al Banco de Sangre de Nueva York. Era el no va más del calendario social para agosto. Situada al final de Gin Lane, la propiedad abarcaba seis acres e incluía una gran residencia, con una casa igualmente lujosa para huéspedes, un garaje para doce coches y una sección para albergar al personal. El enorme terreno incluía dos piscinas (salina y de agua dulce), pistas de tenis, un estanque con nenúfares y unos jardines mantenidos impecablemente por profesionales. El césped se cortaba a mano, con tijeras, cada dos días, para que conservara siempre la longitud justa.

Cuando Bliss llegó al festejo, a primera hora de la tarde del domingo, se topó con una caravana de deportivos europeos al ralentí frente a la fila de aparcacoches. Hacía ya una semana que Henri la había visitado. Hasta el momento, el Visitante no había encontrado nada en contra de sus deseos en los pasos que había dado para recuperar su identidad y mantener su tapadera. Había conseguido cortarse el pelo, comprar un poco de ropa nueva e incluso asistir a una o dos clases de pilates. Aunque la musculatura de un vampiro fuera sobrehumanamente poderosa, era necesario mantenerla *a tono.* Si bien el Visitante parecía satisfecho con la nueva situación, en ocasiones regresaba de repente, enviándola de vuelta al negro vacío. Era como un asaltante de coches, pensaba Bliss, que sostenía una escopeta y la empujaba violentamente al asiento trasero de su mente.

Pero aquella mañana se había marchado y Bliss estaba encantada de estar entre la gente otra vez, *de salir fuera de su propia cabeza*, por así decirlo. Bliss había comprobado que el único modo de hacer frente a lo que estaba ocurriéndole era reírse de todo. Había descubierto una veta de humor negro que no sabía que tuviera. Todavía sonreía cuando le tendió las llaves al aparcacoches. Había viajado hasta allí en uno de los autos de la casa, lo que la familia llamaba coches «asignados» a cada uno de sus hogares. En Palm Beach, los Lewellyn poseían una escudería de coches clásicos: un Rolls Royce Phantom, un Bentley de 1955 y un Lincoln Continental de 1969. En Nueva York habían añadido una flota de SUV negros cuando BobiAnne se dio cuenta de que el Rolls Silver Shadow era demasiado ostentoso para Manhattan.

En Hamptons tenían varios Mercedes SLK descapotables de comienzos de la década de los noventa, por algún motivo el clásico más ubicuo en el East End. BobiAnne siempre intentaba encajar lo mejor posible. Bliss había escogido el rojo manzana con caramelo para que hiciera juego con su buen humor. Ya era hora de disfrutar de los coches de una vez. No tenía ni idea de cuánto tiempo más los tendrían. Forsyth los había puesto a la venta, junto con la casa, para poder conservar al menos su ático de la ciudad.

Caminó hacia la fachada de la mansión, donde Balthazar Verdugo, el diseñador cuya colección de otoño iba a ser exhibida, encabezaba la recepción junto a la anfitriona. Balthazar era muy popular entre sus clientas, incluso se había casado con una. Olía a aceite de coco y un exceso de espuma para el pelo. A Bliss nunca le habían gustado ni él ni su ropa —un poco recargada para su gusto—, pero aceptó el habitual intercambio.

—Qué día tan precioso, ¿verdad? ¡Estoy impaciente por lucir tu ropa! ¡Muchas gracias por contar conmigo! ¿Quién es esta preciosidad? —preguntó con voz alegre, acariciando al diminuto chihuahua acurrucado en los bazos del diseñador.

Balthazar le tendió a Bliss una mano blanda y se la pasó a Muffie con una sonrisa alicaída.

—Me alegra verte tan bien, querida —saludó Muffie, ofreciendo a Bliss el más insustancial abrazo imaginable.

Muffie tenía una frente ancha inclinada hacia atrás sin una sola arruga (la más eficaz publicidad de su marido cirujano plástico) y el perfecto peinado rubio imperante en el Upper East Side. Era el epítome de la alta cuna: bronceada, esbelta, elegante y con un gran sentido del saber estar. Todo lo que BobiAnne hubiera querido ser, pero jamás había podido igualar.

—Gracias —dijo Bliss, intentando no sentirse demasiado desgarbada—. Me encanta estar aquí.

—Las otras modelos están en la parte de atrás de la carpa. Me temo que vamos retrasados, como de costumbre —dijo Muffie alegremente.

Bliss caminó hasta el área del *backstage*, cogiendo un canapé de una bandeja y una copa de champán de una de las mesas del bufé.

Henri tenía razón: era un trabajo fácil. No era una verdadera pasarela de moda, sólo una presentación a clientes ricos en favor de una buena causa. Un auténtico desfile era una caótica exhibición de energía y ansiedad, a la que asistían cientos de editores, minoristas, famosos, y cubierto por cientos de medios de comunicación de todo el mundo. Lo de Balthazar Verdugo en casa de Muffie Carter era más bien una especie de exposición de fondo de armario glorificada. Con modelos, eso sí.

Le resultaba raro estar de vuelta en el mundo real, caminar sobre hierba húmeda (a decir verdad, hundiendo los tacones en ella), saborear un aperitivo, contemplar la asombrosa vista sobre el océano –una línea ininterrumpida de azul que abarcaba todo el horizonte– y descubrir que en algunas partes del mundo, incluso de *su* mundo, el del Comité y el Cónclave, había gente indiferente o directamente *desinteresada* por lo que había ocurrido en Río.

Muffie y las demás mujeres del Comité con las que se había topado Bliss en la fiesta no habían sacado a colación la muerte de BobiAnne ni la masacre del Cónclave. Bliss comprobó que se limitaban a seguir adelante con su vida: ocupaban sus días planeando fiestas, patrocinando recaudaciones, recorriendo el circuito de los desfiles de moda, las carreras hípicas y los actos de caridad. No parecían demasiado preocupadas o turbadas. No querían aceptar el retorno de los Sangre de Plata. No querían aceptar la *realidad* de lo que habían hecho y planeaban hacer los Sangre de Plata. Estaban satisfechas con sus respectivas vidas y no deseaban que cambiara nada.

Había pasado mucho tiempo desde que habían sido guerreras, soldados, codo con codo y hombro con hombro, en la batalla contra el Príncipe Oscuro y sus legiones. Era difícil imaginarse a aquel grupo de damas de la alta sociedad subalimentadas y botoxificadas, y a sus aún más despreocupados hijos, combatiendo en una lucha por el cielo y la tierra. Cordelia había tenido razón al decirle a Schuyler que los vampiros se estaban volviendo vagos y caprichosos. Cada vez se parecían más a los humanos y menos inclinados a mostrarse fieles a su destino celestial.

De pronto, Bliss comprendió que eso era lo que había distanciado a Cordelia y Lawrence del grupo. A ellos les *importaba*. Habían mantenido su vigilancia sobre las fuerzas del infierno y habían hecho sonar la alarma. Un alarma que todos estaban empeñados en no oír. Los Van Alen habían sido la excepción a la norma. Tenía sentido que Schuyler fuera como ellos. Su amiga nunca se había sentido cómoda en un mundo de ricos ociosos, por mucho que hubiera nacido en él. Pero Schuyler no era la única. Hasta Mimi y Jack Force eran diferentes. No habían olvidado su glorioso pasado. No había más que ver el modo en que Mimi exhibía sus extraordinarias habilidades vampíricas. Era suficiente para convencer a cualquiera de que aquella zorra esquelética albergaba algo más que su capacidad para ir de compras.

Pero esta gente, esta elite tan satisfecha consigo misma que apenas había parpadeado al recibir la noticia de la masacre... ¿*Esas* personas osaban llamarse a sí mismas vampiros?

Exacto. Igual que los miembros del Cónclave, será fácil vencerlos cuando llegue el momento.

Bliss se estremeció. Se había habituado a estar sola y había olvidado que el Visitante podía aparecer en cualquier momento.

¿Qué quieres decir? ¿Qué es lo que les espera?

El Visitante no respondió.

VEINTE

Mimi

El Sol de Ajuste estaba en Cidade de Deus, la Ciudad de Dios, los famosos barrios bajos de la parte occidental que habían servido de inspiración para una importante película de Hollywood y el subsiguiente programa de televisión, *City of Men*. Por supuesto, la auténtica ciudad no se parecía en nada a la aséptica versión hollywoodense, que era el equivalente a una «gira por los pudrideros» organizada por conserjes de hotel: la exhibición de una miseria puesta de moda. La realidad de la pobreza era mucho más cruda y desagradable. Las gigantescas montañas de basura; el hedor a alcantarilla y putrefacción; los niños con el culo al aire, que languidecían en las calles fumando cigarrillos; el modo en que nadie hacía el menor gesto para espantarse las moscas. Ya hacía mucho que pasaban de algo tan simple como *las moscas*.

El bar no era más que una chabola de lata, un cobertizo apoyado contra una pendiente con un techo y una barra llenos de agujeros. Cuando llegaron Mimi y los chicos, un grupo de gorilas con ganas de bronca estaba acosando al ayudante del bar, el chico que limpiaba la barra y recogía la cerveza derramada con toallas harapientas. Mimi reconoció los tatuajes de aspecto feroz que llevaban los miembros de la banda en las mejillas: eran integrantes del Comando Prata, el Comando de Plata, una conocida banda callejera responsable de la mayor parte de la actividad criminal en esa parte del gueto. Iba a ser interesante.

—*¡Você deve três pesos!* —insistía el joven. Me debe tres pesos.

—*¡Caralho! ¡Vai-te foder!* —rió el gordo, maldiciendo al chico y empujándole contra la pared.

El propietario, ya entrado en años, permanecía en pie tras la mesa, con cara de temor y enfado por el acoso al que estaba siendo sometido su empleado, además de ver su pequeño establecimiento repleto de extranjeros raros vestidos de negro.

—¿Puedo ayudarles en algo? —jadeó en portugués, mirando por el rabillo del ojo al muchacho—. ¡Tú, déjale en paz! —gritó cuando uno de los matones zancadilleó al chico, haciéndole caer de cara contra el suelo.

Como toda respuesta, el gordo dio una patada en la cabeza al encogido muchacho. Se oyó el grimoso crujir de una bota de acero contra el hueso. Con un rápido movimiento, uno de los de la banda le puso al propietario un cuchillo contra la garganta.

—¿Tienes algo que decirnos, viejo?

—Baja ese cuchillo —le ordenó Kingsley con voz queda.

—Vete a cagar —replicó el líder.

Era un chaval flaco con la cara marcada de viruela, que estaba sentado en la parte de atrás. Levantó su arma automática como si no fuera más que una lata de refresco. Los señores de la droga locales actuaban como presencia policial extraoficial en los poblados chabolistas, desempeñando el papel de juez y verdugo según su capricho. Pero la única ley que defendían era la suya propia.

—Estaré encantado de hacerlo en cuanto dejes en paz a esta gente —dijo Kinglsey con voz tersa.

Había veinte miembros de la banda y sólo cuatro Venators, no exactamente una proporción justa para aquel lamentable hatajo de Sangre Roja. Si los vampiros así lo decidían, podrían acabar con todos los presentes sin previo aviso. Mimi podía verlo: una pila de cadáveres sobre el suelo.

Notó que se le encendía la sangre ante el desafío, pero fue algo superficial, el tipo de excitación pasajera que uno sentía en un combate de boxeo cuando ya sabía el resultado. Aquellos matones se creían duros, pero no eran nada: pulgas en el lomo de un búfalo, hienas ante leones. Mimi deseó que fuera algo más deportivo, un desafío mayor.

A las bandas callejeras no les asustaban los extranjeros, no obstante, y eran más rápidas de lo que habían creído los Venators. Antes de que Kingsley pudiera darse la vuelta recibió una cuchillada, un desgarro en su manga que dejaba al descubierto una fea herida.

Fue suficiente. Mimi se volvió derribando a dos de ellos al suelo con sendas patadas y forzando a otro a ponerse de rodillas. Estaba a punto de sacar a *Eversor Lumen*, la Destructora de la Luz, cuando oyó la voz de Kingsley en su cabeza.

¡Nada de armas! ¡Nada de muerte!

Por mucho que le doliera, mantuvo su espada en la vaina. Dos tipos robustos intentaron abalanzarse sobre ella, pero los esquivó y los lanzó contra las desvencijadas mesas. Otro echó mano a su arma, pero antes de que pudiera disparar Mimi se la había arrancado con un golpe de tacón. *Chupado*. Era consciente de que hasta los hermanos Lennox estaba disfrutando haciendo entrechocar cabezas y derrotando a sus atacantes. Observar sueños y validar recuerdos no se podía comparar con una buena pelea al viejo estilo.

Uno de los matones cogió una pata de silla y la apuntó directamente hacia el pecho de Kingsley, pero Mimi la hizo pedazos antes de que pudiera alcanzar su objetivo.

—Gracias —dijo Kingsley—. No sabía que te importara tanto. —Sonrió y se llevó rápidamente por delante a un chico armado con una Uzi.

Mimi se echó a reír. Apenas había llegado a sudar, aunque respiraba pesadamente. Como había ordenado Kingsley, sus adversarios vivirían para ver un nuevo amanecer. Pasó por encima del montón de cuerpos con la ayuda de Ted y se reunió con ellos junto a la barra.

El camarero salió de debajo de una mesa, haciéndoles una reverencia de agradecimiento.

—¿Qué puedo ofrecerles?

—¿Cuál es la especialidad de la casa? —preguntó Kingsley.

—¡Ah! —El dueño les dirigió una desdentada sonrisa—.Trae el Leblon —le dijo a su joven ayudante, cuya brecha había dejado de sangrar. El muchacho desapareció en la alacena trasera y salió con una botella de *cachaça*: ron de caña de azúcar. El hombre les sirvió cuatro vasitos.

—El desayuno —asintió Kingsley, cogiendo su vaso.

—*Saude* —brindó Mimi, bebiéndose el suyo de un trago. A tu salud.

—Buscamos a esta chica. ¿La ha visto? —preguntó Kingsley mostrando a sus nuevos amigos la fotografía de Jordan—. Cuéntenos —añadió, apremiándole un poco.

El chico negó con la cabeza, pero el dueño del bar se quedó un largo rato mirando la foto. También él negó con la cabeza, lentamente.

—No la he visto jamás, pero este no es un lugar al que la gente traiga a los niños.

Mimi y Kingsley intercambiaron miradas y los hombros de los gemelos descendieron ligeramente. Abandonaron el bar tras haber dado fin a la botella. Era mediodía. El sol estaba en todo lo alto y hacía un calor asfixiante. Unos cuantos mirones curiosos se habían amontonado alrededor de la entrada, atraídos por la pelea, pero se mantuvieron a una distancia considerable del cuarteto. Sus miradas estaban llenas de respeto. Nadie había logrado jamás derrotar al Comando de Plata.

—Para usted —dijo una anciana, tendiéndole a Mimi una botella de agua—. *Obrigada.*

La mujer se santiguó y Mimi interpretó aquello como un signo de gratitud por haber hecho un mínimo de justicia en un lugar sin leyes.

—Gracias —dijo Mimi, aceptando el agua con un movimiento de la cabeza. Una vez más le llamó la atención lo indefensa que se sentía.

Los problemas de esta gente no son los tuyos, se dijo a sí misma. *No puedes ayudarles.*

En pie sobre una acera polvorienta de los barrios bajos se sintió muy alejada del mundo protegido, exclusivo, del Upper East Side.

Todavía tenía los músculos tensos tras el combate. Esa era la razón por la que se había ofrecido para la misión, para poner un poco de agitación en su vida, ver una parte del mundo que no podía divisar desde el asiento de atrás de una limusina. Quizá en esta reencarnación fuera una princesa malcriada, pero era una guerrera por naturaleza. Azrael *necesitaba* esto.

Sin embargo, resultaba frustrante. Habían partido un año atrás en busca de los Vigilantes y aún no habían obtenido nada a cambio de sus esfuerzos, excepto una nota que no les decía nada.

—Puede que la Vigilante no desee que la encontremos —dijo Mimi, bebiendo un trago de agua y pasándole la botella a Kingsley—. ¿Lo has pensado alguna vez?

—Es posible, pero improbable —dijo después de beber un trago y lanzarle el resto a uno de los Lennox—. Ella es consciente de lo valioso que su conocimiento es para nuestra comunidad. Sabía que me enviarían a mí en su busca. Créeme, quiere que la encontremos.

—Déjame ver otra vez la nota —dijo Mimi.

Kingsley le entregó el trozo de papel. Ella volvió a leerlo. Mientras mantenía el papel en alto se fijó en algo que no había visto antes. Algo que había quedado oculto en el amanecer, cuando estaba demasiado oscuro para ver con claridad.

—Mira esto —le dijo a Kingsley, levantando la nota para que incidieran sobre ella los rayos directos del sol.

La luz se traslucía a través del papel, desvelando algo que antes había sido invisible, como una marca de agua. *Phoebus ostend praeeo*. Y tanto. El sol mostrará el camino.

En medio de la página había un mapa.

VEINTIUNO

Schuyler

—Es por aquí —dijo Jack—. Cuando era un crío, las cocineras solían venir aquí a buscarme.

Mostró a Schuyler los pasajes secretos que recorrían sinuosos los vastos almacenes del edificio por debajo del castillo. Según contaba la historia, la mansión había sido construida para alojar a toda una cohorte de nobles. Disponía de un ala completa para el servicio, y las cocinas y bodegas ocupaban cuatro niveles hacia abajo. Antes de morir el conde, la aristocrática pareja había celebrado costosas fiestas, que duraban un mes, para huéspedes y su séquito. El lugar tenía como fin mantener lo que se había convertido ya en un estilo de vida pasado de moda, por no mencionar lo tremendamente oneroso que resultaba. No era de extrañar que los compradores planearan dividirlo en apartamentos. Un cuerpo de servicio compuesto por sesenta personas resultaba insostenible incluso para la condesa, que iba a mudarse a su villa de Saint-Tropez con un séquito mucho menos numeroso.

Si bien la propiedad presumía de tener docenas de habitaciones ocultas y laberínticos pasajes, al final sólo había un modo de salir del palacio Lambert. Todo el mundo, desde el noble de más alta cuna hasta el más humilde de los sirvientes de la cocina, tenía que cruzar el patio central hasta la verja principal. Jack y Schuyler descubrieron que no existía otra opción: tendrían que atravesar el nido de víboras para alcanzar la libertad.

La escalera del ala de los sirvientes daba directamente al salón principal, donde Jack y Schuyler escucharon el sonido de risas histéricas y regocijo incontrolable, que sonaba cada vez más forzado y frenético a medida que la mareante música iba creciendo en velocidad y volumen.

—¿Qué están haciendo? —susurró Schuyler. Ambos permanecían escondidos detrás de una de las columnas acanaladas—. ¿Por qué siento como si... como... como si me apeteciera... hacerle daño a alguien?

—Es lo que hacen los Sangre de Plata, empujar. Emplean la apropiación como nosotros, pero en la dirección opuesta. Sacan a relucir lo peor de la gente.

—¿No deberíamos avisar a todos? —preguntó.

—Esto no es Río. Hay demasiados de ellos para que podamos vencerlos. Los Sangre de Plata no se arriesgarán a usar otra cosa que la compulsión. Únicamente están aquí por ti —dijo Jack, intentando reducir el impacto de su declaración con otra sonrisa reconfortante.

Schuyler no quería que el miedo la engullera. Se recompuso concentrándose en combatir la creciente y abrumadora repugnancia que el hechizo de los Sangre de Plata la hacía sentir. Tenían que encontrar a Oliver y escapar de allí tan subrepticiamente como fuera posible. Ella había montado una buena mientras huía de Jack, pero la desbordada actuación de los números musicales de Bollywood la había encubierto en buena medida. Los invitados habían supuesto que formaba parte del espectáculo, en especial dado el modo en que iba vestida. Con su sari, había encajado a la perfección en esa idea.

—Toma —dijo Jack, entregándole un pequeño crucifijo de plata con una cadena—. Debería servir de ayuda. —Sacó uno similar de debajo de la camisa—. Es parte del uniforme de Venator.

Salieron a hurtadillas al jardín y encontraron a Oliver en pie, solo, con una copa en la mano bajo un haya majestuosa. Si se sorprendió al ver a Schuyler con Jack, no lo demostró, salvo por un ligero enarcado de la cejas.

No es lo que tú crees, hubiera querido decirle. Te quiero.

El caso fue que cuando Oliver se volvió hacia Jack estuvo cordial y le estrechó la mano con exagerado entusiasmo.

—Me alegra verte, hombre. Ha pasado mucho tiempo.

Por su parte, Jack estrechó la mano de Oliver con firmeza. Los dos estaban empeñados en actuar como si acabaran de encontrarse por azar en la fiesta. No eran más que dos adolescentes de la alta sociedad poniéndose al día sobre los últimos chismes y noticias.

—¿Qué te trae por aquí, Force? Espero que no sea cosa del Comité —dijo Oliver, enmascarando el fondo de recelo con un tono de ligereza.

—En absoluto —dijo Jack mientras Schuyler ponía a Oliver al corriente.

Una vez informado, Oliver comprendió de inmediato el peligro que corrían.

—Bueno, ¿qué es lo que tenéis pensado? —les preguntó—. Tengo la impresión de que no nos va a ser posible salir de aquí por las buenas.

—Por ahora no se han dado cuenta de que Schuyler ya no está en esa habitación esperando a la condesa —dijo Jack mirando a su alrededor—. Creo que podremos llegar a Lu…

Jack se interrumpió antes de concluir la frase, elevando los ojos con una expresión de sorpresa en el rostro.

Schuyler miró por encima de su hombro. El barón de Coubertin había reaparecido por el extremo opuesto del patio, pero esta vez había algo diferente en él. Schuyler pudo ver que sus ojos estaban bordeados de fuego encarnado. Pupilas de plata.

Leviatán.

Permaneció inmóvil, recorriendo el espacio con aquellos terribles ojos plateados.

Schuyler se volvió hacia Oliver y se dio cuenta de que él también lo había visto. Tenía el rostro ceniciento.

—Te dejé marchar con él. Qué estúpido. Sabía que algo iba mal… Cuando hablé con él en el barco estuvo distinto, incluso jovial. Debí haberme dado cuenta de que algo no iba bien.

—Yo tampoco me di cuenta, Ollie. Es imposible que hubieras podido saberlo —dijo.

Los Sangre de Plata eran capaces de cambiar de forma con gran facilidad. Schuyler recordó que su abuelo se lo había comentado. Leviatán la había acorralado, probablemente con la intención de deshacerse de ella más adelante. Se estremeció al pensar en lo que planeaba.

—Escuchadme, yo soy un estorbo para vosotros, pero quizá pueda retrasarlos a ellos —dijo Oliver, quitándose el turbante y lanzándolo al suelo.

—¡No! —dijo Schuyler—. ¡O salimos de esto los tres juntos o no salimos ninguno! ¡Oliver! ¡Escúchame! —rogó, empezando a comprender.

—Demasiado tarde —dijo Oliver recogiendo una antorcha próxima y corriendo hacia la entrada guardada por los elefantes—. ¡Venid a cogerme! —gritó, agitándola de un lado a otro como un demente.

Los elefantes se encabritaron sobre sus patas traseras, derribando al rey y la reina de Siam, y echaron a correr descontrolados entre los arbustos, persiguiendo a Oliver. Los *mahouts* gritaron y los perplejos invitados salieron disparados en todas las direcciones, procurando alejarse de las bestias desmandadas.

—¡Deprisa! —dijo Jack—. Antes de que cierren las puertas. —Tendió la mano hacia ella.

—Pero... ¡Oliver! —Schuyler daba pasos sin tino—. ¡Oliver, no! ¡Oliver!

—Es humano, a él no le buscan. Schuyler, tenemos que salir de aquí! ¡Por favor! —dijo Jack, tendiéndole de nuevo la mano.

—¡No! ¡No puedo! ¡No puedo abandonarle!

Vio como Oliver se alejaba más y más, con los elefantes en plena carga tras de él.

Quedarse allí no le serviría de ayuda a Oliver. No en esa situación. Con sus dudas, los estaba poniendo a todos en mayor peligro. Quería correr detrás de Oliver, pero dejó que Jack la alejara de allí. Esquivaron a confusos portadores de antorchas, al personal del catering y a los aturdidos sirvientes. Podía sentir la ira del demonio Leviatán, cómo sus ojos se clavaban en su nuca, una malevolencia incalculable y deliberada.

En cuestión de un instante caería sobre ellos.

Al contrario que luchar, correr era algo que Schuyler sabía hacer. Juntos, ella y Jack, volaron sobre el patio adoquinado y atravesaron la puerta principal. Miró por encima del hombro y atisbó el brazo levantado de Oliver mientras desaparecía en medio de la muchedumbre soliviantada.

Se estaba despidiendo.

VEINTIDÓS

Bliss

El desfile de moda fue bien. Bliss logró realizar sus dos pases sobre la pasarela sin incidentes, aunque estaba aún trastornada por la amenazadora voz del Visitante en su cabeza. ¿Qué estaba planeando? ¿Qué quería decir con aquello de «será fácil vencerlos…»? Pero entonces, sabía lo que significaba, ¿acaso no lo sabía? ¿No estaba negando la realidad? Debía de haber un motivo para la presencia del Visitante en su vida. No rondaba simplemente por ahí para conocer mejor a su querida hija, ¿verdad? Había una razón para que estuviera ahí.

Y cualquiera que fuese, ella estaba implicada, porque a todos los efectos *ella* era él. Hiciera lo que hiciese el Visitante, nadie vería a Lucifer detrás, sólo a Bliss. Quizá pudiera hacer algo al respecto, un esfuerzo por descubrir qué hacía el Visitante cuando estaba fuera de ella. Sería bueno no estar tan sumida en la oscuridad.

Se masajeó las sienes. Afortunadamente, la mayoría de las demás modelos la habían dejado en paz. Nadie se había atrevido a más que a dirigirle miradas de simpatía. A juzgar por el modo en que las chicas hablaban en voz baja sobre ella, Bliss pensó que era como si llevara la palabra «SUPERVIVIENTE» estampada en la frente. *Su madrastra asesinada. Su hermana desaparecida... se teme que muerta... Terrible... Estas cosas pasan mucho en Río, ¿no?*

En opinión de Bliss aquello era terriblemente injusto. Lo sucedido a su familia no tenía nada que ver con el país en el que se encontraban, pero no se lo podía contar a nadie, claro está. Lo único que le apetecía era largarse de allí. Se quitó su último modelo –un vestido de baile de tul, que alguna gran señora luciría en el estreno de la temporada de ballet en otoño– y se puso de nuevo su vestido blanco veraniego. Iba caminando por el césped, saludando con un gesto de la cabeza a algunos rostros conocidos y con la esperanza de regresar a casa sin tener que hablar con nadie, cuando oyó a alguien gritar su nombre.

—Bliss, ¿eres tú? ¡Eh! —Una chica bonita, con pelo largo y rubio, un sombrero flexible de paja y un vestido muy chic de una sola hombrera se acercó a ella.

Bliss la reconoció de inmediato. Era Allison Ellison –o Ally Elly, como la llamaban–, una de las Sangre Roja de Duchesne.

Ally era una becaria, cuyos padres vivían en Queens o en un sitio parecido. Tenía que coger un autobús que tardaba dos horas en llegar a la escuela. Bliss había dado por supuesto que aquellas circunstancias no le granjearían a Ally mucha popularidad, pero ocurrió justo lo contrario. A los chicos del Upper East Side les encantaban sus alucinantes historias del extrarradio y su modo divertido de ver las cosas. Bliss recordaba que Ally las había acompañado a Mimi y a ella, y a un grupo grande, en una ocasión. Ally se aseguró de que todo el mundo pagase exactamente lo que debía en la mesa, hasta el último centavo. Nadie se libró con la típica chorrada de «se me ha olvidado la cartera, os debo una», a la que recurrían los chicos con fondos como Mimi una y otra vez.

Una cosa era ver a Ally en el colegio y otra verla en la fiesta anual Shopping, Champagne and Charity de Muffy Astor Carter. ¿Qué pintaba allí vestida con un Balthazar Verdugo original, que seguro que había costado al menos cinco cifras, y con pinta de haber veraneado toda la vida en Southampton?

Tuvo la respuesta cuando se acercó Jamie Kip para darle un abrazo a Ally. ¡Vaya! Ally era una huésped humana de uno de los Sangre Azul más populares. Ahora cobraban sentido el caro vestido de Ally y su presencia en la fiesta.

—Hola, Ally —dijo Bliss con un gesto de la cabeza—. Jamie.

Jamie se excusó con un carraspeo y las dos chicas se quedaron solas.

—¿Cómo estás? —preguntó Allison—. Me alegra verte de nuevo.

La bonita rubia apoyó una mano en el brazo de Bliss, que se sintió conmovida por la inesperada calidez de la voz de Ally.

—Estoy bien... Gracias —dijo.

—Te echamos de menos en el servicio funerario de Dylan —dijo Allison—. Pero no te preocupes, nadie esperaba que aparecieras. Tu padre dijo que necesitabas descansar.

—¿Servicio funerario? ¿Hubo un funeral por Dylan? ¿Cuándo? —preguntó Bliss, intentando que no se notase que estaba a punto de volverse loca.

Allison parecía incómoda.

—Hace ya casi un año. Sí, lo sé, resulta extraño, ¿verdad? Me refiero a su desaparición. Se suponía que sus padres se habían mudado a Grosse Point o algo así, pero luego se descubrió que estaba internado en Transiciones. Por lo visto, le concedieron un permiso de cuarenta y ocho horas y murió de una sobredosis.

Otra tapadera, pensó Bliss. Los Sangre Azul ocultaban bien sus pistas. Era fácil explicar la muerte de Dylan como una sobredosis más de otro niño rico, en especial dado que estaba en rehabilitación. Una versión plenamente verosímil, excepto porque no era cierta en absoluto.

Allison se agitó nerviosa.

—Yo no le conocía demasiado, pero vosotros erais amigos, ¿no?

—Lo éramos —dijo Bliss—. Fue... Cómo... ¿Acudió alguien más?

Su compañera de Duchesne pareció azorada.

—No, en realidad no hubo mucha gente. Creo que yo era la única de Duchesne. Había algunas personas del centro de rehabilitación, pero al fin y al cabo lo habían organizado todo ellos. Yo me enteré por casualidad, a través de Wes McCall, que estaba también en Transiciones en aquel momento. Sólo era capaz de pensar que… Bueno, Dylan y yo estábamos en clase de Lengua juntos y era… un buen tipo. Todo un personaje, pero simpático, ¿sabes?

—Sí —dijo Bliss. De repente, notó que se le habían llenado los ojos de lágrimas.

—Oh, Dios, estás llorando. Lo siento muchísimo. No pretendía apenarte —se excusó Allison—. Toma. —Le tendió a Bliss un pañuelo perfumado que sacó del bolso.

—Estoy bien… es que… ha sido complicado —tartamudeó Bliss, cogiendo agradecida el pañuelo y secándose los ojos.

—La vida lo es, sin duda, pero me alegra verte… recuperada. —Allison asintió con la cabeza—. Quiero decir que debe de ser muy duro. No paro de meter la pata.

—Para nada, es agradable poder hablar con alguien —Bliss sonrió.

—Pues ya sabes. Siempre podrás hablar conmigo. ¿Volverás a clase en septiembre?

Bliss asintió.

—Sí. Se me hace raro haber perdido un curso. Ya no conozco a nadie.

El Visitante había estado de acuerdo en que Bliss volviera a estudiar. Habría levantado sospechas que la hija del senador abandonara de pronto la escuela superior.

—Bueno, a mí me conoces, y yo estoy en tu clase. No te irá tan mal —dijo Allison, dándole a Bliss un abrazo.

—Me alegra que me digas eso. Gracias, Ally. Hasta la vista. —Bliss sonrió.

—Nos vemos.

Bliss se dirigió al coche, sin desear otra cosa que estar sola mientras digería las noticias. Se había celebrado un funeral por Dylan y no había asistido nadie. Para los Sangre Roja no era más que una fuente de problemas; para los vampiros, daños colaterales. A nadie le importaba, ni nadie se acordaba de él.

Ni siquiera había estado presente para acompañarlo, para verlo por última vez antes de que lo enterraran. Había desaparecido para siempre.

VEINTITRÉS

Mimi

Las indicaciones del mapa les condujeron al bosque de Tijuca, enclavado en pleno centro de la ciudad, no muy lejos de los elegantes barrios situados a lo largo de la costa. Río era una maravilla, pensó Mimi. ¿En qué otro lugar del mundo podía uno pasar tan deprisa de las torres de cristal de un moderno distrito financiero moderno a una selva rozagante?

En el taxi a Barra da Tijuca, Kingsley estudió de nuevo el mapa, cuidadosamente trazado.

—Al parecer, hay algún tipo de cabaña en el bosque cerca de una catarata. Debe de ser el sitio al que la han llevado.

—¿Crees que seguirá viva? —preguntó Mimi.

Al principio, Kingsley no respondió. Se limitó a plegar la nota y guardársela en el bolsillo.

—Sabemos que la han mantenido con vida durante más de un año. Si hubieran pensado matarla, ¿por qué iban a esperar tanto?

—El asunto me da mala espina—dijo Mimi—. Me da la impresión de que hemos llegado tarde.

La nota estaba fechada hacía cuatro días. Las palabras de la niña resonaron en su mente. *Mala gente. Se la llevaron.*

El conductor los dejó en el aparcamiento junto a la entrada de Cascatinha de Taunay, que era lo más que podía acercarlos. Era una pequeña meseta rodeada por los árboles más altos que Mimi había visto en su vida. Su grandiosidad era panorámica, el tipo de belleza natural que sólo veía uno en las películas, tan verde y amplia que parecía irreal.

Bajó del taxi y e inspiró profundamente el límpido aire de montaña. Casi tenía sabor, como a rocío y sol mezclados con un olor a tierra verde. Mimi observó a su alrededor. Había varios senderos practicables, pero desaparecían bruscamente monte arriba, girando hacia lo que parecían unas rocas afiladas. Iba a ser un paseo bastante arduo, en todo caso. Una vez más, maldijo su vanidad. Si al menos se hubiera puesto calzado cómodo. Jamás llegaría a lo alto de ese sendero con sus botas de tacón alto.

Había varios jeeps de aspecto bataneado, cuyos conductores pretendían animar a los pequeños grupos de turistas y caminantes para que los contrataran por todo el día. Kingsley le había leído la mente a Mimi y había desechado la idea antes siquiera de que pudiera exponerla.

—No, no pongamos en peligro a nadie más —dijo—. Para los Sangre de Plata cazar humanos es un deporte. Un guía sólo haría más vulnerable nuestra misión.

«Estupendo», pensó ella. «Hace cuarenta y ocho horas que salimos del hotel. Perdona que prefiera ir en coche que a pie. Hasta los vampiros acababan agotándose si los forzabas demasiado».

Entretanto, los hermanos Lennox habían encontrado a un guía del parque.

—¿El camino más rápido a las cataratas escondidas?

El guía estaba tan bronceado que su piel parecía de caoba. Tenía acento británico y les explicó que pertenecía a la Natural Geographic Society.

—Es probable que el mejor camino sea el de Pico. Hay un sendero sin señalizar a través del bosque que podéis seguir, pero es una subida bastante dura. ¿Seguro que no queréis contratar uno de los jeeps? Las de Taunay están aquí mismo y son igual de espectaculares... ¿No? Pues buena suerte. El parque cierra con la puesta del sol, así que aseguraos de estar de regreso para entonces.

Mimi se miró los pies. Sabía lo que tenía que hacer. Se sentó en un tronco caído, se quitó las botas y cortó los tacones de aguja con su navaja, con un leve gesto de dolor por semejante destrozo. Luego, volvió a ponérselas. Mucho mejor. Dio un largo trago de agua de su botella de plástico, deseando, no por primera vez, estar en una playa en Capri.

—¡Atrápala! —dijo Kingsley lanzándole algo.

Era una pequeña botella de agua de coco.

—¿Para qué es esto? —preguntó, apretando la pestaña. Dio un sorbo. Sorprendentemente refrescante.

—La encontré en la tienda de regalos —dijo—. No es *limoncello*, pero tengo entendido que sienta muy bien.

¿Por qué parecía saber siempre lo que estaba pensando? Se sintió irritada y agradecida al mismo tiempo, una curiosa combinación.

Partieron a paso rápido, dejando pronto atrás a la mayoría de la gente que avanzaba por el camino principal, y llegaron a lo alto de la montaña poco después. El aire estaba tan encalmado que era como si hubieran entrado en una especie de templo natural. Desde la cima se podía contemplar toda la ciudad hasta la misma costa. Era una vista magnífica y espectacular.

—Esta debe de ser la senda de la que hablaba el guía —dijo Kingsley, marchando en cabeza entre la cerrada vegetación hasta la otra vertiente de la colina—. Me parece que escucho el ruido del agua.

Mimi se detuvo y prestó oído. También ella lo percibía: un sonido de agua corriente, susurrante, apenas audible y probablemente a kilómetros de distancia. Caminar pendiente abajo era más fácil. Casi se deslizaban, una de las ventajas de la agilidad de los vampiros. Anduvieron en silencio hacia el oscuro y desolado corazón de la jungla, confiando en el mapa para orientarse. El calor era opresivo y pegajoso. Había tanta humedad en el aire que era como respirar bajo el agua. La densa y primitiva vegetación, las raíces de los árboles, que parecían las garras de una bestia inmovilizada. El cielo quedaba oculto por una bóveda verde y llegaban de todas partes los crujidos y rumores de animales huyendo. Mimi descubrió de pasada uno o dos guacamayos de vistoso colorido, pero la decepcionó no ver ningún mono.

Al fin, desembocaron en un claro que daba a las cataratas escondidas, como indicaba el mapa. Entre las rocas caía un majestuoso torrente de agua, que corría hasta un turbulento río que como una cinta se deslizaba por el bosque.

—De acuerdo con el mapa, tendremos que cruzar el río y dirigirnos al talud del otro lado —dijo Kingsley, desatándose los cordones y quitándose los zapatos.

Los Lennox estaban ya en el agua. Habían abierto las cremalleras de sus pantalones de nailon por las rodillas y llevaban sus mochilas sobre la cabeza. Kingsley hizo lo mismo y también se quitó la camiseta, dejando a la vista su torso, bronceado y liso. Mimi se preguntó de dónde había sacado Kingsley tiempo para broncearse.

Bueno, al menos no tendría que seguir con sus incómodas botas. Incluso con los tacones recortados, no ofrecían una sustentación apropiada. Se las sacó con dos patadas, se desnudó hasta quedarse en camiseta y ropa interior, y se metió en el agua, sujetando su bolsa sobre la cabeza.

El río debía de proceder de un manantial de montaña, porque el agua estaba fría, casi helada, pero sentaba de maravilla después de dos días paseando por una ciudad asfixiante sin poder ducharse en condiciones. La corriente era fuerte y amenazaba con arrastrar a Mimi. Tuvo que activar hasta la última fibra de sus músculos para llegar a la orilla opuesta.

Cuando se encontraba en la parte menos profunda, Kingsley le tendió la mano y la ayudó a salir tirando de ella, pero Mimi tropezó y cayó en sus brazos. Su cuerpo se aplastó por un instante contra el de él.

Mimi se sonrojó ante el gesto de inesperada intimidad. Para su sorpresa, vio que Kingsley también parecía ligeramente azorado. A pesar de su jactancia y sus flirteos, se comportó como un auténtico caballero.

—Lo siento —dijo enderezándose.

—No tiene importancia.

Mimi le lanzó una mirada que decía que nadie podía resistírsele con una camiseta mojada, ni siquiera el gran Kingsley Martin. Sin embargo, su fachada de desenfado era sólo eso, una fachada, porque notó que había saltado una chispa al tocarla Kingsley. No quería admitirlo en ese preciso instante, ni *nunca*, pero se sintió conectada a él. Y no sólo eso, percibió un *deseo* muy diferente a su habitual voracidad hacia los huéspedes humanos: aquellos juguetes de sangre roja de los que prescindía a voluntad (ya había dejado a dos de ellos atrás, en el hotel). No, aquello era más hondo, había removido algo en su interior... ¿Un recuerdo, quizá? ¿Se habrían conocido en otra vida? Y de ser así, ¿qué había ocurrido entre ellos? ¿Nada? ¿Todo? No tenía tiempo para darle vueltas, porque los chicos estaban ya trepando por la pendiente de la ribera.

Sacó su ropa de la bolsa impermeable y empezó a vestirse, esquivando la mirada de Kingsley, que estaba haciendo otro tanto.

—No deberíamos alejarnos los unos de los otros —dijo Kingsley, comprobando el mapa una vez estuvieron listos.

Se abrieron camino a través de la selva hasta un macizo de árboles y vegetación, que formaba una cortina alrededor de una pequeña vivienda de madera. No era exactamente una choza, pero tampoco una casa. En la puerta había un extraño símbolo, una estrella de cinco puntas. La marca de Lucifer. Mimi se estremeció y se fijó en que el resto del grupo parecía también tenso. Esto no iba a ser tan fácil como enfrentarse a una panda de traficantes de drogas.

—Es aquí —dijo Kingsley—. Force y yo nos ocuparemos del frente; vosotros dos cubrid la parte de atrás —ordenó.

Mimi siguió a Kingsley, poniéndose en posición mientras se acercaban a la puerta delantera.

—A la de tres.

Kingsley asintió con la cabeza. Había sacado su espada. Su hoja de plata resplandecía al sol. Mimi sacó la suya del aro de su sujetador, la hoja se desplegó hasta la longitud total del arma. Le asaltó una imagen repentina: una caza de demonios a través de una serie de cavernas, chillidos y después silencio. ¿Un recuerdo? Mimi parpadeó. ¿O una proyección? ¿No era esa la voz de Jack? No podía estar segura. La conexión entre ellos ya no era la misma de antes.

Concéntrate. Kingsley había iniciado la cuenta atrás.

—Uno, dos…

Le hizo un gesto a Mimi y ella pateó la puerta, que se abrió estruendosamente.

VEINTICUATRO

Schuyler

Jack condujo a Schuyler a través de las calles residenciales de la Isla de Saint-Louis y sobre el puente que conducía a la Isla de la Cité, donde atisbaron Notre Dame mientras corrían hasta la estación de Metro más cercana.

—¿A dónde vamos? —jadeó, saltando los tornos de entrada. Los trenes habían dejado de circular hacía una hora.

—A algún lugar donde estemos a salvo —respondió él, corriendo hasta el extremo del andén vacío. Schuyler se había familiarizado ya con la estética, pero seguía impresionándole lo bello que podía ser en París hasta algo como el Metro. El túnel de Cité estaba iluminado con globos de luz estilo modernista, que describían una curva sobre los raíles con una elegancia fascinante.

—Hay una estación antigua bajo ésta. La cerraron cuando reformaron el Metro —dijo Jack, abriendo una puerta oculta situada al final de la estación y guiándola hacia abajo por una escalera polvorienta.

La estación que había debajo parecía congelada en el tiempo, como si ayer mismo los viajeros hubieran esperado al tren de vapor que había de llevarlos a su destino. Schuyler y Jack caminaron sobre viejos raíles hasta que estos acabaron y los túneles se convirtieron en cuevas, que los llevaban cada vez a mayor profundidad. La oscuridad cayó sobre ellos como una manta. Schuyler dio gracias por la *illuminata*: era el único modo que tenía de ver a Jack.

Los retorcidos y angostos caminos subterráneos le recordaron a Schuyler algo que había visto en un viejo libro en el Repositorio.

—¿Es esto…? —preguntó.

—Lutecia —Jack asintió con la cabeza.

La antigua ciudad gala.

Cuando conquistaron la Galia, los romanos de Sangre Azul bautizaron el lugar con el nombre de las marismas que habían rodeado la zona. Los vampiros habían construido un gigantesca red subterránea. Los Sangre Roja creían que todo lo que quedaba de Lutecia eran los restos de un anfiteatro en el Barrio Latino. No sabían que la mayor parte de la ciudad había sobrevivido intacta, en las profundidades de las catacumbas.

Inesperadamente, al contrario que el calabozo del palacio Lambert, las catacumbas de Lutecia estaban llenas de aire fresco. Estaban limpias, protegidas por algún tipo de conjuro, supuso Schuyler. No había ratas correteando por las paredes, ningún olor a podredumbre y aguas fecales.

—¿Crees que aún nos sigue? —preguntó Schuyler, manteniéndose a la altura de Jack. Se sentía como si todo su cuerpo fuera un diapasón, vibrante por el miedo. Avanzaron hacia las cuevas. Descubrió que era incapaz de atravesar con la vista la oscuridad total, ni siquiera con la visión vampírica.

—Eso espero —replicó Jack.

¿Eso esperaba? Continuaban corriendo y Schuyler se dio cuenta de que los túneles constituían un laberinto, un centenar de corredores que se abrían en miles de direcciones diferentes.

—Uno podría perderse aquí para siempre —dijo.

—De eso se trata —replicó Jack—. Sólo los Sangre Azul conocemos la salida. Estos túneles contienen un hechizo contra la *animadverto*. Intenta recordar el camino por el que hemos entrado. No podrás hacerlo.

Tenía razón. Era incapaz de recordarlo. Resultaba raro y estremecedor, porque contar con la visión de un vampiro era como ver un programa en un DVR: podías retroceder hasta un punto concreto y rememorar todo, hasta el último detalle de una habitación, los matices, las expresiones faciales de todos los presentes, todas las palabras pronunciadas. Así que por eso Jack había dicho que esperaba que Leviatán les hubiera seguido. No obstante, Schuyler no estaba convencida de que un mero laberinto pudiera detener a un demonio.

—¿Qué será de todos los que hemos dejado atrás?

—Charles está allí. No dejará que les pase nada malo —dijo Jack—. Estaba vigilando a Leviatán mientras yo te recogía. Es más que un digno enemigo del demonio.

Corrieron lo que parecieron kilómetros bajo tierra. Schuyler no tenía modo de saber dónde estaban. Confiaba en que Jack supiera lo que estaba haciendo. Schuyler tenía la impresión de que le iba a reventar el corazón de tanto esfuerzo, y sus músculos empezaban a fallarla. ¿Cuánto más podrían correr?

No falta mucho, le envió Jack. *Casi hemos llegado a la intersección. Ven.*

Atravesaron un estrecho túnel –casi un tajo en la roca, tan angosto y afilado que tuvieron que avanzar de lado, moviéndose centímetro a centímetro a lo largo de la pared–, y finalmente salieron a una especie de cruce, un espacio abierto en el que desembocaban siete corredores.

—¿Dónde estamos?

—Debajo de la torre Eiffel. Es el centro de la vieja ciudad y el comienzo de la nueva. Todo los túneles conducen a este lugar.

—Todos los caminos conducen a Roma —citó Schuyler—. Es la misma idea, ¿no?

—Algo así —Jack se permitió una sonrisa.

Schuyler miró a su alrededor. Sobre cada uno de los siete accesos había símbolos familiares tallados. Se preguntó dónde los había visto antes. Luego, se acordó: eran los que relucían en las banderolas de los juncos chinos. En el del centro estaba el símbolo que Schuyler llevaba en su propia muñeca. Una espada que hendía unas nubes. El signo del arcángel.

Además, había siete antorchas de madera apoyadas contra la pared junto a cada entrada. Jack cogió una y movió la mano sobre ella, haciendo aparecer una pequeña llama blanca.

—Esto se llama el aliento de Dios. Cualquier Sangre Azul puede iluminar los túneles. Vamos, la salida es por aquí —dijo, encaminándose al corredor de la izquierda.

Él iba alumbrando el camino cuando una figura oscura se lanzó en su dirección desde el extremo opuesto. Schuyler estuvo a punto de gritar, pero la voz se le atascó en la garganta al reconocer al hombre de negro. Como Jack, vestía el uniforme negro de un Venator.

—¡Padre! —dijo Jack.

Charles Force hizo un gesto brusco de asentimiento. Dirigió a Schuyler la mirada distante, despreciativa, que parecía reservar especialmente para ella. Se preguntó por qué se tomaba la molestia de ayudarla, cuando era evidente que no podía soportar mirarla.

—Buen trabajo, Jack. Están detrás de nosotros, atrapados por el momento por un *obsido* en el entronque sur, pero no les detendrá eternamente. Deprisa, subamos hasta la intersección que no pueden atravesar. ¡Ya!

Una pequeña puerta daba a una escalera. Schuyler saltaba los escalones de dos en dos y de tres en tres, hasta que de repente algo tiró de ella hacia abajo, alejándola de sus compañeros, algo que ejercía una presa irresistible en sus piernas. Cayó contra los escalones de piedra, recibió un fuerte golpe en la cabeza y perdió el conocimiento unos instantes.

Al recuperar la consciencia, descubrió que estaba atrapada en un denso humo gris y sintió que un júbilo intenso, voraz, la inundaba. Era el júbilo del enemigo, comprendió Schuyler. Se estaban alimentando de su miedo: consumiéndolo, devorándolo. La niebla era impenetrable, sólida al tacto. Parecía amorfa, pero tenía una densidad física, un peso imposible, la solidez de las barras de una jaula o las de la celda de una prisión.

Entonces, los oyó: un sonido perforante, como el silbido del viento entre los árboles o el de una tiza chirriando sobre una pizarra. Iba acompañado de un curioso ruido, como el golpeteo de garras contra una superficie. *Clic-clic-clac...* pezuñas de demonio sobre un tejado.

Los Sangre de Plata iban a capturarla. Estaba rodeada y sobrecogida. No, no pensaba rendirse a la desesperación. Lucharía... pero, ¿con qué? Tenía que permanecer despierta, no podía ceder a la pesada sensación de somnolencia que la invadía. En ese instante, divisó unos ojos rojizos de mirada ominosa y sobrehumana, que brillaban en la oscuridad, unos ojos que despedían fuego del mismo infierno. Leviatán había llegado para concluir el trabajo que había comenzado.

Una luz deslumbrante hendió el humo. Al principio Schuyler creyó que era la antorcha, pero entonces vio que era una espada. Era totalmente distinta a todas las espadas que conocía. La espada de su madre resplandecía con un llamear blanco y brillante: puro como el marfil y hermoso como la luz del sol. Esta era diferente, casi del color del humo, un gris oscuro ribeteado de plata, y mostraba aterradoras marcas negras. Parecía menos una espada que un hacha, toscamente forjada y primitiva, con una funda de cuero bataneado a modo de vaina.

—¡Schuyler, corre! —bramó Jack—. ¡VETE!

Asestó un tajo con su fea espada a la criatura, ¿o era más de una? ¿Estaba solo Leviatán o había alguien más? El monstruo chilló de dolor y Schuyler pudo percibir el miedo de *aquello.* Vio lo que estaba mirando reflejado en sus ojos.

Porque Jack se había transformado. Ya no estaba allí. Sólo Abbadon.

Schuyler no quería volverse. No quería ver en lo que se había convertido Jack, pero pudo distinguir de reojo el fuego negro que lo rodeaba, que iluminaba su imagen y lo volvía glorioso y terrible, como un dios vengativo e iracundo. Un poder temible y estremecedor, que no era de este mundo ni de su gente.

Schuyler no deseaba reconocerlo, pero Abbadon no resultaba tan diferente a Leviatán, el demonio que había brotado de la tierra.

Pero no podía pensar en eso ahora.

En su lugar, echó a correr.

VEINTICINCO

Bliss

Que Bliss pudiera ejercer el control de vez en cuando no significaba, por supuesto, que las cosas hubieran vuelto a la normalidad. En cuanto comenzaba a confiarse, el Visitante regresaba y la echaba –fuera, fuera– hasta la siguiente ocasión. Ella llevaba la cuenta: de lunes a miércoles; después, expulsada durante buena parte del jueves, el fin de semana fundiéndose en un borrón, ¡Y vuelta a empezar! Aún se confundía con las fechas. Pensaba que era jueves, cuando en realidad era sábado. Según pasaban los días, iba haciéndosele más difícil adaptarse a los momentos en que llegaba el Visitante, encontrarse de repente arrojada lejos de la luz y del mundo, de nuevo en aquel frío vacío de memorias e inquietud.

Decidió que la próxima vez que ocurriera no dejaría que la encerrase. Tenía que haber algún modo de *quedarse*. Tenía que averiguar qué estaba planeando el Visitante. Adónde llevaba todo aquello. Era cierto que el Visitante la había permitido recobrar parte de su vida, pero ¿quién sabía si continuaría así? Además, Bliss no quería compartirla. Quería recuperar la *totalidad* de sí misma. No podía vivir de esa forma, como una loca. Tenía que pensar en otras personas y el Visitante era peligroso, malvado. No podía permitir que se repitiera lo ocurrido en Río.

La idea la dejó helada. Si hubiera más desfiles de moda en los que participar, o más fiestas para distraerla; pero las actividades en Hamptons estaban perdiendo cuerda, y cada vez tenía menos excusas para salir al mundo.

Se pasó la tarde tomando el sol en el patio trasero. Su piel era tan clara que se quemaba con facilidad, y se había cubierto de un protector solar francés con un factor como de 100. Para eso, lo mismo hubiera sido ponerse una manta. Disfrutaba del sol, sintiendo cómo sus rayos le calentaban el cuerpo. Al cabo de un año de estar en ninguna parte, estar en el exterior y tumbarse en un *chaise longue* era como estar en el cielo, balanceándose suavemente en medio de la piscina, con la mano rozando la superficie del agua.

Entonces, lo sintió: un oscurecimiento... como una sombra sobre el sol, y después el *empujón*, la vuelta del Visitante. En lugar de dejar sumisa que se hiciera cargo, Bliss se obligó a seguir presente. Dentro de su mente, Bliss se enroscó sobre sí misma muy callada, como una sombra contra la pared, para que el Visitante no se diera cuenta de que estaba. Sabía, instintivamente, que él no debía notar que ella seguía allí. Intentó convertirse en un océano inmóvil, sin una sola ondulación.

Se forzó a permanecer en el sitio. De un modo u otro, funcionó. El Visitante estaba al mando, pero ella *continuaba allí*. Ahora vería todo lo que pudiera ver él, hasta podía oírle hablar (usando la voz de ella).

Ellos (ahora tenía que pensar que eran dos personas) se levantaban, se ponían un albornoz y entraban a grandes zancadas en la casa. Subieron los escalones de dos en dos y entraron prácticamente arrasando en el estudio de Forsyth.

Debido al receso de verano en el Congreso, el senador estaba en casa. Estaba sentado a su mesa con un cigarro y dio un respingo ante su no anunciada presencia.

—¿No te tengo dicho que llames antes? —gruñó.

—Soy yo, Forsyth —dijo el Visitante con la voz de Bliss.

—¡Oh! Mi señor, lo siento. Lo siento mucho. No sabía que fuera a regresar tan pronto —dijo, postrándose a los pies de Bliss.

Era turbador contemplar a Forsyth a través del Visitante, un despreciable gusano encogido de miedo ante ella.

—Decidme cómo puedo seros útil, mi señor —dijo el senador, aún de rodillas.

—Noticias, Forsyth. Háblame del Cónclave.

Forsyth prácticamente *se echó a reír*. Bliss nunca había visto a su «padre» tan complacido consigo mismo, lo que era mucho decir en el caso de un político—. No tenemos nada que temer de ese grupo, mi señor. La mitad de ellos necesitan «audífonos» de los Sangre Roja para escuchar los informes. En realidad, resulta muy entretenido. ¿Os he contado que Ambrose Barlow es ahora un miembro con derecho a voto? Por supuesto, vos le conocéis como Britannicus.

—Britannicus... sí, me suena —dijo el Visitante—. Me suena ese nombre.

—En tiempos fue vuestro capataz. Llevaba a los niños a los baños.

Al Visitante esto le pareció increíblemente divertido.

—Muy bien. O sea que todo está ya en marcha, ¿no es así? ¿Los Venators no te están dando problemas?

—Ninguno. Todo se desarrolla tal y como estaba planeado. Charles Force está en París en este instante. Es tan fácil de manipular como una marioneta —dijo Forsyth con una risotada aguda como un ladrido.

Bliss percibió que una profunda sensación de satisfacción la cubría. Las noticias habían hecho muy feliz al Visitante. Como un gato sobrealimentado que acabara de devorar una jaula llena de canarios.

—Excelente. Excelente. ¿Y mi hermano?

Forsyth sacó una botella de escocés de debajo de su mesa y vertió dos tragos en vasos de cristal.

—Dad la orden y Leviatán atacará. La chica está a su alcance. A él le resultará sencillo infiltrarse en la fiesta. Por cierto, puede que esto os agrade: según me cuentan mis fuentes, Charles no pudo obtener una invitación al baile.

—Es una suerte que el cisma siga todavía vigente —dijo en tono satisfecho el Visitante asintiendo con la cabeza—.

Siempre conté con que mi querida hermana albergaría su viejo rencor durante todo este tiempo. Sirve a nuestros propósitos. —El Visitante engulló su whisky con un movimiento fluido—. ¿Y mi otra hermana, Sophia?

—Es una lástima, pero se niega a divulgar información alguna sobre la Orden. Jura que no sabe nada. Después de un año con Rabona, puede que esté diciendo la verdad.

—Entiendo.

—La buena nueva es que Kingsley y su equipo siguen perdidos. Los hemos despistado con falsos señuelos durante meses. No tienen ni idea de que se les envió a una misión inútil.

—Kingsley —bufó el Visitante—. Ya nos libraremos de ese traidor. Pronto.

—¿Y qué hacemos con Sophia? ¿Seguimos reteniendo a la Vigilante? —preguntó Forsyth.

—No. —El Visitante pasó un dedo sobre el borde del vaso vacío, produciendo un tenue sonido agudo—. Si mi hermana no conoce las identidades de los Siete, no me sirve para nada. Me aburre su tozudez. Matadla.

Sus palabras tenían un tono áspero, impulsivo, pero había algo más en ellas que hizo que Bliss se sintiera asustada. Cuando el Visitante había llamado «hermana» a Sophia, una imagen había llegado a su mente: Jordan.

¿Hablaba de Jordan el Visitante? Y de ser así, ¿significaba eso que Jordan seguía viva? ¿Dónde? ¿En qué estado? Bliss notó que empezaba a sentirse agitada. Debía calmarse. Quería oír más... Tenía que hacerlo... tenía que averiguar...

Demasiado tarde. Fue expulsada de la luz al frío, sola e impotente para hacer nada con lo que había oído. ¿Qué iba a pasar en París? ¿Por qué habían querido que Charles Force viajara allí? Y Sophia, ¿era el auténtico nombre de Jordan? ¿Qué tenía el Visitante planeado para ella? ¿Y quién era la chica a la que perseguía Leviatán?

¿Podía hacer algo para impedirlo? ¿O estaba condenada a saber que se acercaba el fin del mundo y no hacer nada, salvo presenciarlo desde un asiento de primera fila?

VEINTISÉIS

Mimi

Había pateado la puerta con tal fuerza que cayó directamente al suelo, produciendo un ruido tremendo. A continuación, reinó el silencio. No hubo respuesta a su desafío. Mimi se acercó despacio al hueco de la puerta, palpando a lo largo de su borde interior en busca de un interruptor de la luz. Cuando lo accionó, vio que estaba en medio de un repugnante basurero. Había sido registrado y todo estaba manga por hombro.

—Vaya, ¿y esto? —dijo Mimi, haciéndole una mueca a Kingsley, que escrutaba aquella desolación con una mirada de pedernal.

Mimi se tapó las narices e intentó no respirar.

—¿A qué huele? —preguntó, medio ahogándose. Había un olor dulce y rancio, como a algo en putrefacción.

Kingsley agitó la cabeza. Mimi decidió que, en realidad, no quería saberlo.

Oyó cómo los hermanos Lennox derribaban la otra puerta. Rodearon el área de desastre. Sus dimensiones tenían algo de patológico, desde el sofá patas arriba, cuyos cojines habían sido acuchillados dejando todo cubierto de plumas, al último cajón de los muebles y mesas, abiertos con brutalidad, su contenido derramado por el suelo. Había botellas vacías y periódicos desperdigados por todas partes, restos de comida, envoltorios de plástico, platos de papel sucios, una bolsa medio vacía de M&M, latas sin abrir de Red Bull.

Algo en aquel caos resultaba familiar. Mimi se dio cuenta de que lo había visto antes. La casa de la ciudad de los Force había sido atracada y el dormitorio de sus padres había sido registrado exactamente igual: todo vuelto del revés, todo examinado. Recordó lo raro que le había parecido ver el joyero de Trinity en medio de la cama, roto y vacío, entre el montón de ropa y viejas fotografías familiares que los ladrones habían sacado del armario.

Esto era lo mismo. Hasta el último artículo de la habitación había sido evaluado y desechado del mismo modo metódico. Alguien había estado buscando algo.

Kingsley le hizo a Mimi un seña de que siguiera moviéndose. Encontraron dos dormitorios, ambos patas arriba como el resto de la casa. Sam y Ted llegaron de la cocina.

—¿Habéis encontrado algo? —preguntó Kingsley, blandiendo todavía su arma.

—Nada, capitán.

—No hace mucho tiempo de esto —dijo Kingsley, recogiendo una bolsa de papel con el logo de McDonald's—. Está todavía caliente. Estad atentos —dijo, ordenándoles que permanecieran alerta.

Mimi continuó investigando. En Nueva York, los ladrones habían escapado con diamantes de su madre por valor de cuatro millones. Sin embargo, el robo no había sido lo peor. Recordaba hasta qué punto se había sentido violentada al pensar que unos extraños habían entrado en su casa. Uno de ellos había depositado una taza de café sobre la mesa del comedor, dejando una fea marca en forma de anillo sobre la madera.

No era tanto la pérdida de las piedras, aunque a Mimi le había alterado, por cuestión de principios, que no fuera a heredar las joyas. Saber que alguien había estado en tu espacio... Alguien no invitado, *no bienvenido*, había usado tu casa como su personal parque de juegos. Había encontrado una huella embarrada en el cabecero de su cama, migas de galleta en la alfombra blanca, un manchón de chocolate (o eso esperaba Mimi que fuera) en su colcha de seda.

La policía llegó, recogió huellas digitales y presentó un informe. Por supuesto, no había servido para nada. Charles había dicho que la mayoría de los ladrones de joyas trabajaban en el mercado negro, en el cual se desmontaban y camuflaban. Usaban ese sistema para hacer irreconocibles las piedras, que vendían a oscuros comerciantes de la Quinta Avenida. Por suerte, el seguro había cubierto en su mayor parte los daños, así como las joyas. No habían sufrido una pérdida financiera digna de mención, sólo el valor sentimental y una exasperante sensación de injusticia.

Esa misma noche y durante el fin de semana, los padres de Mimi habían hecho repintar todo el apartamento. Los sirvientes pusieron todo en orden. Tras recibir los talones del seguro, Trinity había puesto en guardia a Harry Winston y a varias casas de subastas. Al cabo de unos meses, Mimi se había olvidado de todo: la vida seguía adelante.

Ver el monumental desastre causado por los Sangre de Plata la había hecho recordar aquella noche terrible. Charles con el rostro ceniciento, Trinity lloriqueando y Jack dándole puñetazos a un almohadón del sofá.

—Voy a reservar una suite en St. Regis —había declarado Mimi después de echar una ojeada a la violación y el pillaje de su precioso hogar.

«¿Qué podían estar buscando allí?», se preguntó. Aquel lugar era un chamizo en medio de la jungla. ¿Qué diablos podía contener que tuviera algún valor? ¿Y dónde estaba Jordan? Si la habían traído aquí, ¿por qué estaban buscando algo? Mimi se arrodilló y empezó a hurgar en medio del desorden, intentando encontrar algún sentido a todo aquello. Apartó un montón de cartón podrido y dejó al descubierto un extraño dibujo sobre la alfombra.

Pisadas.

Pisadas pequeñas.

Que conducían al cuarto de baño o procedían de él. Mimi entró en el diminuto espacio. También lo habían destrozado. Habían arrancado de sus anillas la cortina de plástico barata y arrojado un montón de toallas a la bañera. El espejo del lavabo estaba roto. Había sangre en el cristal, signos de lucha, los restos de un combate… Mimi removió las toallas.

Allí había algo…

Oculto bajo la cortina de la ducha…

Mimi apartó el plástico arrugado con el pie. El corazón le latía con fuerza. Podría ser… Con manos temblorosas retiró los cristales y sacó las toallas.

Había un pequeño cuerpo, muerto, en la bañera, vestido con un sucio pijama de franela. No. No. No. No. No. ¡NO!

—¡Kingsley! —gritó.

No quería estar sola cuando le diera la vuelta al cadáver.

VEINTISIETE

Schuyler

Estaba acostumbrada a la soledad. Llevaba sola la mayor parte de su vida. Su abuela no había sido partidaria de las prácticas de los padres modernos: siempre pendientes, ansiosos, sobrevolando por encima todo el tiempo como un helicóptero. Nadie de casa había acudido a ver las pocas obras de teatro del colegio en las que había participado, nadie la animaba desde el público durante los partidos de fútbol de los sábados. Con Cordelia o nadabas o te hundías. Vista desde fuera, la infancia de Schuyler parecía solitaria: sin hermanos, sin padres y, hasta la llegada de Oliver a su vida, sin amigos.

Pero había un secreto: Schuyler no se había sentido abandonada. Tenía sus pinturas, sus dibujos y sus libros. Le gustaba estar sola. Era la compañía lo que la agotaba. No tenía ni idea de cómo participar en charlas desenfadadas, o de cómo imitar los fluidos gestos sociales que unían a la gente. Había sido siempre la Pequeña Cerillera, que temblaba a causa del frío. Pero aunque la gente la asustaba, jamás había tenido miedo a la oscuridad.

Al menos, no hasta ahora. Estaba rodeada por una absoluta negrura, en la que hasta su visión de vampiro resultaba inútil. Se ocultó en un túnel hasta que los gritos y los ruidos de la escaramuza se apagaron desvaneciéndose en la oscuridad.

Debía de haberse quedado. ¿En qué había estado pensando? ¿Por qué le había dejado allí, solo? Había abandonado a Oliver y ahora a Jack. Pero no tenía ningún arma, no tenía nada. Jack le había dicho que huyera y eso había hecho.

—¿Jack? ¿Jack? —llamó. Su voz resonó a lo largo del túnel—. ¿Estás bien? ¡Jack!

No hubo respuesta.

Resultaba aún más desasosegante. El silencio era tal que podía oír el sonido de la lluvia, que estaba cayendo en algún lugar sobre las catacumbas. Podía escuchar el goteo de cada filtración que atravesaba las grietas de las paredes y chocaba contra el suelo. Se abrazó a sí misma con fuerza, sin saber bien qué hacer. Le dolían los hombros y sus músculos parecían haberse helado. ¿Esto era los que sentía cuando uno le tenía miedo a la oscuridad? Estar asustada y sola, a oscuras.

Schuyler gritó el nombre de Jack durante lo que le parecieron horas, pero no obtuvo respuesta. Tampoco había rastro de los Sangre de Plata, pero eso no significaba nada. Quizá se hubieran replegado para regresar más tarde. No quería ni pensar en lo que podría haberle pasado a Jack... ¿Habían conseguido vencerle? ¿Había sido destruido? ¿Se había perdido? ¿Estaba herido?

Jack había desaparecido. *No*. Schuyler negó con la cabeza, aunque estaba hablando consigo misma. Era imposible que hubiera caído. Él no. No esa deslumbrante y temible luz que él era. No. Ella había visto su auténtica forma y era sobrecogedora. Un pilar de fuego. Un millar de soles ardientes con llamas del color de la más oscura de las noches. Terrible y magnífica, y más aterradora que nada que jamás hubiera visto.

¡No!

Volverá a por mí.

Lo creía. Miró a su alrededor, hacia el laberinto de túneles. No sabía dónde estaba, ni por dónde había venido. Uno podría perderse aquí durante siglos, le había dicho Schuyler a Jack.

De eso se trataba.

¿Qué estoy haciendo? Valiente idiota estoy hecha. ¡La intersección! Era el único sitio lógico. ¿Qué había dicho Charles? La intersección. *El lugar que no pueden cruzar*. Todos los túneles desembocaban allí. ¿Dónde estaba? No podía ver, así que fue palpando las paredes. Había una abertura. Palpó otra. Dos túneles. Una bifurcación en el camino. Tendría que elegir. ¿Pero cuál? Acarició el grano de la roca, intentando percibir algo. Aunque no pudiera ver, quizá pudiera oler.

Allí dentro olía a limpio, recordó haber pensado. Había esperado que la caverna subterránea oliera a moho, como una toalla húmeda que hubiera pasado demasiado tiempo tirada en el suelo. Pero cuando ella y Jack habían entrado por primera vez en las catacumbas le había sorprendido respirar aire fresco.

Éste huele un poco más fresco, como si condujera hacia el exterior. Tomó una decisión. Se adentró en el oscuro túnel, las puntas de los dedos su única guía.

Sentía como si hubiera caminado kilómetros, pero su olfato no le había fallado. El aire se había aclarado y a lo lejos logró verla… una luz que brillaba en la oscuridad. Jack. Tenía que ser Jack.

Finalmente, llegó a la intersección.

Pero la luz provenía de la antorcha que llevaba Jack antes de que fueran atacados.

Y allí no había nadie.

VEINTIOCHO

Bliss

Corría la última semana de agosto y Cotswold se había vendido finalmente tras rebajar otros cien mil, sin regateos. Un oligarca ruso había comprado la casa de Hamptons y todo lo que contenía, hasta el último cojín náutico, incluida la colección de coches. La familia propietaria quería ocupar su nueva propiedad de inmediato, por lo que se fijó un periodo de depósito muy corto. Desde el día en que Bliss había escuchado la conversación en el estudio de Forsyth, el Visitante se había retirado. Era su ausencia más prolongada hasta entonces. El sábado, su primer día de regreso a Nueva York, se cumplía el quinto día de su desaparición. Casi una semana entera.

Era un alivio estar de vuelta en la ciudad. Se había hartado de Hamptons, como le ocurría a todo el mundo. Mientras conservaba su libertad, Bliss intentó averiguar qué estaba pasando. Telefoneó a casa de los Force, sin saber muy bien qué decir. No importó, ya que su doncella la informó de que no había nadie más allí. Charles se había marchado, Trinity se encontraba en Washington y los gemelos también estaban de viaje. Luego, llamó al móvil de Schuyler y Hattie le dijo que Schuyler estaba… fuera. El ama de llaves parecía demasiado aterrada para contarle a Bliss nada más. Los Hazard-Perry estaban de veraneo en Maine, pero cuando Bliss marcó su número nadie respondió. Ni siquiera tenían contestador automático. Era muy extraño y nada prometedor.

Había entrado en el estudio de Forsyth antes de que lo embalaran todo y había intentado llamar a Ambrose Barlow. Dado que Forsyth y el Visitante se habían burlado de él, quizá el Guardián Barlow fuera uno de los buenos. Pero cuando llamó a su residencia, el Guardián tampoco estaba. No sabía qué clase de mensaje dejar que no llegara al Visitante. Debía asegurarse de que permaneciera ignorante de lo que ella estaba planeando.

Por último, decidió enviar una carta anónima. No un correo electrónico al que pudieran seguirle la pista hasta su ordenador, sino una nota en papel y sobre de calidad, para que llamara la atención de los Barlow y no pensaran que era correo basura. BobiAnne había acumulado una bonita colección de tarjetas y Bliss seleccionó una de ellas.

Querido Guardián Barlow:

No me conoce, pero he de avisarle de algo. Tenga cuidado con Forsyth Llewellyn. No es quien usted piensa.

Un amigo.

¡Dios, que flojo sonaba aquello! Pero ¿qué podía decir sin descubrirse? Tenía la misma fuerza que un cartel de CUIDADO CON EL PERRO en un jardín sin protección, pero a Bliss no se le ocurría otra cosa que pudiera hacer. No podía arriesgarse a que el Visitante tomara conciencia de sus actos, y si alguien del Cónclave se acercaba a preguntar por ella Forsyth se enteraría.

Era mejor que no hacer nada.

Quizá incluso sirviera de algo. Eso esperaba.

Tras enviar la nota por correo, caminó sin rumbo por la Quinta Avenida arriba, hasta más allá del Guggenheim. Hacía calor y había una humedad pegajosa. Era uno de esos días de Nueva York en que se podía freír un huevo en la acera, pero a Bliss no la importaba. Se alegraba de estar otra vez en casa. Simplemente eso. De vuelta en la ciudad que tanto había llegado a amar.

Paseó hasta el Metropolitan Museum of Art. Subió la gran escalinata, esquivando a multitud de turistas, que comían sentados bajo el sol abrasador. Entró en el gran vestíbulo y pasó el bolso por el control de seguridad. Mientras aguardaba pacientemente a que el aburrido guardia de seguridad hurgara en su contenido con una porra, notó un dolor en el corazón.

Era allí donde la había llevado Dylan en su primera cita.

Era demasiado bonito para sentir otra cosa que pena al recordar que Dylan había pagado la entrada de los dos con una moneda de diez centavos. Al acercarse a la taquilla, descubrió que carecía de la audacia de él y pagó completa la entrada «sugerida».

Habían pasado casi dos años desde aquello. Se había mostrado muy interesado por mostrarle el ala egipcia. Inconscientemente, Bliss caminó hacia ella, pasando por delante de expositores de cristal con escarabajos y joyas en forma ovalada. Sobrepasó la muestra de sarcófagos. Recordó que Dylan le había pedido que cerrara los ojos y la había guiado a lo largo de los pasillos. Cuando los abrió, se encontraba frente al templo de Dendur. Un templo egipcio auténtico reconstruido en una sala del Metropolitan. Era como si hubiera cobrado vida un trozo de la historia.

Tan antiguo y tan bello.

Y tan romántico. Dylan había permanecido en pie ante él, sus ojos brillando como estrellas. Bliss caminó con cuidado por delante, recordando... La luz entraba oblicua en la sala, proyectando sombras sobre el monumento. Sintió una tristeza tan abrumadora que tuvo que hacer un gran esfuerzo para guardar el equilibrio y no terminar tirada en el suelo.

—¿Te encuentras bien? —le preguntó una chica.

—Estoy bien —Bliss asintió con la cabeza. Se sentó en los escalones que había enfrente de la ruina y respiró hondo—. Estoy bien.

La chica le dirigió otra mirada de curiosidad, pero la dejó sola.

Bliss seguía clavada en el mismo lugar cuatro horas más tarde, cuando las luces empezaron a encenderse y apagarse y se oyó un anuncio a través de la megafonía: «El Museo Metropolitano cerrará sus puertas en treinta minutos. Por favor, diríjanse a la salida». El anuncio se repitió cada pocos minutos en muchos idiomas diferentes.

Bliss no se levantó de donde estaba sentada. El resto de la gente que había en la sala –estudiantes de arte, un puñado de turistas, un grupo guiado por un docente– se encaminó obediente hacia la salida. «¿Qué estoy haciendo?», se preguntó Bliss. «Debería irme a casa».

Pasaban los minutos y las luces del techo seguían parpadeando a modo de aviso. Cuando Bliss oyó los pasos del guardia se ocultó en el vano del templo y se hizo invisible a los ojos humanos. Tras lo que le pareció un tiempo increíblemente largo, las luces se apagaron por fin. Todo quedó completamente en silencio y una fantasmal luz de luna entró a chorro en el museo.

Estaba sola.

Caminó hasta el templo, tocando su piedra áspera, pasando los dedos por los surcos de los jeroglíficos tallados. Dylan la había besado allí mismo, por primera vez.

Lo echaba tanto de menos.

Yo también te echo de menos.

¿Qué había sido eso?

Miró a su alrededor, al salón vacío. La luz proyectaba extrañas y demenciales sombras sobre todo lo que allí había. Se acordó del miedo que le producía de niña el sauce que se levantaba junto a la ventana de su dormitorio.

Se acercó a una fuente que había en el perímetro de la sala y lanzó una moneda de veinticinco centavos al agua. Contempló cómo se hundía. Por un momento, había creído oír su voz. ¿Se estaría volviendo loca de verdad?

No estás loca.

Se sintió irritada e inquieta. Quienquiera que la estuviera hablando, tenía que parar de hacerlo.

—¿Hola? ¿Hay alguien ahí? —Su voz resonó por toda la cámara.

Y la única respuesta fue el eco de su pregunta: *HolaHola-Hola…*

Si la voz no estaba allí afuera… entonces quizá… puede que… viniera de algún lugar… *de dentro*. Pero aquella no era la voz del Visitante, estaba segura. Cerró los ojos. ¿Qué daño podía hacerle? Había pasado por cosas todavía más raras. Miró hacia su interior. Había un vacío donde solía estar el Visitante, un hueco. No cabía duda de que continuaba estando fuera.

Por primera vez, percibió *otra* presencia, y otra, y otra, muchas otras, cientos de ellas. ¿Qué era lo que hacían los Sangre de Plata? Bebían la sangre, la consciencia inmortal de sus víctimas, de modo que éstas vivían dentro de sus captores. Muchas almas atrapadas dentro de un cuerpo. *Abominación.*

Había cientos de almas justo por debajo de su consciencia. Al igual que ella, se habían visto atrapadas en el asiento trasero (¿quizá incluso en el maletero?). Era como ver una de esas fosas comunes… pero en vez de cadáveres, todos seguían vivos…

Quería gritar. Era mucho peor que tener al Visitante dentro. Esto era... Estuvo apunto de perder la cabeza, pero entonces... la voz de nuevo.

Grave, cálida y rasposa, como si hubiera fumado demasiados cigarrillos y se hubiera pasado demasiadas noches gritando en un bar atestado del centro. Era la voz de un chico que lo había visto todo y había vivido para contarlo. Para contar una historia graciosa al respecto, profunda y dura, pero con un punto de dulzura que iba directo al corazón.

¿Sería posible?

¿Cómo iba a serlo?

—¿Dylan? —susurró—. ¿Eres tú?

Silencio.

En mitad de la oscuridad, vio cómo se materializaba ante ella. Vio su figura, vio su rostro, sus preciosos ojos tristes, su sonrisa torcida, su pelo negro y revuelto. Salió del vacío y entró en la luz.

—No tengo mucho tiempo —dijo Dylan—. Ese Visitante tuyo volverá pronto.

VEINTINUEVE

Mimi

Mimi sintió que alguien se acercaba por detrás de ella, pero cuando se dio la vuelta no fue al apuesto Venator al que vio, sino a una aparición. Una figura ennegrecida, chamuscada. Un cadáver andante con cuencas por ojos, un tajo como boca y vendas alrededor del torso. Quemado, desfigurado, pero de algún modo vomitivamente... vivo.

—Tú... —La aparición señaló con un dedo huesudo a Mimi y habló con un susurro, que recordaba el sonido de hojas muertas agitadas por el viento—. Te atreves a...

Esa voz. Mimi la reconoció incluso en su fantasmal presencia. En tiempos había pronunciado discursos delante de facistoles, había dado la bienvenida a grupos de invitados de elite a una sociedad de Park Avenue especialmente reputada.

—¿Guardiana Cutler? Pero yo... yo te maté —musitó Mimi.

Aquello le sonó absurdo nada más decirlo. Ella había cortado en dos a Nan Cutler, la había dejado para que ardiera en el fuego negro de la villa de los Almeida. ¿Cómo podía haber sobrevivido la Guardiana? Era ridículo. Y no era menos absurdo que Mimi hablara o bromeara con un fantasma que hablaba y caminaba.

—Un paso más y beberé tu sangre —croó el horror sin cara.

Lo que no estaba calcinado o ampollado en su cuerpo era hueso, una visión repugnante.

La mano de Mimi se estremeció un poco. No hubiera debido guardar la espada. ¿Tenía tiempo? ¿Dónde diablos estaba el resto del equipo? ¿La habría oído Kingsley? ¿Dónde se metían los chicos cuando más los necesitaba? ¿Por qué se había separado del grupo? El entrenamiento de Venator te enseñaba a ir siempre en parejas. Qué estúpido por su parte haber seguido aquellas huellas… Estaba claro que aquello apestaba a trampa.

¿Tendría tiempo suficiente para armarse antes de que Nan la atacara? No había tiempo para pensarlo. Desenvainó su espada, pero mientras lo hacía Mimi se encontró presa de una mortal abrazo de la muerta viviente Sangre de Plata.

El monstruo, en otra época la anfitriona más buscada de Nueva York, poseía una energía brutal. Por mucho que Mimi la pateara y arañara, no aflojaba la presión. Mimi percibía su asqueroso aliento en su cuello, sabía que sus colmillos no tardarían mucho en atravesar su piel y después sorberían su sangre…

¡No!

Alejó de sí a la Guardiana lanzándola contra la pared con todas sus fuerzas. Pero Nan había logrado ventaja y lanzó a Mimi contra el suelo de cemento. El golpe habría derribado a muchos vampiros, pero Azrael era de una sustancia más resistente. Con todo, la dejó mareada. Notó una brecha en su cráneo y cómo escurría de ella la sangre. Estaba perdiendo el conocimiento…

En ese instante, apareció Kingsley. Mimi se dijo que jamás se había alegrado tanto de ver a alguien en toda su vida.

—¡Croatan! —ordenó Kingsley— *¡Absed! ¡Absed abysso!* ¡Vuelve al Infierno! Con un poderoso mandoble, atravesó el corazón de la bestia con su espada.

Se oyó un siseo como el de un neumático al deshincharse –algo un tanto anticlimático– hasta que la figura estalló de repente en una brillante llama plateada, una luz momentáneamente deslumbrante, cegadora. La temperatura de la habitación ascendió hasta niveles solares, mientras el espíritu se colapsaba sobre sí mismo en una supernova.

Mimi se protegió los ojos hasta que fuera seguro abrirlos. Pensó que la Guardiana habría desaparecido, pero el cadáver seguía allí. Sólo que ahora no tenía nada de amenazador. No era más que un montón de huesos viejos.

Kingsley extrajo de un tirón su espada, que se transformó de nuevo en el cortaplumas que llevaba en el bolsillo.

—¿Estás bien? —preguntó arrodillándose junto a Mimi. Le echó un vistazo a la herida de la cabeza, apoyó los pulgares sobre sus sienes y las masajeó despacio—. Rajada como un huevo, pero te recuperarás. Ya empieza a cicatrizar.

—¿Cómo es que vivía? Yo la corté en dos —dijo Mimi con voz ahogada.

—No la traspasaste el corazón. Es el único modo. Fue culpa mía. Debí asegurarme. Creía que lo sabías —suspiró Kingsley—. Lawrence tenía razón. El Cónclave ya no se molesta en enseñar nada. La nueva cosecha de vampiros ha olvidado demasiadas cosas.

—Creía que era sólo un mito. Ya sabes, como en las películas, cuando los humanos piensan que pueden matarnos clavándonos una estaca en el corazón —dijo ella.

—Todo mito encierra algo de realidad —aseguró Kingsley con tono amable—. La Conspiración se encargó de ello, para que los Sangre Roja no sientan la necesidad de averiguar la auténtica verdad.

—Pues vaya, *alguien* tendría que habérmelo dicho. Te debo una —dijo Mimi—. Por cierto, ¿por qué has tardado tanto?

—Encontramos a dos Sangre de Plata muertos en la parte de atrás de la casa —respondió él—. Pero a esos los habían matado de verdad. ¿Qué has encontrado?

Como respuesta, Mimi se puso en pie.

—He encontrado a alguien. En la bañera. —Le condujo al cuarto y le mostró el cuerpo.

Cuando Kingsley vio la pequeña figura del pijama de franela, se santiguó. Intercambiaron una mirada de angustia y tristeza.

—Hazlo —dijo él.

Mimi asintió. Le dio lentamente la vuelta al cadáver.

Era Jordan Llewellyn.

Mimi reconoció los ojos grises de la niña. Los tenía abiertos y miraban hacia el techo. Muerta parecía tener incluso menos de once años. El mugriento pijama era el mismo que llevaba puesto la noche en que había sido secuestrada. A la vista de la lividez, Mimi supo sin que se lo dijeran que le habían chupado hasta la última gota de sangre. Consunción absoluta.

Mimi sintió náuseas. Nada la había preparado para una cosa así. Era peor que haber estado a punto de ser atrapada por la Guardiana medio muerta. Se había unido a los Venators en busca de aventuras, para salir de Nueva York.

Ni una sola vez se le había ocurrido pensar que pudieran fracasar en su búsqueda. Nunca. Y saber que habían llegado tan cerca sólo para quedarse tan lejos… No estaba preparada para ver el cadáver de una cría. Era una imagen que la acompañaría siempre.

Mimi era una persona llena de confianza. Tenía una fe inexpugnable en sí misma y sus cualidades, y había confiado en la capacidad de Kingsley para encontrar a Jordan. Estaba convencida de que él no los defraudaría. Le miró, con un sentimiento de profunda traición.

Pero Kingsley estaba haciendo algo extraño. Había sacado una lupa de su equipo de Venator y estaba examinando los ojos de la niña muerta.

—Lennox, ¿tú que crees? ¿Puedes verlo? —le preguntó a Ted, que estaba acuclillado junto a la puerta.

Ted miró a través de la lente. Al cabo de unos minutos se la tendió a su hermano, que hizo otro tanto.

—No, no lo veo.

—Eso me parecía a mí —dijo Kingsley, y en su voz había una nota triunfal—. Force, echa un vistazo de cerca. ¿Lo ves tú? O, para ser más exactos, ¿*no* lo ves?

Mimi tomó la lupa y examinó los ojos de Jordan. ¿Qué estaba mirando? ¿Qué se suponía que tenía que no ver? Resultaba morboso. Jordan tenía una neutra expresión de protesta. Finalmente, lo descubrió. A los ojos de Jordan les faltaban las pupilas. En el espacio que había en el centro, donde debieran haber estado, no había nada. Sus ojos eran una superficie ininterrumpida. Parecía una muñeca.

—¿Qué le ha pasado? ¿Qué significa esto? —preguntó Mimi.

La cara tensa de Kingsley se relajó con una sonrisa.

—Significa, Force, que todavía no hemos fracasado del todo. La Vigilante sigue viva.

TREINTA

Schuyler

La espera era lo más duro de todo. Schuyler recordaba que solía sentarse en el apartamento de Perry Street a esperar, igual que ahora, a que Jack acudiera a su cita secreta. Siempre le parecía un milagro verlo entrar por la puerta. Le parecía increíble que él fuera suyo y que estuviera igual de impaciente por verla que ella.

Las emociones que despertaba el recuerdo eran tan poderosas, tan turbadoras, como si hubieran estado juntos la víspera. Le encantaba verlo llegar al apartamento. Su rostro reflejaba ansiedad al aparecer por la puerta, como si también él se hubiera estado preparando para sufrir una decepción. La pregunta perduraba aún en sus rasgos... ¿Estaría allí, esperando la llegada de *él*? Lo había amado tanto por eso. Por saber que era igual de vulnerable, que estaba igual de nervioso que ella. Jamás, ni una sola vez, había dado por sentado que ella le perteneciera.

En esta ocasión, le esperó de nuevo. Estaba convencida de que regresaría a por ella. Mientras esperaba sentada en el suelo de la caverna, en una catacumba debajo de París, lo creía aún más que sentada en el sofá de un apartamento de Nueva York.

Estaba segura de que volvería a buscarla, porque si no lo hacía, significaría que… no. No. Era imposible que hubiera muerto. Pero, ¿y si había sido herido? ¿Y si se encontraba en algún lugar de aquellos oscuros túneles, los que ella no había elegido? ¿Y si se estaba sangrando e inconsciente? Entonces, ¿qué?

Ni siquiera podía pensar en lo que podría haberle pasado a Oliver. Confiaba en que Jack hubiera estado en lo cierto, que los Sangre de Plata hubieran pasado de él. Los Croatans no estaban interesados en los humanos, ¿o sí? ¿Cómo había podido dejarle? Nunca se perdonaría haberlo abandonado. Y ahora, Jack… Jack también había desaparecido. ¿Estaba destinada a perder a los dos en una misma noche?

Tendría que hacer algo. Ya había esperado suficiente tiempo. Jack la necesitaba. Tenía que ir a buscarle. No podía limitarse a esperar sin hacer nada.

Levantó la antorcha del suelo, pero cuando dio el primer paso hacia el túnel oyó un ruido a sus espaldas. Pasos. Se dio media vuelta blandiendo la llama.

—¡Atrás! —gritó.

—Soy yo, no te preocupes, soy yo.

Jack estaba delante de ella. Parecía intacto, indemne. No tenía ni un pelo fuera de su lugar. Ni un corte en la mejilla.

Su ropa estaba limpia y parecía recién planchada. Estaba perfecto, como siempre, no como si acabara de luchar contra un hatajo de monstruosos Sangre de Plata.

No bajó la llama. ¿Era Jack? Recordó los ojos carmesí del barón. Al principio había sido incapaz de atisbar al Sangre de Plata oculto tras el disfraz humano. ¿Era aquello Jack Force o alguna otra cosa? ¿Otro enemigo capaz de cambiar de forma?

—¿Cómo puedo saber que eres tú? —preguntó, sujetando la antorcha como si pudiera salvarla de la criatura cualquiera que se erguía frente a ella.

—Schuyler, acabo de escapar vivo por poco. Tienes que estar de broma —dijo Jack.

—¡No te acerques a mí!

Se le ocurrió una idea. ¿Y si todo aquello formaba parte del plan de los Sangre de Plata? ¿Una argucia mortal, una mascarada? ¿Y si habían planeado que Jack la «rescatara» para ganarse su confianza? Había pasado un año… las lealtades mudaban. ¿Cómo podía saber que él no había cambiado de bando? Habían estado tan alejados de las noticias sobre el Cónclave. ¿Y si… y si…?

—¡Schuyler, no soy un Sangre de Plata! —Jack parecía enfadado y una vena de la frente le había empezado a latir—. ¡Basta ya! ¡Debes confiar en mí! No hay tiempo que perder, mi padre sólo podrá retenerlos durante un rato. ¡Tenemos que salir de aquí!

—¡Pruébalo! —siseó ella—. Demuéstrame que eres quien dices ser.

—¡No hay tiempo para eso! ¿De verdad quieres que te demuestre quién soy? —preguntó.

—¡Sí! —le desafió ella.

Como respuesta, él la estrechó entre sus brazos, levantándola del suelo y empujándola contra la pared. Apretó sus labios sobre los de ella y, con cada beso, Schuyler podía contemplar el interior de su mente, su alma. Vio un año de odio. Le vio solo, herido. Ella le había mentido y abandonado. Con cada beso la hacía sentir… cada emoción, cada sueño que había tenido de ella… hasta la última pizca de su deseo y su necesidad… y su amor… su abrasador, vivificante *amor* por ella. En la oscuridad se encontraron el uno al otro de nuevo y ella le devolvió los besos, tan ansiosa y hambrienta que hubiera querido no dejar de besarle nunca. Sentir su corazón contra el de ella, los dos entrelazados, las manos de él en su pelo, después bajando hasta sus nalgas. Hubiera querido gritar por la abrumadora emoción que los embargaba.

—¿Me crees ahora? —preguntó Jack con voz ronca, alejándose un instante para poderla mirar a los ojos.

Schuyler asintió con la cabeza, sin aliento. Jack. Hasta la última fibra de su cuerpo vibraba de amor y deseo y remordimiento y perdón. Jack… el amor de su vida, su alma…

Pero, ¿cómo?

¿Cómo era posible que todavía sintiera aquello por ella? ¿No estaba ya vinculado a su gemela vampiro? Había visto las invitaciones. Había visto a Mimi con su vestido blanco de vinculación puesto.

—La vinculación… —dijo con voz quebrada.

No llegó a realizarse. No estoy vinculado a mi gemela.

Seguía libre. Seguía siendo él mismo, seguía siendo el chico del que se había enamorado tan profunda e irrevocablemente que ni siquiera un año de separación había podido apagar su amor por él. Y él la seguía amando, ahora lo sabía. Se miraron, comprendiendo de pronto todo lo que había quedado sin decir entre ellos.

Jack fue el primero en soltarse. Observó los escombros con el ceño fruncido. Los Sangre de Plata habían destruido los escalones de piedra que llevaban a la salida diez pisos más arriba. Schuyler alcanzaba a ver un pequeño punto de luz procedente del agujero en la superficie.

—Esa es la intersección. Si conseguimos atravesarla, no podrán seguirnos. Espera —dijo, desenrollando una cuerda que llevaba sujeta a su equipo de Venator. Lanzó el gancho sobre el borde y la tomó por la cintura.

—No mires hacia abajo —dijo, mientras los hacía ascender como un par de superhéroes.

—¡Espera! ¡Hay alguien ahí abajo! Creo… creo que podría ser tu padre… ¡Sí! ¡Es Charles! ¡Espera, Jack!

La cuerda se escurrió, se enganchó de nuevo; hubo una pugna mientras tiraban de ellos hacia abajo de nuevo, de vuelta a las profundidades. Schuyler distinguió a lo lejos a Charles Force luchando con el propio Leviatán, el demonio, que adoptaba la forma de un basilisco, un dragón y una quimera, mutando y provocando a su atacante con un regocijo carente de humor.

—¡SALID DE AQUÍ! —bramó Charles Force cuando los vio colgados del alambre—. ¡SALVAOS!

Y ella percibió cómo su feroz poder los empujaba al exterior, los hacía volar por el aire y los aplastaba contra la acera. Llegaron a la superficie justo a tiempo.

Inmediatamente detrás o debajo –no podía afirmarlo– Schuyler sintió una oleada gigantesca, como si un relámpago hubiera fallado el blanco de su cuerpo por un centímetro. A continuación, el universo se tambaleó.

Una onda.

Un desgarrón.

Una herida.

Por un momento, el mundo quedó desenfocado. Schuyler pudo ver la vastedad del espacio y la infinitud. Universos alternativos. Finales alternativos. Resultados alternativos.

Sintió un temblor en lo más profundo de su interior, lo mismo que en su exterior, como si hasta el último átomo del universo conocido estuviera estremeciéndose, como si el tiempo mismo estuviera desencajándose, como si la propia Tierra, el propio mundo en el que vivían corriera el riesgo de quedar destruido.

Igual de repentinamente, todo volvió bruscamente a su lugar. El tiempo se recompuso. El universo dejó de temblar. El mundo seguía siendo lo que siempre había sido.

Schuyler estaba tumbada en la acera. No lograba sentir nada: sus piernas, sus brazos, tenía todo acorchado. Jack yacía en el suelo a su lado.

Con las escasas fuerzas que le restaban, extendió su mano hacia la de él, rozando con la punta de sus dedos los fríos dedos de él. Sintió que su mano aferraba la de ella con firmeza. Estaba vivo. Su corazón saltó de gozo. Estaba vivo.

Habían sobrevivido.

Pero no había el menor signo de Charles Force por ninguna parte.

Treinta y uno

Bliss

—¿Eres tú de verdad? ¿Cómo es posible? —preguntó Bliss, maravillada al ver el buen aspecto que tenía. El Dylan que recordaba era sólo pellejo y huesos, pero este Dylan parecía sano. Tenía las mejillas sonrosadas y había recuperado sus hoyuelos.

—Soy yo, de verdad —le aseguró Dylan—. Ya sabes, la Corrupción, eso que convierte a los vampiros en demonios, funciona extrayendo el alma a través de la sangre, por lo que las veces que, bueno… ya sabes…

Bliss asintió. Las veces que el Visitante había tenido el control y había chupado la sangre de Dylan, ella había absorbido una parte suficiente de su espíritu como para que una imagen parcial, una parte de su consciencia, viviera en el interior de la de Bliss.

—Así que… ¿estás vivo? —preguntó Bliss.

—En cierto modo —dijo él—. Aún puedo pensar y sentir.

—Pero no eres *real,* ¿o sí? —preguntó.

Él negó tristemente con la cabeza.

—No, no lo soy. No del modo en que lo eres tú. Quiero decir que nadie puede verme excepto tú.

—¿Es eso malo? ¿Te sientes extraño? —preguntó ella.

Por un instante, Dylan se limitó a sonreír, y lo hizo con su media sonrisa torcida y triste de siempre.

—No sé cómo explicarlo, pero parte de mí está aquí, contigo, y otra parte está... en algún otro lugar. Lo que sé es que no estoy completo. Soy como... como una... plantilla, como una personalidad virtual atrapada dentro de un ordenador —explicó.

Confirmó lo que ella ya sabía; que había docenas, posiblemente centenares de otras almas viviendo en su interior.

—Los Croatans están dementes porque ninguno de los espíritus dispone del cuerpo el tiempo suficiente para hacer que funcione. Se vuelven desequilibrados e impredecibles. *Esquizos*, como dicen los humanos. Habitualmente porque el espíritu huésped pierde el control ante una personalidad poderosa y fuerte.

Ella se estremeció.

—Como me ha pasado a mí.

—Sí, el Visitante. Pero tú eres consciente de la trasgresión, lo que significa que has sido capaz de resistirte a ella. Y hay algo más en ti que es diferente. ¿Sabes lo que es?

—La verdad es que no.

—Tu huésped humano, Morgan. ¿Lo recuerdas?

Bliss se acordó del guapo ayudante de fotografía de la sesión en Montserrat.

—Su sangre roja es veneno para los Croatans, pero a ti no te hizo daño. Lo que significa que una parte de ti permanece incorrupta. Y además, me tienes a mí —dijo él.

—¿Qué quieres decir?

—Los mantengo alejados de ti. Protejo el muro —respondió él—. No se me ocurre otro modo de expresarlo. Imagínate que hay un telón que se interpone entre tu consciencia y las demás. Yo soy ese telón.

—¿Así que, básicamente, lo único que me protege de esos chiflados eres… tú? —preguntó ella.

—Sí. —Dylan se encogió de hombros—. Yo.

Bliss esbozó una sonrisa. De pronto, no se sentía tan sola. Tenía alguien con quien hablar, alguien que comprendía exactamente lo que la estaba pasando.

—Me gusta la apuesta —dijo.

Estaba a punto de decir algo más cuando percibió que le inundaba la ira, una ira debilitante y enconada. Notaba como si estuviera echando espuma por la boca, ahogándose en su propia bilis. Jadeó en busca de aire, se dobló en dos y se aferró el estómago, ¿Qué pasaba? ¿Qué le ocurría? ¿Por qué estaba tan irascible? Entonces, lo comprendió. La ira no era suya, ni el furor. Podía sentirlos, pero no provenían de *ella*.

—¿Qué está pasando? —susurró Bliss—. Es él ¿verdad? ¿El Visitante? Está alterado.

—Sí —dijo Dylan con expresión preocupada—. Procura no sentirlo tanto. Empújalo. No dejes que sus emociones manejen las tuyas.

Ella asintió, rechinando los dientes, intentando luchar mientras un galimatías ininteligible de violentas emociones se abatía sobre ella. ¡IRA! ¡ODIO! ¿CÓMO PUEDE HABER PASADO ESTO? ¿QUIÉN ES EL RESPONSABLE? LES CORTARÉ LA GARGANTA Y BEBERÉ LA SANGRE DE SUS HIJOS. ¡LA PUERTA ESTABA ALLÍ! ¡TENÍAMOS AL GUARDIÁN DE LA PUERTA EN NUESTRAS MANOS! ¡EL CAMINO ESTABA A NUESTRO ALCANCE! ¡ESTÚPIDOS! ¡ESTÚPIDOS! Ella siguió rechazándolo. *No. No. Yo no. Él.*

Échalo fuera. Échalo fuera. Échalo fuera. Aléjate de mí, de mis pensamientos, de mi vida. Yo no soy tú. Yo no soy tú. Yo no soy tú.

—Se ha ido —dijo Bliss respirando hondo. Abrió los ojos. Seguía en el museo y Dylan estaba sentado en los escalones enfrente de ella.

—Bien hecho —dijo Dylan—. Es muy importante que lo mantengas alejado... que no... que no le dejes apoderarse de ti.

—No lo haré.

Le contó cómo había logrado *quedarse*, incluso después de volver el Visitante.

—Creo que pretendía hacer algo, pero tengo la impresión de que no ha funcionado. Algo fue mal, por eso ahora está tan enfadado.

—Sí, pero yo tengo la sensación de que esto no ha acabado. Debes seguir haciéndolo. Resistirte a él, quedarte, como tú dices. Vigilar y observar. Y has de actuar cuando llegue el momento —dijo Dylan.

—¿Y si se da cuenta?

—Te ayudaré todo lo que pueda. Te lo prometo.

—¿Y qué hay de ti? ¿Estarás siempre aquí? —preguntó ella.

—Jamás podré irme —dijo Dylan—. Tendrás que soportarme.

—¿Podré hacerlo? —preguntó ella, tendiéndole la mano.

La apoyó sobre la de él, *esperanzada*, pero no sintió nada. Aire. Él era humo y espejos. Aire y luz. Un recuerdo. Un fantasma.

No era real. Aquello no era real.

—Tengo tantas ganas de besarte —susurró ella, mirándole a los ojos oscuros—. Pero no hay nada ahí. No estás aquí en realidad. Me he vuelto loca. Es probable que te haya inventado para sentirme cuerda —dijo y, sin poder evitarlo, empezó a sollozar. Las lágrimas inundaron sus mejillas.

La enormidad de su responsabilidad la abrumaba. No sabía si sería capaz de hacerlo. Era demasiado pedir. No podía enfrentarse al Visitante. A Lucifer. Era demasiado poderoso.

Dylan le puso la mano en el hombro. Ella podía verla pero no sentirla. Pero sí podía oír su voz.

—Tranquila, Bliss —su voz era amable—. Todo irá bien.

Treinta y dos

Mimi

Mimi se aguantó las ganas de aullar. Adivinanzas y pistas y un cuerpo muerto y ahora otro misterio más. Quería explicaciones, pero ya.

—¿Qué quieres decir con que no está muerta? —gritó.

En ese momento, Kingsley y su equipo estaban más interesados en examinar los cuerpos de los Sangre de Plata.

Un hombre y una mujer. Mimi los reconoció del Comité. La pareja había vivido en el edificio que había junto al de los Force en la Quinta Avenida. Dios mío, pensó Mimi, con el corazón latiéndole a toda prisa. Los Sangre de Plata eran como células durmientes de terroristas. ¿Quién podía saber cuántos más pertenecerían al Cónclave?

Ted examinó la herida del pecho de la mujer. Había una marca en el centro medio oculta por la sangre. Era un tatuaje de una espada rasgando unas nubes, justo donde debía estar el corazón.

—¿Es eso lo que creo que es? —preguntó Mimi.

—El sello del arcángel —asintió Kingsley—. ¿Ves esa costra dorada en torno a la herida? Hay sólo una espada en el mundo capaz de hacer eso. La de Miguel.

—No lo entiendo —dijo Mimi—. No entiendo nada de todo esto.

Kingsley cerró los ojos concentrándose con todas sus fuerzas.

—La raptaron del hotel hace un año. Por algún motivo, debían de querer mantenerla viva. Nan Cutler sobrevivió y se hizo pasar por la abuela de Jordan ocultándola en la favela, donde Jordan debió de hacerse amiga de aquellos niños. Pero Sophia sabía que llegaríamos: nos dejó la nota y les dijo a los niños a quién debían dársela. Y sabía que los Sangre de Plata la traerían aquí, aunque se suponía que íbamos a salvarla. Eso fue lo que vio. Por eso nos hizo venir, para impedir que ocurriera esto. Pero, por algún motivo, calculó mal el tiempo. Decidieron matarla antes de lo que ella esperaba.

—Pero ella consiguió vencerles. Encontró la espada de Miguel, que debía de ser lo que andaba buscando. La habían robado del estudio de su padre, como sabes. Debían de tenerla los Sangre de Plata —dijo Mimi, pensando en el robo—. Así que sabemos qué mató a estos dos —dijo—. Y entonces ocurrió algo…

—Sí, Nan regresó, y la tomó por sorpresa. Jordan no previó que pudiera ocurrir —dijo Kingsley.

—Así que Nan la mató, o creyó hacerlo.

—Sí.

—Sus pupilas… has dicho que no estaba muerta —dijo Mimi—. Pero Jordan *está* muerta.

—Sí. Pero Jordan era la envoltura física de la Vigilante —Kingsley miró a Mimi— ¿De verdad que no recuerdas nada de todo esto? Deberías estar avergonzada.

—¡Yo no tengo por qué pedir excusas por nada! —pero sentía que sí debería hacerlo.

—La Vigilante no es exactamente uno de nosotros. Aunque su espíritu puede ser invocado en la sangre para que nazca en un nuevo ciclo, hay algo que los Sangre de Plata no saben. En Roma, cuando Sophia fue la primera de nosotros en reconocer a Lucifer en el emperador Calígula, al concluir su ciclo, el Cónclave decidió que era demasiado valiosa para estar vinculada sólo por la sangre. Así que Miguel liberó su espíritu. Es más que vampiro. Es como un fantasma. Ocupa un cuerpo, una máquina, pero puede abandonarlo e intercambiarlo en cualquier momento.

—Así que Nan Cutler mató su cuerpo, pero Jordan tuvo tiempo suficiente para liberar su espíritu en alguna otra cosa. ¿Qué podría ser?

Kingsley miró por la ventana hacia las pintorescas aves posadas en los árboles.

—Yo apostaría por alguno de los guacamayos de ahí afuera. Un ave inteligente. Pero eso sería sólo un refugio provisional. Tendría que buscar un Sangre Roja lo antes posible.

—¿Lo que quieres decir es que… está ahí afuera? ¿Viviendo en otro cuerpo? —preguntó escéptica Mimi.

—Sí.

Mimi se cruzo de brazos.

—Un humano. Un Sangre Roja.

—Sí —a Kingsley se le estaba agotando la paciencia—. Están hechos de la misma materia física que nosotros. Un huésped humano.

—¿Y sabes todo eso, que sigue viva, sólo mirándola a los ojos?

—Si la Vigilante hubiera sido verdaderamente destruida, los ojos de Jordan tendrían pupilas. Ya sabes lo que se dice… los ojos… ventanas… alma. ¿En serio tengo que explicártelo, Force?

Enterraron a Jordan cerca de las cataratas. Kingsley improvisó una cruz con dos ramas y la clavó sobre la tumba. Los cuatro se apiñaron en torno a ella mientras él pronunciaba unas palabras.

—Devolvemos a la tierra el cuerpo de Jordan Llewellyn, portadora del espíritu de Pistis Sophia. Pedimos a la tierra que tome lo que de ella es y lo devuelva con gratitud y amor. Descanse en paz.

Mimi y los hermanos Lennox murmuraron suaves amenes.

Después, amontonaron los cuerpos de los Sangre de Plata en el patio trasero y encendieron una pira funeraria. Cuando las primeras llamas oscilaron a causa del viento, Mimi se dio cuenta de que estaba oscureciendo. Era la puesta de sol. Llevaban cuarenta y ocho horas sin dormir. Mimi era una vampira, pero lo cierto es que hubiera agradecido una buena cama en ese momento. Vio cómo el fuego se tragaba los cadáveres y enviaba chispas hacia el cielo nocturno.

Pese a todo, seguían sin encontrar a la Vigilante. Aunque siguiese viva, no sabían quién era, ni qué aspecto tenía ¿Continuaría siendo una mujer? Podía ser cualquiera.

—¿Dónde iría la Vigilante en busca de un lugar seguro? —preguntó Kingsley. Hablaba consigo mismo—. A quien la convocó. Pero desaparecida Cordelia y muerto Lawrence, sólo cuenta con un recurso. Allegra Van Alen.

—Allegra está en coma. No le será de mucha ayuda a nadie —señaló Mimi—. No me digas que…

—La Vigilante tiene otros medios de comunicación a su disposición, más profundos incluso que nuestras incursiones de apropiación, que no han conseguido atravesar el muro que Gabrielle ha erigido a su alrededor —Kingsley agitó la cabeza—. Además, tengo la sensación de que después de un año en los barrios bajos de Río, la Vigilante lo siente también…

—¿Siente qué?

—Creo que la Vigilante quiere lo que tú quieres, Force —dijo él con voz suave.

—¿Que es?

—Quiere volver a casa.

TREINTA Y TRES

Schuyler

Oliver siguió la pista a Schuyler y Jack hasta la base de la torre Eiffel tras triangular su localización mediante la señal GPS del teléfono de Schuyler, que ahora que estaba fuera de la Isla de Saint-Louis había vuelto a funcionar. Parecía haber pasado un año desde que Schuyler y él habían bajado del autobús. A Schuyler el corazón le dio un respingo cuando le vio. ¡Oliver! ¡Sano y salvo! ¡De una pieza! Era más que lo que había podido soñar.

Los dos sollozaban cuando se abrazaron y se estrecharon el uno contra la otra.

—Pensé que estabas muerto —susurró ella—. No vuelvas a hacer una cosa así, nunca, nunca jamás.

—Otro tanto podría decirte yo a ti —dijo Oliver.

Les contó que después de haber abandonado ellos la fiesta aquello había sido el caos. Leviatán y los Sangre de Plata comenzaron a incendiarlo todo, abrasando las copas de los árboles y acercándose peligrosamente al propio edificio. Era como si se repitiera la masacre de Río. Entonces había aparecido Charles Force, que había luchado contra ellos uno por uno, echándolos del lugar. Habían desaparecido. Fue como si la tierra se los hubiera tragado a todos.

—Si —dijo Jack—. Charles los estaba conduciendo a la intersección. Una parte de la capacidad de apropiación de los Sangre de Plata les permite entrar, pero no salir. Es un espacio entre mundos.

—El limbo —Oliver asintió con la cabeza.

—¿Qué es lo que ha ocurrido ahí abajo? —preguntó Schuyler, recordando el extraño fenómeno que habían experimentado.

Jack negó con la cabeza.

—La verdad es que no estoy seguro. Fuera lo que fuese, pienso que Charles consiguió invertir el proceso, detener el desgarro y reparar la herida. De lo contrario, ninguno de nosotros estaría aquí ahora.

Jack no mencionó lo que todos sabían. Que aunque los Sangre de Plata habían fracasado en su intento, habían logrado una pequeña victoria. Charles Force estaba desaparecido. No había conseguido llegar a la superficie y las catacumbas estaban vacías.

—¿Ha muerto? —preguntó Schuyler con voz apagada.

—No estoy seguro. Creo que simplemente está perdido —replicó Jack.

—¿Qué vas a hacer?

—Todavía no lo sé —suspiró—. El Cónclave ya no es lo que era. No espero obtener ayuda en esa dirección, pero es todo lo que tengo. —Jack parecía exhausto—. ¿Y vosotros? ¿Qué pensáis hacer?

—Huir —dijo Oliver con firmeza—. Seguiremos huyendo.

—No podréis huir eternamente, Schuyler. Los temblores, tu enfermedad, son imposibles de ocultar. Forman parte de tu transformación. Has de ir a un doctor adecuado, que pueda ayudarte. Te estás poniendo a ti misma en peligro. Yo te respaldaré en el Cónclave. Conseguiré que lo entiendan. Harán que los Venators dejen de perseguirte. Confía en mí. Estarás segura en Nueva York. No puedes arriesgarte a permanecer sola. Ahora el Cónclave está debilitado y carece de líder, pero nos reagruparemos. Vuelve a Nueva York.

Vuelve a mí. Jack no lo dijo en voz alta, pero Schuyler lo oyó alto y claro.

Removió los pies. Ambos chicos estaban a su lado, los dos con las manos metidas en los bolsillos. El mentón de Oliver casi le tocaba el pecho de lo cabizbajo que estaba. No podía mirarla a los ojos. Jack, sin embargo, la miraba directamente, con esa mirada imponente suya. Los amaba a los dos y su corazón se desgarraba entre ambos. Jamás sería capaz de elegir. Era imposible.

Oliver la pedía que siguieran huyendo y Jack quería que volviera a casa. Volver a casa era lo que más deseaba, regresar a Nueva York. Parar, descansar, recuperarse, pero era incapaz de tomar la decisión ella sola. Por mucho que amara todavía a Jack, y aunque se sentiría desdichada si le dejaba de nuevo, tenía que pensar en Oliver. Su dulce amigo de corazón leal.

—¿Qué piensas tú, Oliver? ¿Qué crees que debemos hacer? —preguntó, volviéndose hacia el chico que la había mantenido a salvo durante más de un año.

Treinta y cuatro

Bliss

Era la noche previa al comienzo del curso. Hacía una semana que Dylan se le había aparecido. En ocasiones, Bliss pensaba, convencida, que había soñado con él. Un buen sueño, pero sólo un sueño. No obstante, había regresado y hablado con ella una y otra vez, contándole cosas que no sabía. Eso jamás ocurría en un sueño: de algún modo, Bliss siempre había sabido que estaba hablando con su subconsciente. Al final, llegó a la conclusión de era con Dylan con quien estaba hablando, o al menos con una versión de él.

Nunca sabía cuándo iba a volver. A veces cerraba los ojos y esperaba, y no pasaba nada. Otras estaba haciendo algo –pidiendo un café o probándose unos zapatos– y tenía que salir corriendo, tan deprisa como le fuera posible, en busca de algún lugar donde pudiera estar sola. Aquel día se estaba organizando para ir a clase. La encantaba el olor de los libros de texto nuevos, le gustaba pasar los dedos sobre sus páginas satinadas. El inicio del curso prometía siempre muchas cosas buenas. Se alegraba de volver a estudiar.

—A mí también me gustaba —dijo Dylan, mirando por encima del hombro de ella.

La sorprendió verlo en pie a su lado, con una mano sobre su mesa.

—¡Dios! Vaya susto me has dado.

—Lo siento. Tiene su dificultad ¿sabes? Tengo que hacer que me veas, aunque ahora que ya sabes que estoy aquí, me resulta un poco más fácil. —Siguió mirando por encima del hombro de ella—. ¿Qué te toca este año?

—Lo habitual. El programa avanzado de preparación para la universidad, para conseguir créditos y distinciones académicas. Quizá le eche un vistazo a esa asignatura de Arte.

Dylan asintió con un gesto y se sentó en el borde de la mesa, con sus largas piernas colgando sobre el suelo.

—¿Quieres ver algo chulo de verdad?

—Claro.

Y sin previo aviso, Bliss se encontró con Dylan en el tejado de The Cloisters, un museo de antiguos claustros en el extremo norte de Manhattan. Por supuesto, sólo estaban allí en su mente. De hecho, estaba sentada en su silla, ante su mesa en el apartamento. Dylan le explicó que su memoria los había llevado hasta allí. Bliss nunca había estado en los Claustros.

Dylan le explicó que podían ir adonde quisieran. No tenían que permanecer en un negro vacío, sin nada que los rodeara, ni en el lugar en el que Bliss se encontrara en un momento dado. Podían desplazarse a cualquier sitio, siempre que alguno de los dos hubiera estado allí antes. Era como tener un pasaporte para viajar a cualquier punto de su pasado. Y a Dylan le encantaban los Claustros. La vista desde el tejado era asombrosa.

—Oh, oh —dijo Bliss—. Ha vuelto.

Dylan miró por encima del hombro, hacia las nubes de tormenta que se habían formado de pronto sobre la ciudad. Ni dentro de su propia burbuja podían escapar del Visitante.

—Ya sabes lo que tienes que hacer —dijo.

—¿Lo sé? —preguntó Bliss, pero Dylan ya había desaparecido y Bliss había dejado atrás su instante de felicidad.

El Visitante se había hecho con el control. Deslizándose hasta la oscuridad, Bliss asumió la inmovilidad de una estatua. Mientras, en el exterior, su cuerpo recorría a grandes pasos la habitación, ladrándole órdenes a Forsyth.

—¿Y el Cónclave?

—Barlow ha presentado una resolución para ofrecer de nuevo a Charles Force el liderazgo, caso de que vuelva —dijo Forsyth nervioso—. Se mostró inflexible al respecto.

La cobra se estremeció, con la cabeza en alto. Eso era preocupante. *¡Miguel!* ¡Siempre recurrían a Miguel! ¡Olvidaban quién les había traído al Paraíso!

Inquieto, Forsyth se aflojó la corbata.

—Por cierto... respecto a París. Leviatán lo ha confirmado. Ya no hay puerta en Lutecia, sólo una intersección. Por eso no funcionó la *subvertio*, porque no había ningún portal que destruir. Nos engañaron. Charles nos tendió una trampa, pero Leviatán liberó la muerte blanca en la intersección y creó un vacío temporal. A punto estuvo de caer también en su interior. La buena noticia es que Leviatán cree que la trampa de Charles fue su fin. El arcángel ha sido destruido.

—¿Puede demostrarlo?

—No, mi señor, pero no ha habido signo alguno de Charles Force desde lo de París.

—Así que Charles estaba jugando con nosotros —rumió el Visitante—. Yo estaba allí, el día que forjó la llave de la puerta. El día que se nombró a sí mismo su guardián.

—Es artero, señor. Miguel nunca fue digno de confianza.

—No, es astuto, pero ahora lo sabemos. La puerta de Lutecia ya no existe. Ha de haber encontrado el modo de moverla. —El visitante meditó un rato—. Hay que aplastar esa resolución de Barlow y hacerlo con cuidado. Convencerás al Cónclave de que alguien tiene que ocupar ya el puesto. El espíritu del Cónclave exige un Regis. Te negarás al principio, aunque ellos te presionarán para que lo aceptes. Serás nombrado Regis.

—Como deseéis, mi señor.

—Una vez instaurado, podremos comenzar nuestro verdadero trabajo. Sin Charles, sin Lawrence, buscarán un nuevo líder. Tú ocuparas ese hueco. Volverán a mí. Me *rogarán* que los guíe de nuevo. A través de ti, Forsyth, llevaremos a cabo nuestra auténtica tarea.

Sin previo aviso, Bliss se vio lanzada de vuelta al vacío.

—¿Qué ha pasado? —preguntó Dylan—. ¿Por qué has vuelto aquí?

—No lo sé… me alteré… Debe de haber notado algo.

Lecontó lo que había oído.

—Tienes que regresar. Esfuérzate. Hazlo.

Bliss se concentró. Se esforzó todo lo que pudo. Atravesó la línea que la separaba del mundo real, se obligó a sí misma a ver el mundo como lo veía el visitante.

Y esta vez estaba dentro de la mente de él.

Pero ya no estaba hablando con Forsyth.

Vio lo que él veía. Cuerpos. Cadáveres. Amontonados unos sobre otros. Niños. Yacían en el desierto. Habían bebido algo. Una poción. Un veneno. Preparado por un demonio. Vio un chico pequeño y espectral, con una guitarra. Una joven guapísima, de pelo negro y aspecto duro. Y otro chico, hermoso y preocupado. Eran todo lo que quedaba de aquel desastre, aquella masacre de inocentes. Tantos jóvenes Sangre Roja… masacrados.

Entonces, descubrió al demonio: había adoptado la forma de uno de los chicos. Un joven atractivo, pero con una mueca burlona en los labios. Él había sido el causante. Otro de los hijos de Lucifer.

Las imágenes continuaron, una tras otra: muerte, destrucción, odio, guerra. La obra del diablo.

Igual de bruscamente, las imágenes cesaron. Bliss se despertó. Estaba sentada ante su mesa, sola. Temblaba tanto que había dejado caer el bolígrafo. ¿Qué había sido de Charles Force? ¿Había sido destruido como pensaban? ¿De qué habían estado hablando? ¿Qué puerta quería derribar el Visitante?

Y esas visiones… ¿Quiénes eran esos niños? ¿Era el futuro? ¿Qué haría el Visitante cuando Forsyth fuera elegido Regis? ¿Qué estaban planeando? La palabra horror no se acercaba siquiera a describir lo que sentía. Dylan estaba en lo cierto: tenía que encontrar el modo de impedir que aquello –fuera lo que fuese– ocurriera.

Cerró los ojos.

—¿Dylan? —llamó—. ¿Dylan? ¿Estás ahí? ¿Dónde estás?

Pero no obtuvo respuesta. Ni dentro ni fuera.

TREINTA Y CINCO

SCHUYLER

—¡Sky, despierta! ¡Despierta! ¡Tienes una pesadilla! ¡Despierta!

Schuyler abrió los ojos. Estaba sentada sobre la cama, revuelta como un huracán de mantas y sábanas. Oliver estaba sentado junto a ella, con una mano apoyada en su hombro.

—Estabas soñando —dijo—. ¿Otra vez ese sueño?

Ella asintió, recogiendo las rodillas bajo la barbilla.

—El mismo. Siempre el mismo.

Desde que había escapado de Leviatán aquella noche en París, Schuyler había tenido la misma pesadilla, exactamente la misma, noche tras noche, como si su subconsciente se hubiera atascado en una emisora repitiendo el mismo programa espantoso una y otra vez.

Nunca lograba recordar de qué trataba, sólo que en el sueño se sentía sumida en la más profunda y agónica de las desesperanzas. Hacía días que se despertaba llorando.

—¿Te encuentras bien? —preguntó Oliver.

Tenía los ojos hinchados por el sueño, el pelo revuelto y desastrado, parte de él de punta, suave como el plumón de un patito. Llevaba puestos una sudadera de Duchesne y pantalones de pijama de franela, su vestuario nocturno. En una ocasión, Schuyler había bromeado sobre su sorprendente fidelidad al colegio. Oliver jamás se había puesto nada que llevara el nombre del lugar durante el día, nunca en toda su vida, al menos por lo que ella sabía.

—Estoy bien —dijo—. Vuelve a la cama.

Estaban en un hotel cápsula en Tokio. Hacía una semana que habían salido de París. Primero habían pasado tres días en Berlín. Tokio parecía un lugar seguro: tan lejos de Francia como fuera posible.

Al llegar a Japón, Schuyler se había sentido exprimida, desprovista de energía incluso para realizar el ritual que la revigorizaría. Estaba más allá del agotamiento, pero después de haber visto de nuevo a Jack y de haber revivido los viejos sentimientos, le resultaba desleal depender tanto de Oliver. Así que se había reprimido y no había practicado el Beso Sagrado.

Por una vez, deseó haber adoptado como huésped humano a un extraño dócil en lugar de a su amigo, aunque le parecía una traición pensar siquiera en ello.

Aquella noche en Tokio, Oliver volvió a acostarse, la cabeza sobre la almohada, de espaldas a ella y acurrucado sobre sí mismo, como siempre hacía. Era así como dormían, como habían dormido desde el comienzo de su viaje. En una cama, pero mirando hacia el exterior, hacia sus enemigos, cubriéndose, literalmente, las espaldas. Era el modo en que Oliver había sido educado. Era el modo en que los Conductos habían protegido a sus vampiros durante siglos en tiempos de guerra. En mitad de la noche, cuando Schuyler se despertaba, le reconfortaba la sensación de calidez de la espalda de Oliver en contacto con la de ella.

Un año durmiendo espalda contra espalda, sin volverse ni una sola vez el uno hacia el otro, ni siquiera para la *Caerimonia*. En la cama, habría sido algo excesivamente íntimo... demasiado parecido a lo que hasta el momento se habían resistido a hacer, un acuerdo tácito de esperar al momento adecuado. Porque, ¿qué otra cosa tenían que no fuera tiempo? Estarían siempre juntos. Al menos, eso sí que lo sabían.

—¿Estás despierto? —preguntó Schuyler.

Su habitación era del tamaño aproximado de un ataúd pequeño. Sólo podía incorporarse. Los dormitorios eran pequeñas cajas amontonadas las unas sobre las otras, con una puerta de fibra de vidrio, una cortina, por el aquel de la intimidad, y una ventana. Las cápsulas eran populares entre los hombres de negocios japoneses que estaban demasiado borrachos para volver a casa. Era el alojamiento más barato que Schuyler y Oliver habían podido encontrar. Habían guardado su equipaje en una taquilla de recepción.

—Uh-huh.

—Lo siento. No hago más que despertarte. Debe de ser cansado.

—Uh-huh.

—¿No te apetece hablar?

—Mmmm…

Schuyler sabía que Oliver estaba inquieto. Y comprendió por qué se mostraba frío con sus respuestas en forma de monosílabos. A partir de París, las cosas habían cambiado entre ellos. Algo había transformado su amistad sin complicaciones; algo había penetrado en el pequeño mundo hermético que se habían construido.

Schuyler había pensado que Jack Force pertenecía a su pasado, que después de dejarle en aquel apartamento de Perry Street había acabado todo. Pero al ver a Jack de nuevo en París había sentido otra cosa. En especial cuando se habían besado. No sabía qué pensar. Se sentía tan culpable respecto a Oliver que a veces no podía ni mirarle. Pero cuando recordaba aquel beso, era incapaz de no sonreír. Lo había sentido como un principio, como la promesa de un futuro más luminoso, incluso aunque ese futuro hubiera empezado a oscurecerse. Así que noche tras noche, mientras yacía junto a Oliver, soñaba con un chico cuyos ojos eran verdes y no avellana, y se odiaba a sí misma por ello.

¿Y qué si Jack seguía estando libre, si no estaba vinculado? *Ella* había hecho su elección. Y amaba tanto a Oliver que la idea de estar lejos de él le hacía pedazos el corazón, destrozándolo en un millón de fragmentos.

Tenía que dejar de soñar con Jack. Ese beso. ¿Cómo decía aquella canción de esa película que ella y Oliver solían ver una y otra vez? *Un beso es sólo un beso.* No era nada. No significaba nada.

Quizá se sintiera confusa porque estaba cansada de despertarse en una ciudad diferente cada tres días. Quizá fuera sólo eso. Estaba tan harta de aeropuertos y estaciones de ferrocarril y hoteles, y de la insípida y cara comida de los hoteles. Echaba tanto de menos Nueva York que era casi como un dolor físico. Había intentado olvidar lo mucho que le gustaba la ciudad. Lo vigorizante que le había resultado siempre. Hasta qué punto pertenecía a ella.

Por la escotilla que hacía las veces de ventana, Schuyler podía ver una imagen del paisaje de neón de la ciudad de Tokio: luces que parpadeaban sin cesar, rascacielos iluminados como videojuegos. Se le estaban cerrando los ojos, estaba a punto de dejarse llevar por el sueño, cuando Oliver habló de repente.

—¿Sabes? Cuando te dejé ir con él en París, fue la cosa más difícil que he tenido que hacer.

Schuyler sabía que hablaba de cuando la había obligado a marcharse con Jack, no con el barón.

—Lo sé —le dijo ella, hablándole a su almohada.

Lo sabía todo: lo había leído en la sangre de él, pero comprendía que él tuviera que contárselo. Tenía que decirlo en voz alta.

—Creí que no te volvería a ver. —Su voz sonaba tranquila, pero Schuyler sintió que sus hombros temblaban ligeramente.

Oliver... El corazón se le subió a la garganta y los ojos se le inundaron de lágrimas. Me ama tanto, pensó. No puedo herirle. No puedo.

Así que, a modo de respuesta, Schuyler se dio la vuelta y deslizó su mano en la de él y entrelazó sus dedos con los suyos. Apretó su pecho contra su espalda, y sus rodillas contra las de él de modo que yacían juntos como dos cucharas. Nunca había hecho algo así antes, y ahora se preguntó por qué. Resultaba tan reconfortante descansar contra él. Ponerle la boca en el cuello para que él pudiera percibir su aliento sobre su piel.

—Ollie, jamás te abandonaría —susurró, y sabía que estaba diciéndole la verdad. Ella mantendría a salvo su corazón.

Él no respondió, y tampoco se dio la vuelta, ni siquiera tras la invitación implícita de su abrazo. Permaneció de espaldas a ella, como todas las noches.

Se quedó dormida con el sonido regular de la respiración de Oliver.

Treinta y seis

Mimi

Para mucha gente, el Rockefeller Center *era* Nueva York. El complejo de acero, cemento y cristal en el centro de Midtown albergaba una serie de las más famosas y apreciadas instituciones de la ciudad. Estaban la Rainbow Room en el último piso y la famosa pista de patinaje sobre hielo de debajo. La plaza era uno de los lugares favoritos para la exhibición de novedosas exposiciones de arte: un perro gigante hecho de capullos multicolores en floración o un espejo enorme apuntando al cielo. Incluso un popular programa de televisión había adoptado como nombre su dirección postal. A Mimi siempre le había encantado caminar por delante de la hilera de banderas de brillantes colores de camino a Saks, al otro lado de la calle. Lo que mucha gente no sabía, por supuesto, era que el Rockefeller Center tenía una historia aún más remota.

En la tradición de los vampiros, había sido consagrado como el sitio en el cual Miguel adoptó por primera vez el título de Regis tras el traslado del Cónclave a Nueva York. La tierra estaba bendecida con parte de su espíritu, lo que probablemente explicara por qué el Rockefeller Center se había hecho tan popular entre los Sangre Roja. Los humanos, por cortos de entendederas que fueran, percibían la atmósfera que los rodeaba, la electricidad del aire sobre el suelo sagrado.

El santuario se había erigido justo donde hoy se alzaba la venerable casa de subastas Christie's. Eran las nueve y media de la mañana cuando Mimi cruzó las puertas de cristal de la entrada principal. La subasta empezaría a las diez, pero no había ido a allí a pujar por una colección.

Había llegado de Río la semana anterior y se estaba saltando el primer día de clase para asistir a esta ceremonia. En Duchesne lo entenderían. Ella tenía responsabilidades que iban más allá de las aulas. La escuela había dado la bienvenida a los Force tras su «año sabático» para cursar su último año y graduarse en educación superior. El Comité había dispuesto que los vampiros jóvenes acabaran su formación académica antes de sumarse a otra misión de los Venators. Los mayores siempre hacían todo lo posible para impedir que crecieran demasiado deprisa, pensó Mimi. ¡No les importaba que fuera un miembro con derecho a voto del Cónclave! No, tenía que obtener su diploma.

Recogió su tarjeta de acceso de manos del guardia y tomó el ascensor a la sala de subastas públicas. El auditorio estaba medio vacío. ¿Un signo de los tiempos? ¿O quizá los compradores extranjeros pujaban en línea o a través de agentes sentados en la parte posterior del salón ante teléfonos?

Mimi no estaba segura. Recordaba que las subastas solían tener una naturaleza más social cuando asistían a ellas sus padres. Había un cóctel en la antesala y las mujeres lucían joyas tan valiosas como aquellas por las que pujaban.

Vio a unos cuantos de sus colegas desperdigados por la zona. El Cónclave se había reducido a siete miembros, aunque era todo lo que necesitaban para que hubiera quórum. Josiah Archibald estudiaba atentamente el catálogo de arte. Alice Whitney se aferraba a sus perlas. Abe Tompkins entró a trompicones y se sentó al fondo. La subasta comenzaría a las diez en punto, al igual que la reunión del Cónclave, porque se habían reunido en aquel antiquísimo lugar para elegir a su nuevo líder. Forsyth Llewellyn había solicitado un voto en blanco.

La instauración de un nuevo Regis no era un asunto trivial. Nadie en el Cónclave recordaba haber tenido tantos en tan corto plazo. Desde el alba de los tiempos, habían estado bajo la guía de Miguel en sus diversas encarnaciones. Lawrence Van Alen lo había sustituido el año anterior, pero ahora Lawrence estaba muerto. Charles Force estaba desaparecido y Forsyth había presentado su candidatura al puesto.

Mimi se mostró sorprendida cuando dos de los miembros, Minerva Morgan y Ambrose Barlow, entraron en la sala y se dirigieron directamente hacia ella. Minerva y Ambrose estaban entre los vampiros más viejos de su ciclo, y aunque las mentes de los vampiros no perdían su agudeza, la carne que habitaban se deterioraba en tiempo humano a falta del mantenimiento apropiado. ¿Qué querrían aquellos dos carcamales?

—Madeleine, Ambrose quiere enseñarte algo —dijo Minerva, sentándose junto a ella.

Ambrose Barlow sacó cuidadosamente del bolsillo de la chaqueta un sobre doblado en cuatro. Mimi lo abrió. La nota de su interior estaba arrugada y el papel desgastado, como si lo hubieran releído una y otra vez.

Cuidaos de Forsyth Llewellyn. No es quien creéis que es.

Iba firmado «un amigo». Mimi se la devolvió a Ambrose con disgusto. Su padre le había dicho que jamás se tomara en serio ningún mensaje anónimo.

—¿Qué opinas?

—No lo sé. La verdad es que no presto demasiada atención a este tipo de cosas —dijo Mimi desdeñosa—. Es probable que se trate simplemente de una broma de mal gusto.

—¿Por qué iban a enviar algo así? Es evidente que procede de alguien de dentro. Pero, ¿quién? ¿Por qué? ¿Y por qué mandársela a Ambrose? Lleva retirado del Cónclave al menos cincuenta años. Además, Forsyth no tiene enemigos, es el único que nos mantiene unidos —dijo Minerva, agitada—. ¿No piensas lo mismo, Ambrose?

Ambrose Barlow asintió con la cabeza.

—Estoy de acuerdo, las notas anónimas son obra de cobardes, pero por algún motivo tengo la sensación de que debiéramos prestar atención a ésta. Son tiempos extraños para todos nosotros… y con tantos cambios en marcha…

Mimi se fijó en que Forsyth Llewellyn había entrado en la habitación y los tres dejaron de hablar. El senador parecía especialmente robusto y aún más pomposo de lo habitual, teniendo en cuenta lo que le había ocurrido a su familia no hacía tanto. Los vio a los tres reunidos y se sentó junto a Ambrose.

—Hola, hola —saludó, mientras éste se guardaba apresuradamente la nota en el bolsillo de nuevo.

—Hola, Forsyth. Le estaba diciendo a Madeleine que no comprendo por qué tenemos que hacer esto tan pronto —dijo Minerva—. Seguro que Charles regresará pronto y nombrará un Regis mientras aún esté vivo. No me gusta. Después de lo ocurrido en París, creo que nos estamos anticipando.

—Querida Minerva, entiendo tu preocupación, pero *mi* preocupación es que después de lo ocurrido en París, el tiempo es ahora esencial. No podemos seguir dándole largas al asunto como hemos venido haciendo —replicó Forsyth.

Minerva gruñó y Mimi se mantuvo inexpresiva. Los periódicos de los Sangre Roja estaban llenos de sangrientas historias relativas al desastre de París. Ningún vampiro había sufrido daño, pero unos cuantos huéspedes humanos habían muerto pisoteados en medio del alboroto. La tragedia había sido atribuida a que el circo tailandés, sin licencia, había sido incapaz de controlar a sus animales y a violaciones de las normas contra incendios para casos de asistencia de demasiada gente.

La otra noche, a su regreso, Jack le había contado a Mimi la verdadera historia y cómo Charles había puesto coto a la peor parte. Los nuevos propietarios del castillo estaban iracundos y habían amenazado con retirar su propuesta, pero la condesa había logrado aplacarlos ofreciéndoles gratuitamente parte del histórico mobiliario.

Los gemelos habían decidido no compartir la noticia del aparente fallecimiento de Charles con el Cónclave. Jack seguía convencido de que por muchas pruebas que pudiera haber en contra, su padre seguía vivo. Mimi había estado de acuerdo en que sería mejor que la comunidad siguiera creyendo que Charles se mantenía alejado deliberadamente. Sería mejor no despertar el pánico; los Sangre Azul estaban ya bastante nerviosos.

Seymour Corrigan entró en la habitación, dirigiendo a todos una mirada a modo de excusa por su retraso. Estaban todos presentes: siete Guardianes, que simbolizaban a las siete familias originales, como dictaba la tradición.

El subastador, un hombre de aspecto serio con blazer azul y corbata roja caminó hasta el podio.

—Bienvenidos apreciadas damas y caballeros, a la Venta de Arte Impresionista y Moderno —dijo.

El público aplaudió educadamente, y en una pantalla que había a sus espaldas apareció un retrato de Kurt Cobain, inmortalizado en brillantes y enjoyados colores. Mimi pensó que parecía una de aquellas imágenes de un libro de oraciones. Un músico de grunge convertido en santo.

—Primera oferta, un Elizabeth Peyton. La puja inicial es de quinientos mil dólares.

La reunión del Cónclave comenzó en el momento mismo en que descendió el mazo.

Treinta y siete

Schuyler

Estaban en Sídney cuando ocurrió. Justo en medio del Barrio Chino, en una pequeña tienda de parafarmacia donde vendían el té verde orgánico que a Schuyler le gustaba beber por las mañanas. Los temblores comenzaron en sus piernas, luego en sus brazos, Todo su cuerpo empezó a sufrir convulsiones y cayó al suelo, soltando la lata que tenía entre las manos mientras se retorcía y pataleaba sobre el frío suelo de linóleo.

—¡No se agolpen! No pasa nada. Es… es epiléptica —dijo Oliver, alejando a empujones a todo el mundo— ¡Déjenla espacio para respirar! ¡Por favor! Se le pasará.

A Schuyler le resultaba extraño no ser capaz de controlar su cuerpo, descubrir que se rebelaba contra sus deseos, como si hubiera sido poseído por un espíritu maligno. Le parecía estar mirando desde un lugar distante, como si aquello no le estuviera pasando a ella, sino a otra persona, cuyos brazos y piernas se movían espasmódicamente mientras echaba espuma por la boca.

—Lo siento, lo siento —susurró, cuando por fin acabó todo.

Los estremecimientos habían cesado, pero aunque sus extremidades no se movieran ya, su corazón seguía latiendo como una locomotora.

—Tome usted… es agua —dijo el dependiente, acercándola un vaso de papel a los labios.

Schuyler se sintió agradecida por la mirada bondadosa del tendero y los demás clientes. Se mantuvo apoyada en Oliver mientras salían de la tienda y se dirigían a la parada de autobús, donde estaba ya esperando uno que iba a The Rocks.

—Este ha sido fuerte —dijo él, mientras pagaba sus billetes de estudiantes y buscaba asientos en la parte de atrás.

Se quedaba corto. Probablemente, había sido el peor episodio que Schuyler había experimentado. El brutal dolor de cabeza, los espumarajos, el modo en que había estado a punto de tragarse la lengua… ¿Qué le había dicho la doctora Pat en su última visita? Que la fuerza vampírica era un don, pero en su caso también una carga. Su cuerpo humano estaba reaccionando a la transformación como si fuera una enfermedad, como algo que quería *expulsar* de sí…

—¿Seguro que estás bien? —preguntó de nuevo Oliver cuando Schuyler se inclinó hacia adelante con la cara entre las manos.

—Estoy bien —dijo ella—. De verdad que sí.

Fue lo último que dijo antes de desmayarse.

***

De vuelta en el hotel, y notándose mucho mejor, Schuyler se sentó en el pequeño balcón de su habitación envuelta en un albornoz. En la diminuta cocina, Oliver daba los toques finales a su curry. Le llevó un humeante cuenco y se lo puso delante, junto con una cuchara. La especialidad de Oliver era el curry indio de plátano y pollo, mientras que a Schuyler le gustaba cocinar interesantes mezclas de pasta y cualquier cosa que encontrara en la nevera. (A veces, Oliver opinaba que eran excesivamente interesantes.)

—Gracias —dijo ella, aceptando de buena gana el cuenco caliente de curry amarillo y arroz. Se llevó una cucharada a los labios y sopló antes de comérsela para no quemarse la lengua. En el exterior, veleros y barcos de crucero salpicaban la bahía de Sídney. El océano era de un verde oscuro parecido al de los ojos de Jack, pensó, luego se refrenó. No pensaría en él, en qué estaría haciendo o si también él la echaba de menos. Se concentró en la comida. Oliver la observaba a través del cristal de la puerta deslizante.

Schuyler sabía lo que significaba esa mirada. Él salió, depositó una taza de té ante ella y se sentó en una de las sillas de plástico.

—Sky, tenemos que hablar.

—Sé lo que vas a decirme, Ollie, pero la respuesta es no.

Le dio un sorbo al té. Era asombroso que, pese a todo lo que había pasado, Oliver se las hubiera apañado para comprar una lata. Era un Conducto realmente bueno.

—Sky, intenta ser razonable.

—¿No lo soy? Nos meterían en la cárcel, o lo que sea que le hagan a la gente como nosotros. —Schuyler se encogió de hombros.

Conocía el castigo por eludir la justicia del Cónclave: un millar de años de expulsión. El espíritu encerrado en una caja. ¿Y si ella no era inmortal? ¿Qué le harían entonces? ¿Y qué sería de Oliver?

—Ya oíste lo que dijo Jack. En este momento, el Cónclave tiene problemas más graves que nosotros. Además, puede que en esta ocasión te crean. El incendio del Lambert salió en los periódicos y el Cónclave Europeo se ha alzado en armas. ¡Tienen testigos que vieron a Leviatán! No pueden negarlo durante más tiempo.

—Aunque ahora me creyeran, no permitirán que nuestros actos queden impunes. Lo sabes mejor que yo —señaló Schuyler.

—Cierto, pero eso era cuando Charles Force era Regis. Ahora no hay nadie al frente del Cónclave. Están asustados y desorganizados. Opino que es seguro que volvamos a casa.

—La gente asustada es la que peor juicio tiene —arguyó Schuyler—. No me fío de una organización capaz de dictar políticas desde el miedo. ¿Y qué hay de ti? Tú también eres un traidor, ¿sabes? ¿Y tus padres? Irán a por ellos.

Hasta entonces, habían dejado en paz a la familia de Oliver, con la salvedad de que los Venators controlaban sus menores movimientos: tenían los teléfonos intervenidos, sus cuentas habían sido analizadas. Los padres de Oliver le habían dicho en uno de sus contados contactos por teléfono vía satélite que ni siquiera podían ir a Dean & Peluca sin sentir que los estaban vigilando.

Oliver le dio un trago a su gran lata de Foster's.

—Creo que podemos comprarlos.

Schuyler depositó su taza sobre su cuenco vacío.

—Perdón, ¿cómo dices?

—Sobornarlos. El Cónclave necesita dinero. Están prácticamente en bancarrota. Mis padres tienen una tonelada. Puedo comprar mi billete de salida, sé que puedo.

¿Por qué estaba discutiendo? Oliver le estaba diciendo lo que quería oír, que podían volver a casa. Sin embargo, se sentía asustada.

—No quiero volver.

—Mientes. Sé que deseas regresar a casa. Y eso vamos a hacer. Se acabó la discusión —concluyó Oliver—. Voy a reservar plazas en el próximo vuelo. No quiero oír nada más.

Oliver no le dirigió la palabra en el resto de la noche. Schuyler se durmió con un punto de tortícolis por la tensión. Oliver sólo quería lo mejor para ella.

¿Por qué te muestras tan tozuda?

Schuyler abrió los ojos.

Estaba en Nueva York, en su dormitorio. Las desvaídas cubiertas de *Playbill* de Broadway que cubrían las paredes estaban amarillentas y retorcidas por los bordes.

Su madre estaba sentada en su cama. Era un sueño, pero no el habitual. Un sueño sobre su madre. Ya no pensaba mucho en ella. Ni siquiera había tenido tiempo de despedirse hacía un año, cuando abandonó Nueva York.

Era la primera vez que veía a su madre desde que Allegra se le había aparecido en Corcovado con una espada en la mano.

Allegra miró muy seria a Schuyler.

—Él tiene razón. Los Conductos siempre la tienen. No puedes seguir viviendo así. La transformación te matará sin un guía y los cuidados apropiados. No puedes arriesgar tu vida de esta manera.

—Pero no puedo volver a casa —dijo Schuyler—. Por mucho que quiera hacerlo, no puedo.

—Sí que puedes.

—¡No puedo! —Schuyler se frotó los ojos.

—Sé que te da miedo lo que pueda pasar a tu regreso, pero has de enfrentarte a tu miedo Schuyler. Si tú y Abbadon estáis destinados a estar juntos, nadie, ni siquiera él, ni tú, puede hacer nada para impedirlo.

Su madre tenía razón. No quería volver a casa porque entonces Jack estaría tan, tan cerca. Jack, que seguía estando libre… Jack que tan apasionadamente la había besado… que aún podía ser suyo… Pero si se mantenía alejada, lo estaría también de la tentación de verle y traicionar a Oliver.

—No puedes estar con alguien sólo porque no quieras hacerle daño. Tienes que pensar en tu propia felicidad —dijo Allegra.

—Si estuviéramos juntos, Jack moriría —dijo Schuyler—. Va contra el Código. Y sus poderes mermarán...

—Si está dispuesto a correr el riesgo de estar contigo, ¿quién eres tú para decirle qué hacer con su vida? Piensa en mí. Mira todo lo que yo arriesgué por estar con tu padre.

—Mi padre ha muerto y tú estás en coma. Me he criado prácticamente como una huérfana —dijo Schuyler, sin intentar esconder la amargura que destilaban sus palabras. No había llegado a conocer a su padre, que había muerto antes de que ella naciera. En cuanto a Allegra, bueno, no era posible mantener mucha relación con alguien que era casi un cadáver, ¿o sí?—. Dime algo, madre. ¿Mereció la pena? ¿Valía tu «gran» amor por mi padre todo lo que le ha pasado a tu familia?

No podía contenerse, necesitaba decir aquellas cosas tan hirientes. Había estallado tras tantos años de vivir sola.

Amaba a su madre, la amaba. Pero no buscaba un ángel que sólo se le había aparecido una vez en la vida para entregarle una espada encantada. Schuyler quería una madre de verdad: una a quien ella le importara, que estuviera allí cuando lloraba, que la animara y la pinchara y la irritara, aunque fuera un poco sólo. Quería alguien corriente como la madre de Oliver. No tenía ni idea de cómo se enteraba la señora Hazard-Perry de dónde iban a estar, pero cada pocos meses les llegaba un paquete al hotel. En su interior había chocolate y calcetines nuevos y cosas que ni ellos mismos sabían que les iban a hacer falta, como linternas y pilas.

Allegra suspiró.

—Comprendo tu decepción conmigo. Espero que algún día comprendas y perdones. Toda acción tiene sus consecuencias. A veces siento remordimientos muy, muy profundos, pero sin tu padre jamás te habría tenido. Estuvimos juntas un tiempo muy breve, pero cada momento contigo fue un tesoro para mí, contigo y con tu padre. Volvería a hacer lo mismo si tuviera que hacerlo. De modo que sí. Valió la pena.

—No te creo —dijo Schuyler—. Nadie medianamente cuerdo elegiría vivir tu vida.

—Sea como fuere, vuelve a casa, hija. Te estoy esperando. Vuelve a casa.

Treinta y ocho

Mimi

Cuando Mimi abrió los ojos, la sala de subastas se había desvanecido y estaba en el santuario, una pequeña habitación con cuatro paredes de cristal emplomado. Por supuesto, al estar protegido por un hechizo, el lugar no había sido destruido.

Estaba en pie formando un círculo con otros cinco miembros. Forsyth, el séptimo, se encontraba en el centro. Estaban vestidos con largas capas con capucha. Como un puñado de representaciones de la muerte, pensó Mimi. Había tanto de las costumbres de los Sangre Azul que se había filtrado a la cultura popular… aunque retorcido y desprovisto de su gravedad.

—Bienvenidos todos —dijo Forsyth Llewellyn, con aspecto de sentirse muy orgulloso y satisfecho consigo mismo.

«Perfectamente natural», pensó Mimi, dado que iba a asumir el cargo más elevado como cabeza de un gobierno secreto que los Sangre Roja no sabían siquiera que existía. Su trabajo como senador era totalmente honorífico. Mimi había oído comentar que sólo había colaborado tangencialmente para resolver la crisis financiera que ahogaba al país.

Mimi no era miembro a tiempo completo del Cónclave cuando Lawrence había sido elegido, pero tenía una vaga idea de cuál era el procedimiento.

Seymour Corrigan pasó lista e inició la ceremonia.

—Desde los primeros días de este mundo, nuestro Regis alberga el alma del Cónclave en su corazón. Antes de que sea elegido, ha de ser bendecido por los Siete. Y por eso nos hemos reunido aquí, para darle nuestra bendición.

Era una ceremonia que se remontaba al antiguo Egipto. Salvo que esta vez no habría barba postiza de pelo de cabra, ni cetro mágico, ni látigo simbólico de cuero, ni corona de plumas de avestruz. Sin embargo, seguía siendo idéntico en lo fundamental.

Warden Corrigan comenzó la enumeración de las grandes casas por su nombre en el Lenguaje Sagrado.

—¿Qué decís vosotros, Domus Magnificat?

La Casa de la Riqueza estaba representaba por Josiah Rockefeller Archibald, cuya familia había construido el centro en el que se encontraban en ese momento.

—Decimos sí —murmuró.

—¿Que decís vosotros, Domus Septem Sanctimonialis?

—Decimos sí —dijo Alice Whiteney, la última de la línea de la Casa de las Siete Hermanas.

—¿Qué decís vosotros, Domus Veritas?

Por supuesto, los Venators estaban representados en el Consejo, pero Mimi sentía curiosidad por saber por qué hablaba en su nombre Abe Tompkins. Hacía muchos años que había dejado de ser un Venator en activo.

—Decimos sí —respondió el viejo Abe.

—¿Qué decís vosotros, Domus Preposito?

La Casa de los Encargados del Orden era un título que había sido concedido a la familia más próxima al Regis. Los Llewellyn ostentaban ahora ese honor.

—¿Qué decís vosotros, Domus Stella Aquillo?

La Casa de la Estrella del Norte era uno de los mayores benefactores de los programas de arte de la nación. Ambrose Barlow miró nervioso a Minerva Morgan. Inclinó la cabeza y susurró.

—Sí.

Sólo quedaban dos casas. Junto a ella, Mimi percibió la ansiedad de Minerva Morgan.

—Que decís vosotros, Domus Domina.

La Casa de la Dama de Gris. La Casa de la Muerte, pero nadie la llamaba así. La familia que estaba a cargo de los registros, de los ciclos de expresión y expulsión.

Minerva Morgan no respondió.

—¿Domus Domina? —Seymour Corrigan se aclaró la garganta—. ¡Domus Domina!

Minerva Morgan suspiró.

—Sí.

—Domus Lamia dice sí —asintió Warden Corrigan, un poco malhumorado.

La Casa de los Vampiros; un título viejo y líder de la Conspiración. Mimi se preparó. Ella sería la siguiente. Warden Corrigan tosió.

—Qué decís vosotros Domus Fortis Valerius Incorruptus. Casa de la Sangre Pura, de los Incorruptos, de los Valientes y los Fuertes, Protectora del Jardín, Comandante de los Ejércitos del Señor? ¿Qué decís?

Era el linaje de Miguel. El linaje de Gabrielle. El linaje de Van Alen, ahora manchado por el nombre Force. Mimi levantó la voz.

—Decimos…

Titubeó. Pensó en la vacilación de Minerva Morgan. En Ambrose Barlow, que era tan viejo que todos pensaban que estaba senil. Y aun así había traído consigo aquel papel. Se lo había enseñado a ella. Contaban con ella. Una nota anónima, pero importante. Tenían razón. No podían ignorar su mensaje.

De repente, Mimi comprendió que Ambrose y Minerva no podían hacerlo personalmente, pero que deseaban con todas sus fuerzas que lo hiciera ella. Era joven, pero los superaba a todos, de lejos, en rango. Representaba a la Casa que había dirigido aquel Cónclave de inmortales durante siglos y siglos. La Casa que quedaría despojada de su poder por el ritual que estaban celebrando.

No lo había pensado hasta hoy, pero se dio cuenta de que estaban a punto de entregarle el Cónclave a Forsyth Llewellyn.

Y, en realidad ¿quién era Forsyth Llewellyn? Mimi rebuscó entre sus memorias. Un ángel menor. Una deidad menor. Un *mayordomo*. En absoluto un Regis.

Podía hacerlo. Había combatido a los Sangre de Plata y enviado demonios de vuelta al Hades. Se mantendría firme ahora que otros no podían hacerlo.

—La Casa de la Sangre Pura quiere presentar su objeción a este procedimiento —dijo con claridad y plena confianza.

—¿Objeción? —Seymour Corrigan parecía confundido.

—Decimos que no —dijo Mimi.

—¿No? —preguntó Corrigan de nuevo.

—No —respondió, esta vez aún más claro.

Forsyth, por su parte, no perdió la compostura.

—Sencillamente, no comprendo por qué tenemos que hacer esto. ¡Transferir el espíritu del Cónclave a un nuevo líder cuando mi padre sigue vivo! —explotó Mimi. Respiró hondo—. Por lo tanto, debo objetar.

—El Voto ha de ser unánime —dijo Warden Corrigan preocupado—. No podemos transferir el cuidado del Cónclave a Forsyth a menos que la votación de las siete familias sea unánime.

Parecía perdido, mientras que a Ambrose y Minerva se les notaba aliviados. Los demás miraron a Forsyth en busca de guía.

Mimi se dio cuenta de que, con o sin el voto unánime, él era ya su líder.

—Pospondremos la instauración como desea la Guardiana Force —dijo Forsyth con voz tersa—. No tengo deseo alguno de asumir un papel que no todo el mundo crea que me corresponde. Y me siento muy afectado por la desaparición de Charles. Esperaremos.

Uno tras otro fueron regresando como por ensalmo a la sesión de la sala de subastas. Mimi se dio cuenta de que mantenía la mano en alto, como la había tenido en el instante de la traslación.

El subastador le dirigió una sonrisa radiante.

—Y *Portrait de Femme (Françoise Gilot)* es para… ¡la bella joven de la primera fila!

Acababa de comprar un Picasso.

Treinta y nueve

Bliss

El semestre de otoño en Duchesne siempre se desarrollaba según la misma tradición, sin desviarse jamás de un programa de actividades establecido hacía un siglo, o eso debía de parecerles a los estudiantes adoctrinados en los reconfortantes, predecibles ritmos de la mullida vida en un colegio privado. Comenzaba con la orientación de primer año en agosto, cuando los novatos eran moderadamente acosados por sus torturadores del último curso con concursos de crema de afeitar y lanzamiento de tartas en el patio, batallas con globos llenos de agua desde los balcones y una partida épica de Murderer. El último día de orientación, se celebraba una solemne entrega de anillos de acuerdo con los cursos y se cantaba el himno del centro. Culminaba con una fiesta, decididamente extracurricular, en el tejado de la casa del jefe de los chicos, en la que florecían los primeros romances, habitualmente entre una «chica mayor» (lo que la escuela denominaba veteranas) y un «chico nuevo» (un novato), y no, como cabría pensar, al revés.

Bliss subió las escaleras hasta el edificio principal, dirigiendo saludos con la cabeza a unas cuantas caras familiares. Todo el mundo conservaba algo de bronceado del verano en Hamptons o en Nantucket. Las chicas se mostraban renuentes a dejar de lado el vestido ligero y las sandalias, y adoptar la lana y los tableados. Los chicos llevaban amplias camisas por fuera de los pantalones y corbatas torcidas, con la chaqueta al hombro y aspecto un tanto disoluto.

Bliss había oído decir que los mellizos Force también habían vuelto a la escuela. Debería ponerse en contacto con ellos lo antes posible. Mimi y Jack tenían que ayudarla.

Mientras se dirigía a la sala de taquillas, tomando nota de los nombres grabados en cada placa metálica, vio que faltaban los de Oliver y Schuyler. Enfrentarse al hecho de su ausencia la entristeció. Al final, había averiguado lo que les había ocurrido, que el Cónclave había puesto en duda la versión de Schuyler de los acontecimientos relativos a la muerte de Lawrence. Los dos adolescentes habían optado por huir de los Venators, antes que enfrentarse a un juicio.

De algún modo, no creía que en realidad hubieran desaparecido. Casi esperaba ver a Oliver sentado junto al radiador en su clase avanzada de Historia Europea, o a Schuyler levantando la vista de sus potes de arcilla en la de Artes Independientes. Bliss se encaminó a su tercera clase antes de la comida, Antiguas Civilizaciones y el Amanecer de Occidente.

La primera semana de clases era un periodo de tanteo, en el que los estudiantes saltaban de aula en aula hasta que decidían a qué asignaturas apuntarse. El curso sonaba ineresante, una mezcla de historia y filosofía, los griegos, los romanos y los egipcios. Tomó asiento en la fila central, junto a Carter Tuckerman, que siempre olía igual que los emparedados de huevo que tomaba de desayuno.

La profesora era nueva, de un tipo diferente al habitual en Duchesne. La mayoría de los profesores llevaban toda la vida en la institución, y se notaba. Los estudiantes estaban convencidos de que madame Fraley, que enseñaba francés, llevaba en la escuela desde la década de 1880. (Es probable que tuvieran razón, ya que era una Sangre Azul). O por el contrario, eran universitarios recién licenciados, gente que por alguna razón habían fracasado en sus solicitudes a Teach for America y se encontraban pillados con un hatajo de mocosos de preparatoria, en vez de enseñar a gente necesitada y desfavorecida. Ésta era diferente. Jane Murray era una mujer robusta de mejillas como manzanas tempranas, cabello rojo brillante y un rubicundo rostro irlandés. Llevaba el pelo toscamente cortado al estilo paje y sus ojos azules destellaban cuando hablaba.

La señorita Murray (lo escribió en la pizarra, y era sin lugar a dudas «señorita», no «señora», había estudiado en Miss Porter's School y, en su opinión, a una dama no se le llamaba de otra manera) no parecía haber conocido la era de los dinosaurios, ni tenía ese aspecto timorato y perdido típico del recién licenciado.

—Esta es una asignatura optativa, de alumnado mixto y estilo seminario, lo que significa que espero que mis estudiantes participen en discusiones y no se limiten a dormitar o copiarse los unos a los otros. No os prometo no aburriros, pero podréis aburriros los unos a los otros si no ponéis sobre la mesa vuestros propios pensamientos e ideas —dijo alegremente, mirando a su público con una sonrisa satisfecha.

Cuando llegó hasta ella la hoja para apuntarse, Bliss decidió poner su nombre en la lista. Se fijó en que casi todos los presentes habían hecho otro tanto. Bliss percibía la reacción del aula: la señorita Murray iba a ser una encantadora novedad en la vida de Duchesne.

Sonó la campana. Bliss recogió sus cosas y oyó a dos chicas que comentaban mientras se abrían camino hasta la puerta.

—¡Santo cielo, nuestro último curso va a ser la leche! —aseguró Ava Breton.

—¡Total! —dijo chillona Haley Walsh—. ¡El mejor!

«*El último curso va a ser la leche.* Que idea tan graciosa», pensó Bliss mientras las seguía. *Eran los mejores años de su vida.* Por Dios, ojalá no fuera así.

Hasta el momento, la adolescencia de Bliss, por decirlo con franqueza y claramente, había sido una *mierda*. Se había mudado de ciudad, había descubierto que era una vampiro, se había enamorado y había perdido a su amor, todo en un año demencial. Y había pasado el siguiente poseída por un demonio que, además, era también su padre... fuera como fuera la cosa. No tenía ni idea al respecto.

El Visitante llevaba ausente la mayor parte de la semana. Después del vistazo que había echado Bliss al pudridero infernal que era su mente, se alegraba de que no estuviera. Sus visiones le habían provocado pesadillas. Apenas conseguía dormir sin pensar en lo que había visto. Mucho peor aún, Dylan no había vuelto desde aquel día fatídico. Conservaba la esperanza de que apareciera de repente en algún lugar –o que la llevara de vuelta a los Claustros–, pero no había percibido más que silencio. Era como si estuviera nuevamente a solas en su cabeza, pero sabía que no era así.

Las clases terminaron a las tres y Bliss se fue a casa. Entró en el apartamento y se encontró a Forsyth derrumbado sobre la mesa de la cocina, rodeado de botellas de alcohol vacías, y a una mujer con aspecto atónito desmadejada sobre el sofá. Él solía ser más discreto con sus huéspedes humanos. Bliss apartó la vista.

Él dio un respingo cuando entró ella, y tenía el rostro ceniciento. La miró atemorizado.

—¿Qué va mal? —preguntó—. ¿Qué ha pasado?

En cuanto habló, él pareció aliviado.

—Ah, eres tú —fue todo lo que dijo.

Luego se sirvió whisky en una jarra para cerveza y se lo bebió de una sentada. Para ser un vampiro, le afectaba el alcohol de un modo curioso.

Bliss le dirigió una mirada. Luego, subió a su habitación y cerró la puerta. Tenía que hacer los deberes.

Cuarenta

Schuyler

Jack estaba en lo cierto. Cuando Schuyler y Oliver llegaron a Nueva York no había Venators esperando para detenerles en el aeropuerto. Sin embargo, ninguno de los dos estaba dispuesto a caer en manos de los miembros del Cónclave otra vez. El plan se basaba en mantener en secreto el regreso de Schuyler, mientras que Oliver declararía ante el Cónclave que Schuyler le había abandonado para que pudiera volver con su familia. Esperaban que los Ancianos le creyeran en lugar de entregarle a los Venators para que le sacaran la verdad. Era un riesgo que tenían que correr, pero Oliver confiaba en su capacidad para «vender» su historia.

Oliver no se había mostrado demasiado receptivo ante la idea de su falso alejamiento, pero Schuyler le había convencido de que era el único modo de garantizar su libertad en Nueva York.

En el aeropuerto Kennedy reinaba el habitual caos. Se abrieron camino a través de la bulliciosa terminal en busca de un autobús que les llevara hasta el metro.

—Bienvenida a casa —Oliver bostezó y se frotó la barba incipiente.

El vuelo desde Sídney había durado veinticuatro horas, un suplicio en una plaza económica demasiado estrecha. Los dos habían viajado en la fila de en medio de cinco asientos, entre una pareja en luna de miel a la izquierda, que se había pasado el vuelo dándose sonoros besos, y un grupo de viajes de aventura a la derecha, que no dejaban parar a la azafata con sus peticiones de cócteles.

Una vez fuera de la terminal, Schuyler respiró hondo y sonrió. Habían llegado en pleno septiembre y el tiempo seguía siendo suave, con sólo un ligero toque de fresco en el aire. El otoño era su estación favorita. El bullicio de la ciudad, los conductores de limusinas en busca de sus clientes, la larga fila de taxis amarillos, su encargado ladrando órdenes a todo el mundo para que se apresurara. Daba gusto estar de vuelta.

Se registraron en un hotel anónimo junto a la autopista del West Side, uno de esos enormes alojamientos pertenecientes a una cadena repleto de agotados hombres de negocios. La habitación daba a un lucernario y el aire acondicionado hacía ruido. A pesar de todo, Schuyler durmió como un tronco por primera vez en meses.

A la mañana siguiente, Oliver se presentó en el cuartel general del Cónclave para contar su historia, jurando por su vida ante la comunidad de los Sangre Azul. Como había predicho, una vez que el Cónclave se dio cuenta de lo que les estaba ofreciendo (dinero) no hubo más preguntas.

De vuelta en el hotel, le contó a Schuyler que los Guardianes no parecían preocupados por su desaparición, ni empeñados en imponer acción disciplinaria alguna. Lo ocurrido en París había cambiado el panorama. Había obligado al Cónclave a reconsiderar su actitud frente al retorno de Leviatán. Tenía problemas mucho más graves a los que enfrentarse y ellos habían dejado de importarles. O eso le había parecido a él.

—¿Estás lista para ir? —preguntó.

Había concertado una cita para ella en la clínica de la doctora Pat. Patricia Hazard era el médico en el que más confiaba el Cónclave, y casualmente también era tía de Oliver.

—¿Qué has hecho mientras he estado fuera?

—Nada. Comprar un emparedado de huevo y queso y un café en el delicatessen de enfrente. Luego, me leí el *Post* —respondió Schuyler—. El paraíso, vamos.

La doctora Pat había cambiado la decoración. La última vez que Schuyler había estado allí, la consulta parecía el recibidor de un hotel, muy blanco, muy minimalista, muy moderno. Ahora parecía una curiosa aunque fabulosa casa de la risa. Había vitrinas llenas de ojos de cristal y un sillón hecho de animales de peluche cosidos unos a otros; resultaba todo demencialmente atrayente. Las paredes estaban cubiertas de espejos venecianos y había mantas de piel sobre sillones blancos. Seguía pareciendo un recibidor de hotel, pero en lugar de la Reina de las Nieves, uno esperaba que apareciera Willy Wonka.

—Oiga, doctora Pat, ¿Qué ha ocurrido aquí? —preguntó Schuyler, mientras la seguía a la sala de exámenes (que, para su alivio, seguía pareciendo una sala de exámenes al uso).

—Me harté de tanta tintorería. El mantenimiento del blanco resulta muy difícil —sonrió la doctora Pat—. Oliver, tu madre quiere saber qué te apetece para la cena —le dijo a su sobrino antes de cerrar la puerta.

La doctora Pat les había visitado en su habitación de hotel para someter a Schuyler a un riguroso examen físico y sacarle muestras de sangre, pero había pedido a Schuyler que se pasara por su consulta para recoger los resultados.

—¿Y bien? ¿Qué es lo que tengo? —preguntó Schuyler subiéndose de un brinco a la mesa.

La doctora consultó su tabla.

—Bueno, todas tus pruebas de sangre han salido normales, tanto para un humano como para un vampiro. La tensión sanguínea, la tiroides, todo. Normal.

—Pero tiene que haber algo.

—Oh, claro que lo hay. —La doctora soltó el sujetapapeles y se apoyó en la pared, cruzándose de brazos—. El aislamiento no es bueno para el alma inmortal —dijo—. Has de estar entre tu propia gente, llevas demasiado tiempo alejada. Tu cuerpo se ha vuelto tenso, tóxico.

—¿Eso es todo? —preguntó Schuyler—. ¿Es esa la razón por la que me he sentido tan enferma últimamente? ¿Por haber permanecido alejada de los vampiros?

—Por extraño que parezca, sí. —La doctora Pat asintió con la cabeza, martilleando con los dedos su estetoscopio—. La sangre llama a la sangre. Has estado sola, estresada y alienada de la sociedad a la que perteneces. Mi sobrino me ha dicho que fuisteis al Bal des Vampires en París. ¿Te sentiste mejor cuando estabas allí?

Schuyler se lo pensó. No se había dado cuenta por la adrenalina del momento, pero la doctora tenía razón. Mientras había estado rodeada de vampiros no había experimentado en absoluto los temblores y los estremecimientos incontrolables. Salvo, por supuesto, durante aquellos pocos minutos que había pasado a solas en el calabozo. A treinta y tantos metros bajo el suelo, alejada de todos, hasta la llegada de Jack. Los temblores habían vuelto en cuanto ella y Oliver habían cogido la carretera.

—Se dice que ningún hombre es una isla —reflexionó la doctora Pat—. A los Sangre Azul les ocurre lo mismo.

—¿Pero qué hay de mi abuelo?

—Tu abuelo, si no recuerdo mal, era un Inmortal. Una raza poco frecuente, capaz de largos periodos de aislamiento de la comunidad. Eligió el exilio porque sabía que sería capaz de soportarlo. Física y mentalmente.

Schuyler digirió el diagnóstico.

—Es sólo… que parece… una explicación demasiado fácil —dijo finalmente.

—Verás, Schuyler. Los Sangre Roja también tienen una palabra para describirlo. La nostalgia del hogar no es sólo un estado mental. Tiene, además, síntomas físicos. Tu naturaleza de vampiro te hace más fuerte y rápida que cualquier ser humano. Pero el vampiro que hay en ti también exagera cualquier mal humano que puedas sentir. Gozas de lo mejor de los dos mundos, por así decir.

Cuarenta y uno

Mimi

Dos semanas después de la convocatoria de la votación, Mimi encontró una nota en su correo electrónico del Cónclave que le pedía que visitara a Forsyth en el Repositorio de la Torre Force esa tarde. No tenía clase a última hora, así que acabó temprano y tomó un taxi.

De todos modos, tenía que ir al Repositorio. La otra noche había estado buscando su estilográfica favorita y se le había ocurrido hurgar en el estudio de Charles. Recordaba que se la había dejado allí la última vez que había necesitado un lugar tranquilo en el que hacer los deberes. El despacho de su padre estaba tan pulcro como siempre, sin nada sobre la mesa, salvo un reloj Tiffany y un calendario. Mimi había buscado en cajones y armarios, pero no había encontrado su Montblanc.

Se había sentado en la silla giratoria y había empezado a dar vueltas, mirando la habitación a su alrededor. Le llamaron la atención unas pocas cassettes sin identificar colocadas al fondo de un estantería. Se puso en pie y las examinó. ¿Qué estaría haciendo Charles con un material de audio tan antiguo? Estaban marcadas *RH: Audio: Ven. Rep.* Repositorio de la Historia Archivos de Audio. Informes de Venators. Por lo general, las cintas del Repositorio llevaban adjuntas transcripciones escritas, pero Mimi no consiguió encontrar ninguna. Le dio la vuelta a la cinta para ver quién la había registrado. *MARTIN*. Eran los informes de Kingsley sobre su misión de hacía dos años. La que lo había enviado a Duchesne.

¿Qué pintaban en el despacho de Charles? Su lugar era el Repositorio. Si Mimi quería escucharlas, tendría que pedir prestada un viejo lector de cassettes en los archivos. Sabía que los Conductos estaban digitalizándolo todo, pero era evidente que habían pasado estas cintas por alto. Se las guardó en un bolsillo y echó un último vistazo a la habitación. ¿Dónde se habría metido Charles? ¿Qué le había ocurrido? Jack estaba convencido de que no estaba muerto. Si el espíritu de Miguel hubiera desaparecido de la Tierra, lo sabrían con seguridad, había razonado.

En la asamblea de la noche anterior, el Cónclave había votado a favor de enviar Venators en busca del Regis y se estaba reuniendo un grupo a tal fin. Su hermano se sentía decepcionado por no haber sido escogido para la misión, pero Forsyth se había mostrado inflexible: necesitaban a los gemelos allí, había dicho. No podían dejar el Coven tan desprotegido.

Al entrar en la Torre Force aquella tarde, se preguntó qué querría contarle el senador. Forsyth nunca había buscado su compañía y no habían hablado sobre la objeción de ella a su nombramiento.

—¿Quería verme? —preguntó Mimi, entrando en el iluminado despacho de esquina tras anunciar su llegada la secretaria de Forsyth.

Se fijó en que se había instalado en el mismo despacho que había elegido Lawrence cuando era Regis. Para que luego hablaran de exceso de confianza. Charles había usado la del antiguo edificio, bajo el Bloque 122.

—Madeleine. Gracias por venir —dijo Forsyth—. Doris, querida, no me pases llamadas.

La secretaria cerró la puerta y Mimi tomó asiento al otro lado de la lujosa mesa de nogal. Se dio cuenta de que aunque Forsyth se había apoderado del despacho de Lawrence, aún conservaba las fotos de Schuyler del anterior Regis en su mesa. Mimi deseó ir mejor vestida. Había venido directamente desde el gimnasio y no se había molestado en cambiarse la cutre camiseta de Duchesne Athletics y sus shorts de correr. Depositó su bolsa en el suelo y esperó a que él empezara a hablar.

—Sólo quería felicitarte por tu competencia como Venator. Hiciste un gran trabajo en Río. —Sonrió de oreja a oreja.

Mimi se burló de sus palabras.

—Sí, claro. No la encontramos.

—Es sólo cuestión de tiempo, querida. Kingsley la encontrará, no tengo la menor duda. Es un hombre de grandes… recursos —dijo Forsyth, con un punto de irritación que Mimi no pudo por menos que percibir.

—Bien, gracias. Me hubiera gustado participar en otra misión, pero según el Cónclave tengo que acabar en Duchesne antes. La escuela no me guardará la plaza tanto tiempo.

—Lástima, es verdad. ¿No crees que es injusto que tengamos que pasar por la farsa de una infancia y una adolescencia humanas? Pero así lo dicta el Código —dijo Forsyth, levantándose para servirse un trago del carro camarera. Escogió una botella de cristal tallado y echó whisky en un vaso—. ¿Te apetece?

—No, gracias —Mimi negó con la cabeza—. ¿Eso es todo? ¿Puedo marcharme ya?

—Oh, me estoy alargando, como de costumbre. A Bliss le gusta tomarme el pelo diciendo que soy un bocazas —Forsyth sonrió, dando un sorbo y rodeando su mesa para apoyarse contra su borde y mirar a Mimi.

Mimi se hundió más profundamente en su asiento. Llewellyn rara vez hablaba de Bliss. El papel de padre desconcertado no le sentaba bien en absoluto: resultaba falso, como si estuviera intentando vender un coche usado, o hacerla creer que su hija le importaba algo. Al menos Charles y Trinity habían *intentado* ayudar durante la transformación de Mimi y Jack. Por lo que Mimi sabía, los padres de Bliss jamás se habían tomado la molestia de explicarle lo que le estaba pasando.

—¿Qué tal está Bliss? —preguntó.

Mimi se había topado con ella un par de veces y Bliss le había parecido razonablemente amable, pero sus conversaciones no parecían llevar a ninguna parte. No sabía por qué, pero había algo en Bliss que la hacía sentirse nerviosa y soltar risitas.

—Está mucho mejor —Forsyth Llewellyn asintió—. Te he llamado hoy para discutir una situación un tanto delicada. Perdóname si te parezco ofensivo… comprendo que quizá no sea el momento más adecuado para una cosa así, pero creo que después de todo lo que ha ocurrido con el Cónclave… la comunidad necesita algo que la levante el ánimo en este momento. Si te parece…

Mimi hizo un gesto indicándole que continuara.

—Un simple favor, en beneficio de toda la comunidad. Sé que Jack y tú cancelasteis vuestra vinculación debido a la tragedia, pero ahora es el momento de recobrar la moral, mostrar a nuestra gente que seguimos siendo fuertes y veros a vosotros dos juntos. Nuestros miembros más poderosos, los mejores. Les dará esperanza.

Una media sonrisa se dibujó en los labios de Mimi, aunque el corazón se le encogiera de repente y le viniera a la mente una imagen del rostro burlón de Kingsley.

—¿Así que lo que me estás diciendo es que la vinculación está en marcha? —preguntó. No le costó el menor esfuerzo mantener un tono ligero y casual. Después de todo, seguía siendo la Mimi Force cuya imagen aparecía en una valla publicitaria al otro lado de Times Square. La Mimi Force que torturaba a novatos por deporte, haciéndoles servirla y babear. (¡Cómo había echado de menos la semana de orientación!).

Con un poco de suerte, a lo mejor aún le entraba el vestido…

Cuarenta y dos

Bliss

Si Dylan no venía a ella, quizá pudiera ir a él. El Cónclave animaba a sus miembros más recientes a practicar la terapia de regresión para acceder a sus vidas pasadas, para que aprendieran del conocimiento acumulado a lo largo de sus extensas experiencias anteriores.

Bliss se sentó con las piernas cruzadas sobre su cama de princesa. Cerró los ojos y empezó la profunda inspección de los recuerdos de sus muchas vidas. Eso era el conocimiento. La práctica de descubrir quién eras realmente Ella estaba en el vacío, en ese espacio existente entre su yo consciente y su yo inconsciente. ¿A quién había conocido? ¿Qué forma había adoptado su espíritu en su historia previa?

Se deslizaba por un salón de baile lleno de gente. Tenía dieciséis años… y sonreía porque esa noche conocería al hombre que sería su marido. Incluso antes de que él se presentara para invitarla a bailar, ella había reconocido su cara.

—Maggie. —Él sonrió.

¿Había llevado siempre el pelo así?

Dylan –o lord Burlington– también había hecho latir su corazón en el siglo XIX.

Pero había ocurrido algo durante la fiesta. El Visitante la había susurrado mentiras al oído. Le había dicho que matara. Maggie podía oírlo. Maggie no quería aquello, no se lo creía… Antes de que Bliss llegara a abrir los ojos, pudo sentir el agua fría que la rodeaba.

Maggie Stanford se había suicidado ahogándose en el Hudson. Bliss vio el oscuro y turbio río, sintió cómo sus pulmones reventaban y su corazón se colapsaba.

A medida que Bliss iba retrocediendo en el tiempo, todo se repetía. Goody Bradford se había prendido fuego a sí misma. Se había vertido petróleo por la cabeza, encendido una cerilla y dejado que las llamas la consumieran. Giulia de Medici había caído «por accidente» desde el balcón de la villa familiar en Florencia. Su cuerpo destrozado en el centro de la plaza.

Rápidas como las alas de una mariposa, cada imagen, cada «muerte» que Bliss había experimentado en la vastedad del tiempo ocupó el primer plano. Pero… Maggie había abandonado la funeraria. Goody Bradford había sobrevivido a las llamas. Giulia se había levantado tras la caída.

Ninguna de ellas había conseguido poner fin a su vida, no habían logrado exorcizar al demonio que las poseía. Todas lo habían intentado y todas habían fracasado.

Bliss lo comprendió.

Tengo que morir.

Porque si moría —si moría de verdad— si encontraba algún modo de no regresar jamás, entonces el Visitante moriría también. No tendría oportunidad de hacer lo que estaba planeando.

Eso era todo. Era el único camino. Lo sabía.

No había manera de eludirlo. No había modo de sobrevivir. Ella y el Visitante estaban apresados en un abrazo fatal. Si conseguía matar su espíritu, la sangre inmortal que tenía entre sus brazos, le daría muerte también a él.

Debía hacer ese sacrificio. En caso contrario, aquellas visiones horribles, ese terrible futuro serían inevitables. Ella era un vehículo para el mal, y mientras ella viviera, él viviría.

—Dylan, lo sabías, ¿no es así? Sabías lo que tendría que hacer. Desde siempre —susurró.

Dylan hizo por fin su aparición. La miró con expresión apenada.

—No quería decírtelo.

Cuarenta y tres

Schuyler

Habían pasado unos días desde la visita de Schuyler a la clínica de la doctora Pat y su vida en Nueva York empezaba finalmente a cobrar forma. Aquella tarde, Oliver y ella habían acudido a una agencia inmobiliaria para recoger las llaves de un pequeño estudio en Hell's Kitchen, que Oliver había conseguido pagando un año de alquiler en efectivo. Para ocultar su identidad, Schuyler se haría pasar por hija única de madre soltera: una ex hippie cantante de folk, que andaba siempre de gira con su banda. Gracias a la capacidad de Schuyler para alterar sus rasgos faciales, incluso podía hacerse pasar por la madre si las circunstancias lo exigían. La *mutatio* era más fácil, ahora que se sentía ella misma de nuevo.

Tomaron el metro para atravesar la ciudad y acabaron en un bullicioso sector de la Novena Avenida, un barrio que era una mezcla de bloques dormitorio para jóvenes empleados de

Wall Street, edificios de menor categoría sin ascensor, clubes de striptease y tiendas de vídeos porno. No muy lejos, había un supermercado y Schuyler y Oliver compraron comida para una semana: verduras orgánicas, una hogaza de pan de pasas en el horno de la calle Sullivan, latas de judías. Oliver la animó a derrochar en el jamón serrano y una barra de cremoso queso francés. Los limpios y amplios pasillos del supermercado alegraron el corazón de Schuyler; era una gozada estar en Estados Unidos, donde todo era tan sencillo y cómodo.

De acuerdo con los deseos de Schuyler, el estudio estaba en uno de los edificios más deteriorados y era muy pequeño: en pie en medio de la habitación, casi alcanzaba a tocar las cuatro paredes con la punta de los dedos. El apartamento estaba equipado con una plancha para cocinar, un microondas y un futón, que se podía enrollar y guardar en un rincón. La solitaria ventana daba a un patio de luces. Con todo, era mejor que vivir en un hotel. Aquello era Nueva York, su hogar.

—¿Estás segura de esto? —preguntó Oliver.

Schuyler había entrado en la habitación con la máscara de la mamá hippie. Nada más cerrar la puerta, dejó que sus facciones se relajaran y volvieran a ser las suyas.

—No tienes por qué quedarte aquí, lo sabes. Mi padre tiene un sitio en el centro para cuando trabaja hasta tarde. Podrías instalarte allí —le dijo.

—Sé que no es tan bonito como tu casa. Ni siquiera como mi antigua casa, pero no creo que deban vernos juntos de ninguna manera —aseguró Schuyler, examinando los armarios vacíos y encontrando pequeños alojamientos para cucarachas en los rincones—. No podemos poner en peligro tu situación ante el Cónclave.

La casa de Riverside Drive quedaba a un corto viaje en taxi de distancia. Allí estaría Hattie, con sus guisos caseros, y Julius, que habría podido enseñarle trucos con cartas. Pero no podía volver, todavía no. En cuanto atravesara el portal, el Cónclave se enteraría. No tenía ni idea de cómo, pero instintivamente sabía que estaba en lo cierto. Tenía que mantenerse alejada. Puede que en ese instante no estuvieran interesados en ella, pero tenía la impresión de que eso cambiaría.

En el estudio se sentía más segura. Sentía que era Skye Hope, no Schuyler Van Alen. Ella y Oliver habían decidido que era un nombre que una integrante del Flower Power le podía haber puesto a su hija. Además, si la gente la llamaba usando un nombre al que estaba acostumbrada a responder, había menos probabilidades de que Schuyler metiera la pata.

La escuela pública local, Alexander Hamilton High, había aceptado la matriculación de Schuyler en el último minuto sin preguntas ni quejas. Oliver había presionado en favor de otros colegios privados: Nightingale, Spence, Brearley. Pero hasta él había tenido que admitir que era demasiado peligroso. Aquellas instituciones estaban repletas de alumnos Sangre Azul. Yendo al Hamilton High habría pocas probabilidades de que alguien del Cónclave la descubriera. La elite podía hablar con la boca pequeña sobre su compromiso con la educación pública (y donar dinero para ella), pero nunca enviaba a sus hijos a estudiar en esos centros. Para que el Cónclave se tragara el cuento de su alejamiento de Oliver, éste tendría que regresar al Duchesne sin ella.

Sin embargo, Schuyler tenía que continuar estudiando de alguna manera. ¿Qué era lo que decía siempre Lawrence? La escuela no era sólo algo académico. Una educación te preparaba para la monotonía de la vida real: trabajar con otros, templar la personalidad para asimilarse en el grupo sin perder la propia identidad, comprender los factores de la lógica, el razonamiento y el debate. Para que una persona, ya fuera vampiro o humano, tuviera éxito en el mundo, no bastaba con desentrañar los misterios del universo. Uno tenía que desentrañar también los misterios de la naturaleza humana.

—¿Estás segura de que no hay otro motivo para que no me quede aquí contigo? —preguntó Oliver.

No quiso responderle en ese momento. Aún estaba desenmarañando sus sentimientos, empezando a preguntarse si no tendría razón su madre. Quizá el amor fuera algo por lo que una tenía que luchar, sin importar el coste. No quería hacerle daño a Oliver. Antes prefería morir que verle sufrir, pero necesitaba tiempo para pensar. Ella sola.

—Estaré bien. Estoy en Nueva York. Fíjate, los temblores han desaparecido —dijo Schuyler, levantando las manos ante su cara, maravillada.

¿Simplemente había sentido nostalgia, como había dicho la doctora Pat? ¿Había añorado su sangre, la de su propia gente? ¿De verdad obedecía a eso, a que ahora estaba de nuevo cerca del Cónclave?

—Muy bien —dijo Oliver—. Bueno, tienes mi móvil. Ya sabes que puedes llamarme a cualquier hora.

—Te echaré de menos —dijo Schuyler—. Ya te echo de menos.

Pero tenían que hacer aquello para mantenerse mutuamente a salvo.

—Estupendo. Pásatelo bien —se despidió él a regañadientes, y con un abrazo final salió por la puerta.

Mientras desempaquetaba la compra, se dio cuenta de que Oliver se había dejado su correo entre el montón de papeles para el nuevo apartamento de Schuyler.

Entre las facturas y revistas había un grueso sobre blanco. No llevaba sello, lo que significaba que venía directamente de alguien del Cónclave. Siempre entregaban en mano la correspondencia.

Schuyler vio que era una invitación a una vinculación y, sin necesidad de comprobarlo, supo que la dirección troquelada en el dorso sería la de la casa de los Force.

Cuarenta y cuatro

Mimi

El Starbucks de la esquina de la Quinta y la Noventa y Cinco estaba cerrado, por lo que Mimi tuvo que andar unas cuantas manzanas hasta EuroMill, una elegante «boutique» del café que había abierto recientemente. EuroMill había llevado la cultura del gourmet cafetero un paso más allá. Tenían una gruesa carta en la que el cliente podría elegir el grano, el tueste, incluso el modo en que se «extraía» el sabor (con filtro, sifón, cafetera de émbolo o italiana).

El lugar se asemejaba a una galería de arte: paredes blancas con pizarra negra, molinillos y máquinas de expreso bruñidos, que resplandecían reflejando las obras de arte en exhibición.

—¿Qué desea? —le preguntó el camarero, que llevaba un aro en la nariz.

—La Montana, en máquina Clover, lento —dijo Mimi, para pedir una taza de café torrefacto de El Salvador pasado por la prensa francesa que no deja posos—. Que sean dos, para llevar. Ah, y uno de esos —añadió, señalando un cruasán con chocolate que había detrás del mostrador de cristal.

Un agudo silbido llamó su atención. En una de las mesas del centro, entre los que usaban sus portátiles y un grupo de alumnos de colegio privado que desayunaban café con leche, estaba el resto de su antiguo equipo de Venators.

—Hola, chicos —saludó Mimi con una sonrisa.

¿En serio hacía sólo un mes desde que los cuatro se habían enfrentado a una banda brasileña de traficantes de droga y a los Sangre de Plata en la selva?

Los gemelos Lennox la obsequiaron con una infrecuente sonrisa y no tardaron en marcharse. Ted incluso le dio nada menos que una palmada en la espalda.

—Force —saludó Kingsley. Apartó de una patada la silla que había a su lado para que ella pudiera sentarse.

—Deja que lo adivine. ¿Café con leche? ¿Cuatro terrones?

Mimi le dirigió una mirada burlona, mientras intentaba aplacar a las mariposas que revoloteaban en su estómago. No se habían visto desde el aterrizaje en Nueva York. Lo que pasó en Río, pasado estaba. ¿No era eso lo que se decía? Si había creído que Kingsley intentaría buscarla, se había equivocado. Después de todo, ¿qué más le daba? No había importado entonces y ahora menos.

Kingsley levantó su taza y la hizo chocar con la de ella.

—De vuelta a clase, supongo. ¿Último curso? —La provocó—. ¿Sabes? Es curioso… yo no fui a la escuela superior.

Quiero decir, no en un sentido real. La primera vez que asistí fue cuando me asignaron el caso de Duchesne.

—No me digas que lo echas de menos —bromeó ella.

Se preguntó qué edad tendría Kingsley. Los Sangre de Plata eran como los Inmortales, estaba liberados de los ciclos. No envejecían, era casi como si estuvieran congelados en el tiempo. Sabía algo sobre la historia de Kingsley: había sido corrompido por un Sangre de Plata en Roma, pero le había perdonado el propio Miguel y había sido acogido en la comunidad de Sangre Azul.

—Puede que un poco. Las pequeñas recomendaciones al comenzar la jornada. Todas esas sesiones de ayuda psicopedagógica para sentirse autorrealizado. —Sonrió para que supiese que estaba bromeando, pero no burlándose de ella.

El camarero gritó desde el mostrador. «¡Dos Clover!»

—Eso es lo mío —dijo Mimi, recogiendo su pedido.

Había cosas que no cambiaban: aunque aquello no fuera Starbucks, el café seguía entregándose en un recipiente del tamaño de una jarra.

—Debo irme o llegaré tarde —le dijo a Kingsley. Recogió su mochila y se la echó al hombro, llevando las dos bebidas en una bandeja de cartón.

—Ya me he enterado de lo de la vinculación —dijo Kingsley con voz queda.

Dejó su taza de café e hizo señas a una camarera pidiendo otra.

—Te lo dijo Forsyth.

—En efecto. Me explicó que dado que Charles sigue desaparecido en acción, será él quien te entregue al novio.

—¿Y qué pasa? —preguntó ella desafiante.

Kingsley sonrió con dulzura.

—Nada. Sólo quería felicitarte. Serás una novia preciosa.

Mimi se sonrojó de un modo nada común en ella. No sabía qué había esperado. ¿Que rogara? ¿Que la pidiera que no se vinculara con Jack? Ridículo. Imposible. Kingsley era exactamente igual a ella: egoísta, peligroso, incapaz de acatar las reglas. ¿Cómo iba a sentir algo por ella, cuando ella no sentía nada por él?

Lo miró de hito en hito, sus mejillas ardientes. Él le devolvió la mirada sin pestañear.

—Tío, no sé ni por qué me molesto —dijo Mimi, y salió del café echa un basilisco.

Un año antes, cuando Mimi regresó a Nueva York desde Río, no hubo tiempo para pensar siquiera en la vinculación. Todo había sido cancelado de inmediato. No era el momento adecuado y, después de lo ocurrido, ella y Jack estaban demasiado afectados para pensar en el tema. Habían perdido el dinero de los depósitos y señales, y guardado su vestido. Una semana más tarde se habían peleado por su asunto con la mestiza, y se habían reconciliado. En cualquier caso, Schuyler había dejado de ser un problema: la zorrita había huido de Nueva York y de Jack. Mimi confiaba en que estuviera siguiendo los pasos de su madre, encaminándose a un triste y trágico final.

Sin embargo, al quedarse por fin los dos solos, en vez de potenciar una relación más profunda, la ausencia de Schuyler había provocado un alejamiento entre ellos. En esta ocasión, había sido Mimi la que se había distanciado. No quería ser la segunda opción. No quería que Jack estuviera con ella únicamente porque no podía estar con la persona a la que amaba.

Tener a Jack entre sus brazos no era más que una victoria pírrica. Mimi deseaba que él la amara, y que la amara de verdad. Pero él parecía hacer lo mismo de siempre. Daba formalmente por bueno su vínculo, aplacando sus miedos con mentiras mientras sus ojos traicionaban una realidad más profunda: que su corazón seguía perteneciendo a otra.

Así que había escapado y se había unido a los Venators. Ella le había dejado *a él*. Que viera lo bien que era capaz de montárselo sin él. Quería que la echara de menos. Pensaba que si se marchaba él comprendería su error y descubriría el estrecho vínculo que los unía. Lo mismo hubiera dado que se quedara en casa.

Nada había cambiado. Jack había seguido su camino y ella el suyo. Cuando le transmitieron la petición de Forsyth, había aceptado la nueva fecha de la ceremonia sin comentario alguno. Se vincularía a ella, pero no le producía la menor alegría: el novio era como un muerto andante. Estaba harta de todo.

Encontró a Jack esperándola en la esquina, con su bolsa de mensajero colgada en bandolera sobre sus anchos hombros. Estaba necesitando un buen corte de pelo, pensó Mimi.

—Aquí tienes —le tendió un café a su gemelo.

—Gracias.

Echaron a andar hacia la escuela, sus pasos marcando con facilidad los del otro. Incluso después de pasar un año alejados, volvieron a alinearse. De una curiosa forma, siempre estarían vinculados, incluso sin la ceremonia oficial.

—Toma tu cruasán. Seguro que no es gran cosa comparado con los de París.

Jack le dio un mordisco.

—Está bien —dijo encogiéndose de hombros.

Al mencionar París, los labios de él se habían contraído, como ocurría siempre que se alteraba. Pero, por primera vez en muchísimo tiempo, a Mimi no podían importarle menos las preocupaciones de él.

Cuarenta y cinco

Bliss

DND STS? T ECHO D –. E VUELT Y KIERO VRT. XK N M HAS MNDAD 1SMS?

Bliss leyó el texto. Estuvo a punto de pulsar con el dedo el botón RESPONDER, pero al final se guardó el móvil. No, no era seguro andar con ella. No podía permitir que ningún amigo más sufriera por su culpa.

—Perdone —dijo cuando notó que la señorita Murray miraba en su dirección.

—Me alegra que hayas decidido unirte a nosotros —dijo la profesora con una sonrisa severa.

A Bliss no hacía falta que se lo dijeran dos veces. Antiguas Civilizaciones se había convertido rápidamente en su clase favorita y no quería perderse nada. Era como un programa especialmente bueno del History Channel, sin dramatizaciones cutres. En las últimas semanas habían cubierto asuntos tan diversos y fascinantes como el feminismo etrusco (aquella etruscas *gobernaban*, literalmente), los ritos funerarios egipcios y los cuatro tipos de amor según los antiguos griegos (del platónico al apasionado), y de qué modo esas ideas estaban relacionadas con el nacimiento de la cultura occidental.

Hoy el tema era el reinado del tercer emperador de Roma, Calígula. Cuando la señorita Murray le había asignado a Allison Ellison el trabajo la semana pasada había habido muchas risitas. La mayoría de la clase estaba familiarizada con una película que habían visto por cable. O si no, como Bliss, conocían la base de la reputación del emperador: perversión sexual, demencia, crueldad.

—Con su permiso, señorita Murray, dado que la clase *se llama* Antiguas Civilizaciones y el Amanecer de Occidente, mi tesis es que Occidente, o su idea, murió con Calígula —comenzó Allison.

La alta muchacha se irguió ante la pizarra y consultó confiada sus fichas con anotaciones.

—Una teoría interesante. Por favor, explíquese —dijo la señorita Murray, inclinándose hacia delante sobre su mesa en el frente del aula.

—Como todos sabéis, Calígula fue asesinado tras una conspiración encabezada por miembros destacados del Senado. Lo apuñalaron múltiples veces. Cuando llegaron los soldados que le eran leales, ya había muerto. Entonces, el Senado intentó restaurar la República Romana, pero no contaron con el apoyo de la milicia, que permaneció fiel al

Imperio. Con la ayuda de la Guardia Pretoriana, instauraron a Claudio como emperador.

—¿Así que lo que dices es que la muerte de Calígula llevó exactamente a lo contrario de lo que pretendía el Senado? —le preguntó la señorita Murray.

Allison asintió con entusiasmo.

—Con la desaparición de Calígula se esfumó la idea de la República. El Imperio era infalible. La gente lloró la muerte de su emperador, por cruel y despiadado que dijeran sus enemigos que había sido. Y con la muerte de Calígula, la muerte de la República quedó, a todos los efectos, sellada. Los romanos nunca intentaron instaurarla de nuevo.

Por tanto, al asesinar al emperador, el mayor logro del Senado fue aglutinar al pueblo en torno al Imperio —dijo Allison—. Irónico, ¿no os parece? En especial, dado que no había sido el primer atentado contra Calígula. Sus hermanas Agripina y Julia Livilla habían intentado matarle anteriormente, pero fracasaron y fueron proscritas. Sin embargo, el Senado tuvo éxito donde ellas habían fallado.

Alguien levantó la mano.

—Yo creía que Calígula estaba... hum, ya sabes, muy *unido* a sus hermanas —insinuó Bryce Cutting con una sonrisa burlona.

Esta vez, intervino la señorita Murray.

—Desde luego, estaba «unido», como dices, a su hermana Drusilla. La consideraban la cabeza de familia, y cuando ella murió el emperador la lloró como un viudo. Incluso hizo que el Senado la convirtiera en una diosa. En cuanto a si estaban unidos en el sentido bíblico, la historia es ambigua al respecto. Comprended que, igual que hoy, se intentaba desacreditar a los gobernantes con escándalos sexuales y todo tipo de embustes lascivos. Si os creéis la mitad de las cosas que leáis, en la antigüedad todo el mundo era un pervertido sexual. Puede que Calígula y Drusilla fueran amantes. O quizá simplemente quisieran consolidar su poder, gobernar como hermano y hermana, como los déspotas egipcios.

Bliss levantó la vista de sus notas. Por algún motivo, tenía la sensación de que lo que escuchaba no se refería a remotas figuras históricas enterradas en el pasado y en las páginas de los libros de historia. En vez de ello, al oír los nombres de Drusilla, Agripina y Julia Livilla, sintió que se le erizaba la piel. Hablaban de gente que ella *conocía.*

Dylan, creo que me estoy acercando. Creo que esto es lo que pretendía…

—Gracias, señorita Murray —dijo Allison—. En todo caso, como parte anecdótica de mi presentación, quería señalar que aunque todos le llamamos Calígula, se trataba en realidad de un mote, que probablemente no le agradara demasiado ya que significaba «pequeña bota». Su verdadero nombre era el mismo que el de Julio César. Le pusieron Gaius.

Gaius. Sí, era así como solían llamar al Visitante.

Y Allison tenía toda la razón. Él despreciaba aquel apodo.

Bliss notó que todo regresaba a ella demasiado deprisa, demasiado pronto. Los recuerdos descendían como copos de nieve, brillantes y parpadeantes en su mente, pero eran los del

Visitante: Roma, los días finales, el engaño, la traición. En primer lugar, sus hermanas. Podía entender a Agripina (Bliss se sintió conmocionada al ver cómo la imagen de Agripina le devolvía la mirada con los ojos de Mimi Force). Agripina y Valerius habían tomado partido por aquel maldito Casio, o comoquiera que llamaran a Miguel por aquel entonces. Pero, *¡Julia!* ¿Cómo podía hacerle eso su hermana pequeña, la más joven? Había sido la primera en sospechar y atraer la atención de Casio hacia su corrupción. Julia Livilla... Julia odiaba su nombre, decía que le recordaba a su detestable tía, a la que despreciaba. Le habría gustado llamarse de otra manera...

Sophia.

Había estado tan cerca de cumplir su sueño. Estaba muy próximo, pero Casio lo arruinó todo...

En su mente, Bliss vio lo que el Visitante había visto entonces. Un camino. Un sinuoso sendero bajo la ciudad de Lutecia, que atravesaban túneles a gran profundidad. El camino subterráneo y tortuoso conducía a un cónclave de demonios, que le hacían reverencias al ver su corona. Se alzaría de nuevo, majestuoso y glorioso, el Príncipe del Paraíso... para siempre. Todo el mundo se estremecería y se encogería de miedo. Por los ríos correría sangre y los jinetes serían liberados. No había escapatoria frente al ejército de Satán.

Aquello era la crisis de Roma.

Bliss jadeó.

Los demonios. Las muertes. La corrupción. Todo aquello había sucedido antes.

E iba a ocurrir de nuevo. A menos que...

Parpadeó. Estaba sentada en el aula. Allison había acabado y todo el mundo estaba guardando sus papeles y libros en sus bolsas. La señorita Murray la miraba llena de curiosidad.

—¿Te encuentras bien, Bliss?

—Sí —respondió ella—. Es que... creo que se me olvidó desayunar.

La señorita Murray hizo un gesto con la cabeza.

—Ya sabes, Bliss, que si necesitas hablar con alguien, me tienes a tu disposición.

Bliss asintió. Los profesores de Duchesne eran siempre superempáticos. La política del centro era que estaban allí para «lo que hiciese falta». No esperaban a que los estudiantes con problemas buscaran el despacho del orientador.

—Por supuesto, señorita Murray. Gracias.

La profesora la sonreía con tal amabilidad que se encontró hablando, aunque no había pensado decir nada.

—Es que... Verá, tengo un problema ... y me preocupa mezclar en él a una amiga... pero tengo la sensación de que es la única que puede ayudarme.

—Entiendo. —La señorita Murray se cruzó de brazos—. Hay ocasiones en las que es bueno pedir ayuda, Bliss. Y los amigos son los únicos en los que podemos confiar cuando tenemos problemas. Para eso están. Estoy segura de que tu amiga estará encantada de que recurras a ella.

Bliss hizo un nuevo gesto de asentimiento.

—Creo... creo que tiene usted razón.

—Bien. —La señorita Murray sonrió. Por un momento, le recordó a Bliss a alguna otra persona, pero no acertaba a decir a quién.

Bliss sacó su móvil del bolso. Su profesora de historia la había ayudado a tomar una decisión. No podía hacer aquello sola y los gemelos Force no serían de ayuda. Era impensable mantener una conversación con Jack sobre un asunto grave. Arrastraba los pies por los pasillos de Duchesne, entristecido, como si penara por la pérdida de algo precioso. Rara vez sonreía. Bliss le había visto gritar a los novatos que se cruzaban en su camino, algo anormal en él. Jack siempre se había mostrado amable con los nuevos estudiantes.

En cuanto a Mimi, Bliss estuvo tentada de confiar en ella, pero de lo único que se había mostrado dispuesta a hablar era de barras de labios y vaqueros. A Bliss le había resultado imposible dirigir la conversación hacia temas más serios. Mimi había estado muy interesada en todo lo que ocurría en el Cónclave, pero ahora actuaba como si no le importara lo más mínimo lo que pudiera ser de los Sangre Azul.

Pero había alguien que podría ayudarla. Alguien que la comprendería. Alguien que estaba tan íntimamente relacionada con lo ocurrido como ella, y que merecía saberlo todo. No podría prescindir de su amiga, aunque quisiera hacerlo. Ella también formaba parte del asunto.

Bliss escribió un rápido mensaje en la pantalla.

MAÑANA. VENTA DE MUESTRAS DE PRADA.

Cuarenta y seis

Schuyler

Schuyler estaba familiarizada con las historias de terror sobre la enseñanza pública estadounidense: aulas atestadas, estudiantes violentos, profesores indiferentes. No tenía ni idea de lo que la esperaba. ¿Muros repletos de graffiti? ¿Detectores de metal? ¿Bandas acuchillando a inocentes en los pasillos?

Estaban a primeros de octubre y mientras entraba en la escuela, un edificio anónimo en la Calle 22, intentó no parecer demasiado sorprendida. Todo estaba en orden. Los detectores de metales estaban empotrados en las paredes, para que los estudiantes no sintieran que estaban entrando en una cárcel. ¿Acaso no había que pasar a través de un detector de metales para acceder al Met? No es que aquello se pareciera al Met, pero tampoco se parecía a un libro de [1]Jonathan Ko-

1. Educador, escritor y activista, especialmente interesado en la enseñanza pública.

zol. Hasta había conseguido matricularse en las pocas clases disponibles de educación avanzada que ofrecían créditos. Tenía una taquilla, un aula y un profesor de Lengua bastante bueno.

Se sentía aliviada al constatar que Hamilton High superaba sus expectativas, aunque al recorrer los pasillos, que siempre olían ligeramente a limpiador de pino, descubrió con una punzada lo mucho que le gustaba Duchesne. En especial ahora que no podía volver allí.

Al menos vería a Bliss mañana. Schuyler había decidido que ya estaba bien. En el mundo había *algunas* personas en las que podía confiar, y Bliss era una de ellas. Estaba ansiosa por encontrarse con su amiga, y se preguntaba por qué Bliss había tardado tanto en contestar. Quizá estuviera enfadada con ella por haberla abandonado. Schuyler esperaba que no fuese así. Tenía que hacer comprender a Bliss que no habían tenido otra opción que salir huyendo. Oliver le había dicho que en clase Bliss se había mostrado amistosa pero poco interesada, que había actuado como si fueran simples conocidos y nada más.

Le dolía pensar en toda la gente de Duchesne. No sabía lo que le depararía el futuro, pero tenía la sensación de que no incluiría clases de preparación para el examen de admisión a la universidad, ni cartas confirmándosela. Estaba allí para seguir el consejo de su abuelo: aprender cómo moverse en la sociedad humana sin desvelar su ascendencia de vampiro.

Una cosa que echaba a faltar en Hamilton era una biblioteca en condiciones. Bueno, tenían una diminuta, un cuarto del tamaño de un armario con viejas ediciones en rústica de S. E. Hinton[2] y unos cuantos ordenadores en los que todo el mundo miraba su correo electrónico. A Schuyler nunca le había gustado estudiar en casa y una de las cosas que adoraba de su nuevo barrio era que no estaba muy lejos de la Biblioteca Pública de Nueva York.

Le encantaba la sala de lectura del segundo piso, donde trabajaban los escritores y socios de la biblioteca. Siempre estaba tranquila. Subía la gran escalera una tarde, tras un largo día de clases, cuando vio bajando por ella nada menos que a Jack Force.

Él no pareció muy sorprendido de encontrársela en Nueva York.

—Me alegra que aceptaras finalmente mi consejo —dijo a modo de saludo. No sonrió—. Bienvenida.

—Gracias. Es estupendo estar aquí —respondió ella, procurando imitar su desenfado. Jack se había dejado crecer un poco el pelo desde la última vez que se habían visto, ahora que ya no era un Venator. Se le rizaba detrás de las orejas y sobre el cuello de la camisa—. Por cierto, ¿qué haces tú aquí?

Duchesne tenía una magnífica biblioteca en el último piso, con vistas a Central Park. Y lo que no tuviera la biblioteca de Duchesne, lo podías encontrar en el Repositorio de los vampiros.

2. La famosa autora de *Outsiders (Rebeldes)* cuyo libro es lectura obligatoria en el instituto.

—Trinity forma parte del consejo de dirección de la Biblioteca —dijo Jack—. Está en Washington y me ha pedido que ocupara su lugar en la reunión.

Schuyler asintió con la cabeza. Había vuelto a Nueva York, pero lo había hecho demasiado tarde. Cuando la otra noche había descubierto la invitación, el corazón no se la había desbocado en el pecho, no se le había secado la boca, no había sentido ganas de llorar. En alguna medida, lo esperaba. Ya se había resignado a la noticia.

—En cuanto al Cónclave. ¿Están…?

—No te preocupes por ellos. De momento, estás a salvo. Oliver estuvo muy convincente con su versión de tu alejamiento. Por fortuna, no queda nadie en el Cónclave que os conozca bien a los dos. Porque si lo hubiera se daría cuenta de que no hay ni un ápice de verdad en lo que dijo —aseguró—. Es un amigo de verdad.

Para él suponía un esfuerzo admitirlo y le devolvió el gesto.

—Bueno… tengo entendido que te debo una felicitación. Tú y Mimi...

—Ah, sí —pareció alegrarse.

Schuyler comprendió que no hablarían de lo ocurrido entre ellos en París. El beso. Era como si Jack estuviera inmerso en un bloque de hielo. Resultaba inalcanzable. Su cara parecía tallada en piedra. Ya se estaba alejando de ella. Lo había intentado con fuerza muchas veces, y ella siempre le había rechazado. En la calle Perry. En París. Él no le iba a dar otra oportunidad. Estaba segura.

Había vuelto demasiado tarde. Se había dejado llevar por el corazón, como de costumbre. En dos semanas lo perdería para siempre. Estaría vinculado a Mimi, pero al menos estaría a salvo. Era todo lo que siempre había deseado para él.

—Me alegro por ti —dijo entusiasta—. De verdad. Sé lo que es estar solo en el mundo y nunca desearía algo así para ti.

—Gracias. Lo mismo te deseo.

Jack remoloneó en la escalera. Parecía a punto de decir algo, pero se lo pensó mejor. Con un gesto de la mano, se despidió de ella.

Schuyler olvidó qué había ido a buscar en la biblioteca. Parpadeó para contener las lágrimas y notó que se le encogía la garganta. Su cuerpo empezó a estremecerse, pero no por una enfermedad relacionada con la transformación. Estaba en un error. Ella no era fuerte. Se le estaba rompiendo el corazón. Nada volvería a ser lo mismo. Sus ojos se llenaron de lágrimas y supo que si no hacía algo de inmediato no tardaría en romper a llorar en mitad de la escalera.

Ese era el modo en que concluía una relación amorosa: con un encuentro fortuito en una escalera pública. Unas cuantas palabras corteses, sin decir nada en realidad, aunque su mundo estuviera viniéndose abajo. Con todo el control sobre sí misma del que pudo hacer acopio, se secó las lágrimas, recogió sus libros y siguió su camino escaleras arriba.

No tenía más alternativa que aguantar.

Cuarenta y siete

Mimi

La coordinación de la vinculación estaba resultando más fácil de lo que Mimi había previsto. En particular, porque todo el paquete –la catedral de St. John, la recepción en el Met, el Coro Infantil de Harlem, la Orquesta de Peter Duchim y una docena de detalles más– estaba decidido hacía un año. Sólo era cuestión de fijar una fecha y contratar de nuevo a las empresas especializadas en eventos, que en su mayoría aceptaron encantadas su adelanto a modo de fianza una vez más. La ceremonia se celebraría a mediados de octubre, la fecha más próxima que le venía bien a todo el mundo.

Pero sentada esa noche en el salón de recepción del hotel Mandarin Oriental, esperando la llegada de Kingsley Martin, Mimi no pensaba en su cercana vinculación. Era lo más alejado de sus pensamientos, casi como si fuera simplemente un papel que asumiría en un momento dado, como un zapato que debía encajar en su pie. Hasta entonces, podía hacer lo que se le antojara.

El ayudante del Repositorio, que había conseguido dar con una grabadora capaz de reproducir las cintas del estudio de Charles, le había aconsejado que la tratara con cuidado; era la única que quedaba. Ni siquiera le había permitido sacarla del edificio.

—A los Venators no les gusta ponerse al día —había gruñido tendiéndole el voluminoso objeto—. Les hemos propocionado dispositivos para el teléfono, pero siguen entregando su vieja basura. Alguien nos entregó un informe en pergamino el otro día. Escrito a mano, en caligrafía. ¿Sabes lo difícil que resulta descifrar una cosa así? Por no hablar de teclearla entera.

Mimi emitió murmullos de comprensión y buscó un cubículo vacío y unos cascos. Empezó a escuchar las cintas.

Se había pasado casi toda la noche en el Repositorio; sólo lo había abandonado para no perderse su primera clase.

Cuando entró Kingsley, se preguntó por qué cada vez que estaba con él llevaba despierta más de veinticuatro horas.

Mientras se acercaba, todo el mundo se volvió a mirarle. Para que luego hablaran de utilizar hechizos.

—Llegas tarde —dijo ella, golpeando su reloj con el dedo.

—No, tú has llegado pronto —Kingsley sonrió y se deslizó junto a ella en el asiento.

Ella se alejó ligeramente de él.

—¿No vives en este hotel? Ni siquiera tienes una excusa. Llevo esperándote más de una hora.

Y Mimi Force no esperaba por nadie. Había visto las miradas de lástima que le dirigía la camarera que servía los cócteles.

Kingsley bostezó.

—Sé que no estás aquí para hablar de mi incapacidad para gestionar mi tiempo. ¿Qué ocurre?

—Pediremos primero —gruñó Mimi cuando la camarera se acercó a su mesa. Mimi notó que la chica se insinuaba a Kingsley.

—Macallan. Solo. Y lo que desee la señorita —dijo Kingsley, guiñándole el ojo a Mimi.

—Tomaré un martini seco —pidió Mimi.

—Tendrá que enseñarme su carnet —dijo la camarera con una falsa sonrisa.

¡Jamás en mi vida me han pedido el carné! Mimi estuvo a punto de gritarlo. *¡Esto es Nueva York! ¿Tienes la menor idea de la edad que tengo?* Antes de que Mimi tuviera tiempo de decir nada, o recurrir a la apropiación, Kingsley extendió la mano, le cogió el bolso y sacó el permiso de conducir de Mimi para dárselo a la camarera. La chica no se molestó en mirarlo.

—Whisky y un martini, será un momento.

—Bien hecho. ¿Qué hiciste? ¿Cambiar la fecha? —preguntó Mimi.

Algunos vampiros poseían la habilidad de transformar objetos inanimados. A Mimi le habría encantado tener ese talento. ¡La de cantidad de ropa de imitación que podría convertir en auténticos Birkin! Ganaría una fortuna.

—No, no hizo falta. Sólo quería incordiarte. Lo que buscaba era mi atención.

—Eres algo fuera de serie, ¿no?

Kingsley hizo una mueca.

—Te he echado de manos, Force, ¿Sigues cabreada conmigo por lo de la última vez? Espero que no. Nada de malos rollos, ¿vale?

Ella bufó, pero se le hacía difícil enfadarse con él cuando sonreía así.

Las bebidas llegaron sin más flirteos por parte de la camarera. Mimi le dio un sorbo a la suya. Entretanto, Kingsley se las había apañado para tenerla prácticamente sentada en su regazo ante su acogedora mesa.

—Basta ya —dijo, apartándose con un empujón—. Quiero hablar contigo de algo grave.

—Eso suena aburrido —suspiró él—. Tenía la esperanza de que quisieras hablar de otra cosa.

—Escucha. Encontré las cintas. Tus informes de hace dos años. Estaban en el despacho de Charles —dijo Mimi, mirándole directamente a los ojos.

—¿Te dedicas a espiarme? —Kingsley enarcó una ceja.

Se acabó el whisky de un trago, pero se había enderezado y parecía alerta. Con la mano derecha hizo un gesto pidiendo la cuenta.

—¡No lo entiendo! —susurró ella enfurecida—. ¿Qué estabas haciendo para Charles? ¿Por qué convocaste al Sangre de Plata? ¿Qué intentabais entre los dos?

—¿Seguro que quieres saberlo? —preguntó Kingsley.

Le devolvió la mirada y ella pudo observar directamente los oscuros ojos de él, ver el atisbo de plata en el borde de sus pupilas.

Mimi no parpadeó.

—Sí. Cuéntamelo. Cuéntamelo todo.

Cuarenta y ocho

Bliss

Había que reconocer que aunque la venta de muestras de Prada fuese una experiencia exclusiva (comprobaban la identidad con una lista que había en la puerta), estaba repleta de lo que se llevaba la temporada anterior. A Bliss le pareció un absoluto anticlímax. ¿Dónde estaban las hordas de fanáticas de la moda peleándose por el último par de plataformas bordadas de quince centímetros? ¿Se debía la falta de bullicio a que la economía atravesaba un mal momento o a que las liquidaciones de muestras eran intrínsecamente aburridas? Excedentes de stock de diseños cuya esperanza de vida eran los tres meses que las compradoras los usaban. Porque, ¿quién necesitaba una falda en tonos degradados, que había dejado de estar de moda? O ya puestos, vertiginosas botas con estampado de cocodrilo que convertían tus pies en una pezuña. ¿Seguían estando al día cuando ya no eran el último grito?

Bliss deambuló entre las estanterías, echando un vistazo a los bolsos. Cuatrocientos dólares continuaba siendo un precio demasiado alto para un bolso de mano, pensó. ¿Y a esto lo llamaban una liquidación? Le atrajo un vestido, uno de esos de muñeca que tan monos le habían parecido en la campaña de publicidad. Púrpura con flores amarillas. Lo cogió. Schuyler llegó con sus múltiples capas de ropa, aunque su apariencia resultaba tan etérea y atractiva como siempre. Bliss observó la envidia reflejada en los rostros de las víctimas de la moda, lo que hizo quc sc sintiera orgullosa y feliz. Ver a Schuyler recordó a Bliss que no era un monstruo de centenares de años, un ser maldito… Aquella parte de ella sólo tenía dieciséis años y seguía siendo inocente. Nadie más, nadie en aquella habitación, podía comprender lo que estaba sufriendo.

Salvo por la chica de la trinchera gris y el suéter negro.

—¡Bliss! ¡Oh, Dios mío! ¡Dios mío! —exclamó Schuyler.

No tardaron en encontrarse abrazadas, estrechándose la una a la otra, con lágrimas corriéndoles por las mejillas. Montaron un pequeño número, que las demás compradoras fingieron no ver al tiempo que intentaban no demostrar su sorpresa.

—¿Tenemos que quedarnos aquí? —preguntó Schuyler, mirando a Bliss con curiosidad—. ¿Te vas a comprar ese vestido?

—Quizá… ¿por qué? ¿No te gusta? No, quiero decir sí. Tienes razón. Es mejor que nos vayamos… aunque creo que hay una habitación donde podremos hablar —dijo Bliss, conduciendo a Schuyler al salón de entrada y a una pequeña antesala lateral.

Se sentaron juntas, aún abrazadas. Bliss se fijó en lo delgada que estaba Schuyler.

—Me enteré de que habíais tenido que huir. Estaba muy preocupada. ¿Qué pasó?

Escuchó mientras Schuyler le contaba lo de la investigación y todo lo que había ocurrido después. Según la escuchaba, se iba dando cada vez mayor cuenta del peligro que ella representaba para Schuyler. Hasta sin el título, Forsyth estaba ya de hecho al mando del Cónclave. Bliss sentía que el Visitante andaba detrás de todo aquello. Pero, ¿por qué había de importarle lo que le sucediera a Schuyler Van Alen?

—Vi a Oliver en la escuela, pero no hemos tenido ocasión de reunirnos —dijo Bliss. Había tenido un embarazoso encuentro con él. Eran amigos vicarios, por así decir, en opinión de Bliss. Sin Schuyler, ella y Oliver no tenían gran cosa en común.

—Es extraño verle sin ti. Los dos habéis estado siempre unidos como siameses.

—Lo sé —dijo Schuyler, retorciéndose los pulgares—. Es mejor así. Si el Cónclave se enterara de que he vuelto…

Bliss asintió con la cabeza. Forsyth la había preguntado si Schuyler se había puesto en contacto con ella, lo que significaba que el Cónclave seguía interesado en su paradero. Bliss no le había dicho nada, por supuesto. Schuyler tenía motivos para esconderse. Sin embargo, Bliss tenía la sensación de que la separación de Schuyler y Oliver se debía a algo más que su temor al Cónclave. En su momento, había deseado que Schuyler encontrara la felicidad con Oliver, pero la amistad era una cosa y el amor otra. Los griegos tenían razón en eso.

—¿Has visto a Jack? —preguntó.

—Sí —Schuyler titubeó—. Ya está... estamos... está arreglado. Se acabó. —Miró a Bliss directamente a los ojos manteniendo la cabeza erguida.

—Me alegra oírlo —dijo con suavidad Bliss.

Los gemelos Force iban a vincularse por fin y podía imaginarse lo mucho que eso debía de dolerle. Mimi le había pedido a Bliss que fuera una de sus damas de honor, algo inesperado teniendo en cuenta que casi ni se hablaban. Bliss había aceptado por educación.

—¿Y tú? Yo... lamento que jamás llegáramos a hablar de lo que le ocurrió a Dylan. Supongo lo terrible... —La voz de Schuyler fue perdiendo fuerza y se le pusieron los ojos brillantes—. De verdad que siento no haber estado contigo. No quería dejarte sola después de aquello, pero no tuvimos otra opción.

—No pasa nada. Estoy bien. En serio, os eché mucho de menos. Ha sido... bastante demencial —dijo. Dentro de la cabeza de Bliss una voz familiar dijo *Salúdala de mi parte*, lo que hizo sonreír a Bliss—. De todos modos, a veces siento que sigue estando conmigo.

—Siempre estará contigo —dijo Schuyler, tomando la mano de Bliss y estrechándosela con cariño.

Bliss se inclinó para hablar con mayor intimidad. Notaba cómo se iba acercando la oscuridad, una impresión no muy distinta a llegar a lo alto de una montaña rusa. Colgada sobre el abismo, inmediatamente antes de la caída.

—Escucha, Sky, necesito decirte una cosa. Hay algo malo en mí. No puedo hablar demasiado de ello, o lo que sea que me pasa te pondrá en gran peligro. Estoy asistiendo a una clase… Antiguas Civilizaciones… y estaba leyendo sobre Roma. Empecé a recordar algunas cosas… cosas que pasaron y que creo que podrían estar…

Iba a haber dicho «podrían estar pasando otra vez», pero no tuvo ocasión porque el iPhone de Schuyler empezó a sonar.

—Espera. Perdona Bliss, tengo que cogerlo. Es del hospital de mi madre —dijo Schuyler, comprobando el número. Se llevó el teléfono a la oreja—. ¿Diga? Sí, soy Schuyler Van Alen… ¿Cómo? ¿Perdón? Sí… sí, por supuesto… voy para allá ahora mismo.

—¿Qué ocurre?

—Es… es mi madre. ¡Se ha despertado! Pregunta por mí. ¡Bliss, lo siento, tengo que irme!

—¿Allegra? ¿Allegra se ha despertado? ¡Espera, Schuyler, déjame que vaya contigo!

Pero era demasiado tarde. Su amiga se había marchado tan deprisa que era como si hubiera desaparecido sin más.

Cuarenta y nueve

Mimi

Al otro lado de la ventana el sol asomaba sobre el Hudson. Mimi se puso una bata y sacó las piernas de la cama para poder verlo mejor. O eso acababa de decirle a él. Se sentía… confusa. Y no le gustaba.

Se palpó los bolsillos de la bata en busca de cigarrillos hasta que recordó que había dejado de fumar. Lo de masticar chicle no era lo mismo. Tendría que consolarse con golpear el cristal con los dedos. En el exterior, el sol era de un rojo y naranja brillantes. El oscuro púrpura y el amarillo del smog se fundían con el horizonte. Mimi estaba harta de bonitas imágenes, de bonitos amaneceres e incluso de bonitos ocasos, si a eso íbamos: le parecían un cliché, horteras, predecibles. Los ocasos podían gustarle a cualquiera. Y ella no era cualquiera; ella era Mimi Force.

—Vuelve aquí.

Mitad invitación, mitad orden.

Se volvió. Kingsley Martin yacía en su cama, los brazos cruzados tras la cabeza. Arrogante cabrón. Lo de Río había sido una equivocación. El torrente de emociones surgidas... Tan cerca como habían estado de la Vigilante y se les había escapado entre los dedos… Los dos se habían reunido esa misma noche en el hotel. En fin, lo hecho, hecho está. No podía cambiarlo.

Se encontraba lejos de casa y en baja forma. Habían cerrado el bar, después de que Kingsley le contara toda su triste y terrible historia, y compartido con ella el peso de su carga. A partir de ahí, las cosas habían parecido inevitables. Liarse una vez era un error, pero, ¿dos veces? Dos veces era un patrón.

El Mandarin Oriental era uno de los hoteles favoritos de Mimi, y el de Nueva York era especialmente bonito. Si pudiera convencerse a sí misma de que estaba allí para disfrutar del paisaje...

—¿Y bien? Te estoy esperando —anunció la sedosa voz de él.

—¿Crees que puedes darme órdenes? —espetó, echándose el pelo sobre los hombros.

Era un gesto ensayado, que ella hacía que pareciera espontáneo. Sabía que a él le resultaba tentador ver el movimiento de su pelo sobre sus hombros.

—Sé que puedo.

Ella se acercó.

—¿Quién te has creído que eres?

Kingsley se limitó a bostezar. Tiró del borde de la bata, medio arrancándosela de los hombros antes de que ella le detuviera.

—¿Qué te ocurre? —preguntó.

—Que voy a vincularme dentro de dos semanas, eso es todo —respondió cortante, atándose el cinturón con fuerza en torno a la cintura.

Mimi le había preguntado en Río si aquello había ocurrido antes entre ellos. Y había vuelto a preguntárselo anoche. Si habían estado juntos alguna vez… si… si… Kingsley se había negado a responder. La había puesto de los nervios. Haz tus ejercicios, le había dicho, practica tus regresiones. La había provocado, se había burlado y se había negado a responder a su pregunta.

Si hubiera sucedido antes podría perdonármelo, pensaba ella. Quizá sea mi única debilidad. Quizá *él* sea mi debilidad.

—¿Puedo preguntarte una cosa? —dijo Mimi, mirando cómo se vestía Kingsley y se acercaba a la mesa.

Kingsley había encargado un desayuno propio de un rey. Además de los habituales huevos con beicon, había una bandeja de marisco sobre hielo, una lata entera de caviar, tostas en triángulo, cebollinos, crema agria y cebollas picadas. Una dorada botella de Cristal sudaba en un cubo de hielo.

—Lo que quieras —respondió él, cogiendo caviar con los dedos y chupándoselos después. Llenó de comida un plato, abrió la botella de champán y sirvió dos copas. Le tendió una con una sonrisa.

—Hablo en serio… no quiero que te sientas ofendido.

—¿Yo? —dijo él equilibrando su desayuno sobre el regazo, mientras se sentaba en el sofá y apoyaba los pies en la mesita del café.

—¿De qué… de qué viven los Sangre de Plata? —preguntó—. Aparte de cafeína y azúcar y gambas del tamaño de un puño —dijo Mimi, viéndole comer—. Quiero decir, ¿seguís celebrando la *Caerimonia* con humanos?

Kingsley negó con la cabeza. Parecía entristecido mientras hundía la gamba en la salsa de cóctel.

—No, cariño, eso no es una opción para quienes hemos bebido la sangre inmortal. Me temo que para el Croatan la única sangre que importa es la que corre por *tus* venas.

Mimi se cruzó de piernas sentada en la cama frente a él. Arqueó el cuello.

—¿Y sientes alguna vez la tentación?

—Continuamente —sonrió perezoso.

—¿Y qué haces?

—¿Qué puedo hacer? No ceder. He jurado respetar el Código. Vivo conteniéndome. Todavía puedo ingerir comida… y alguna hasta sabe bien.

Se encogió de hombros y se limpió los dedos en el faldón de su camisa.

Le habría gustado decirle que no lo hiciera, pero no quería parecer su madre.

—¿Quieres decir que no puedes saborear nada de eso?

—Lo intento.

—Pero todos esos donuts... —dijo ella, sintiendo de repente lástima por él.

Era inmortal en el sentido más genuino de la palabra. No necesitaba nada para sobrevivir. Qué forma tan solitaria y extraña de vivir.

—Sí, lo sé —rió él, pero sus ojos reflejaban tristeza—. Como mucho porque sólo puedo saborear una fracción de lo que me ponen delante. Tengo un apetito sin fondo, imposible de saciar. —Le guiñó un ojo—. Y por eso los Sangre de Plata están malditos.

—En una ocasión me dijiste que te tomas a broma las cuestiones serias —le reprochó ella.

—Bueno, sí. Nos parecemos mucho —dijo Kingsley. Dejó a un lado su plato vacío y su copa y se acercó a ella—. Y lo pasamos bien juntos, ¿no? —preguntó—. Reconócelo, es... divertido, ¿no crees?

Le lamió el cuello, luego la oreja, besando suavemente su espalda y sus hombros. Ella podía oler el champán en su aliento. Kingsley seguía besándole el cuello cuando ella notó que sus colmillos se extendían, esa ligera punzada, cosquilleándole la piel.

—¿Qué te crees que estás haciendo? —preguntó, sintiéndose asustada y excitada a la vez.

Nunca había sabido lo que era ser tratada como una víctima, como una presa. Él era peligroso, un Sangre de Plata reformado. Lo mismo podrían decir que era un doberman reformado.

—Shhh... no te dolerá... te lo prometo.

Y entonces la mordió el cuello, sólo un poco, lo suficiente para que pudiera sentir sus colmillos penetrar y atravesar la piel. Notó cómo su lengua lamía una gota de sangre. Se relamió y la sonrió.

—Prueba tú.

Mimi se sintió horrorizada. ¿Qué acababa de hacer? ¿Y ahora pretendía que lo hiciera ella?

—No.

Debía admitir que se sentía tentada. Siempre se había preguntado cómo sería. Por qué los Croatans lo preferían a la *Caerimonia.*

—Adelante. No me harás daño. Te desafío.

Estar con él la hacía sentirse viva y desinhibida. ¿Qué daño podía hacer? Simplemente un toque, una gota. Resultaba una provocación. No quería beber la sangre de él, pero sentía un gran deseo de probarla.

Jugar con una vela encendida. Acercar el dedo a la llama, retirándolo justo antes de quemarse. El filo de navaja entre el peligro y la diversión. Una vuelta en una montaña rusa. El pelotazo de adrenalina se te subía a la cabeza. Sacó los colmillos y hundió la cara en el cuello de él.

El sol se alzó, llenando la habitación de luz. Mimi Force estaba disfrutando más que en toda su vida.

Cincuenta

Schuyler

Le había sabido mal dejar así a Bliss, pero en ese momento estaba demasiado tensa para pensar en otra cosa que no fuera el hecho de que la persona con la que se había pasado la vida esperando hablar... estaba despierta. Viva. Allegra Van Alen estaba viva. Había abierto los ojos hacía media hora y estaba preguntando por su hija.

Mientras cruzaba las puertas de cristales del Presbyterian Hospital de Nueva York y se dirigía al ascensor trasero que la llevaría a la unidad de crónicos, Schuyler se preguntaba cuántos días, cuántas noches, cuántos cumpleaños, cuántos días de Acción de Gracias y Navidades había pasado en los mismos pasillos iluminados con fluorescentes, impregnados del olor a antisépticos y formaldehído, acompañada por las miradas de simpatía de las enfermeras, por los grupos lacrimosos acurrucados cerca de las salas de espera de cirugía con rostros ansiosos y contraídos.

¿Cuántas veces?

Demasiadas para contarlas. Demasiadas para mencionarlas. Aquel centro médico había formado parte de la totalidad de su infancia. El ama de llaves la había enseñado a andar, a hablar, y Cordelia se había encargado de pagar las facturas. Pero nunca había tenido una *madre*. Nadie que le cantara canciones al bañarla, o que la besara en la frente antes de que se fuera a dormir. Nadie a quien ocultar secretos, nadie con quien discutir por su ropa, nadie a quien cerrarle la puerta de un portazo. No había vivido ninguno de los ritmos normales de ternura y desacuerdo, los infinitos caminos de la consanguinidad madre-hija.

Sólo esto.

—Has llegado muy deprisa —le dijo la enfermera con una sonrisa desde el mostrador. Escoltó a Schuyler por el pasillo hasta el ala privada, donde yacían dormidos los enfermos vegetativos más privilegiados de Nueva York—. Te espera. Es un milagro. Los médicos no salen de su asombro —la enfermera bajó la voz—. ¡Dicen que puede que salga por televisión!

Schuyler no sabía qué contestar. Seguía sin parecerle posible.

—Espere. Tengo que… buscar algo en la cafetería.

Esquivó a la enfermera y corrió escaleras abajo hasta el primer piso. Atravesó la puerta giratoria, sorprendiendo a algunos internos que estaban tomándose un café a escondidas en el descansillo.

No estaba segura de si sería capaz. Parecía demasiado bueno para ser verdad. No conseguía animarse a enfrentarse a la situación. Se enjugó las lágrimas de los ojos y entró en la cafetería.

Compró una botella de agua y un paquete de chicle y regresó a la planta. La amable enfermera aguardaba.

—Tranquila —le dijo a Schuyler—. Sé que es una impresión muy fuerte, pero todo irá bien. Ella te espera.

Schuyler asintió.

—Gracias —dijo en un susurro.

Avanzó por el pasillo. Todo parecía exactamente igual que siempre. La ventana que daba al puente Washington. Las pizarras blancas con los nombres, medicaciones y doctores que correspondían a cada paciente. Llegó delante de la puerta. Estaba ligeramente entornada, así que Schuyler pudo oírlo.

Una voz, melodiosa y bellísima, atravesaba el vano de la puerta. Repetía su nombre con gran dulzura.

Una voz que únicamente había oído en sueños.

La voz de su madre.

Schuyler empujó la puerta y entró en la habitación.

Cincuenta y uno

Bliss

¿Qué es lo que has dicho?

Bliss estaba pagando su nuevo vestido cuando la sobresaltó la voz del Visitante dentro de su cabeza.

—¿Aceptan American Express? —preguntó a la vendedora.

Intentó mantener la compostura mientras en su interior la excitación del Visitante hacía que le doliera la cabeza.

¿Allegra está despierta? ¿Allegra está viva?

¿Por qué te alegra una cosa así?, preguntó Bliss. ¿A ti qué te importa? No es más que una paciente en coma en la habitación de un hospital.

—¿Me decías algo? —le preguntó la vendedora, metiendo el vestido púrpura en una bolsa marrón lisa y grapando la parte superior con el recibo.

—No, perdona.

Bliss cogió su bolsa apresuradamente y salió a toda prisa del lugar. Chocó contra unas chicas que estaban entrando.

—¿Queda aún algo que valga la pena o lo han vendido ya todo? —le preguntó una de ellas.

—Uh… no lo sé —farfulló Bliss abriéndose paso.

Pensarían que era una borde, pero sentía que la cabeza iba a abrírsele por la mitad.

Bliss levantó la mano para llamar a un taxi. Eran las cinco de la tarde, la hora del cambio de turno, y todos llevaban el cartel de «fuera de servicio». Y lo que era aún peor, empezaba a llover. Por un momento echó de menos el Rolls Silver Shadow de BobiAnne y al chófer que siempre la llevaba de acá para allá. Finalmente, Bliss consiguió un taxi que acababa de dejar a un ejecutivo en una esquina.

—¿Cuánto por ir a la calle 168?

—Veinte.

Entró en el coche, que le pareció cálido y acogedor después de la lluvia repentina y heladora que le había caído encima.

Todavía percibía la excitación y agitación del Visitante. ¿Por qué le afectaba? ¿Qué podía importarle una estúpida mujer en un hospital?

Muestra un poco de respeto, dijo gélido el Visitante. *No hables así de tu madre.*

«Así que es verdad. Soy su hija. Soy la hija de Allegra», pensó. El corazón le latía con tal fuerza que hasta le dolía un poco el pecho.

Por supuesto que lo eres, dijo el Visitante con una voz razonable, que puso a Bliss más nerviosa. *Te hicimos juntos. Creo que ha llegado el momento de que saludemos a Allegra como merece.*

Cincuenta y dos

Schuyler

La cama del hospital estaba vacía. Allegra Van Alen estaba sentada en una silla junto a ella.

La madre de Schuyler era la imagen misma de la elegancia y la contención, con un sencillo vestido negro y un collar de perlas. Parecía recién llegada de la oficina o de la reunión de una organización benéfica. Nadie hubiera dicho que había pasado los últimos quince años inmóvil en una cama.

Schuyler entró en la habitación arrastrando los pies, titubeante. Pero una vez que Allegra le abrió los brazos, Schuyler se lanzó de inmediato. *Madre.* Allegra olía a rosas en primavera; su piel era suave como la de un bebé. Su presencia hacía que la habitación pareciera más luminosa, más resplandeciente.

Allegra le alisó el pelo a su hija.

—Schuyler. Has vuelto a casa.

—Lo siento. Lo siento tanto —sollozó Schuyler—. Siento lo que te dije en Tokio. —Alzó la cara surcada de lágrimas—. Pero, ¿cómo...?

—Llegó el momento —respondió Allegra.

Schuyler se liberó de su abrazo. No podría creer lo que estaba escuchando.

—¿Me estás diciendo que podrías haberte despertado en cualquier momento?

—No, cariño. —Allegra negó con la cabeza. Indicó a Schuyler que acercara una silla a la de ella—. Percibí el profundo movimiento de posesión... Ha pasado algo en el mundo... Lo he notado. Habría sido egoísta por mi parte renunciar a la sangre, permanecer en mi aislamiento.

Entonces, Schuyler vio lo que había ocurrido como si hubiera estado allí: la mujer comatosa se levantaba de la cama y atravesaba el cuello de la empleada que había ido a cambiarle las sábanas. La princesa de los vampiros había despertado. La Bella Durmiente había roto el cristal.

Schuyler ahogó un sollozo.

—Lawrence...

—Ya no está. Lo sé. Hablé con él antes de que pasara al otro lado. —Allegra asintió con la cabeza.

—Me habló del Legado Van Alen. —Schuyler se encogió de hombros—. ¿Sabes tú qué se supone que debo hacer?

Como respuesta, su madre la estrechó más fuerte y habló con una voz que sólo Schuyler podía oír. *Escucha con atención, hija mía, porque lo que estoy a punto de contarte sólo puede decirse bajo la protección de la incursión mental.*

En los días en que llamábamos nuestro hogar al Paraíso, los caminos entre los mundos estaban abiertos. Los ángeles se desplazaban con libertad entre la tierra, el cielo y el mundo subterráneo. Pero después de la revuelta de Lucifer, cuando el Príncipe de la Oscuridad y sus seguidores fueron expulsados del Cielo, el acceso al Paraíso quedó cerrado para siempre.

Sin embargo, permanecieron abiertos los siete Caminos de los Muertos. En Roma, aún confiábamos en Calígula. No sabíamos que tras su máscara estaba el propio Lucifer, cuya misión era descubrir su localización en la Tierra. Como emperador ordenó construir un laberinto de túneles bajo la ciudad de Lutecia. Fue allí donde encontró el primer camino.

En su arrogancia, compartió su secreto con Miguel. La Estrella de la Mañana nunca fue propenso a ocultar su gloria, lo que había de costarle caro. Insistió en que levantaran una puerta y forjaran una llave, que Miguel protegería. Lucifer estuvo de acuerdo.

Por supuesto, era todo una mentira. La transformación de Lucifer en un Croatan era ya completa. Al traicionar el Código de los vampiros provocó la crisis de Roma. En la primera ocasión que se le presentó, robó la llave y desencadenó la Abominación sobre el mundo. Nosotros no supimos nada de esto hasta que, prácticamente, fue demasiado tarde.

Los Sangre Azul dieron caza a los demonios y sus hermanos Sangre de Plata. Convertimos Lutecia en un enclave seguro. Miguel derrotó a Lucifer, arrastrándole por el Camino de los Muertos hasta el inframundo y cerrando la puerta a sus espaldas. A continuación, Miguel ordenó a los Sangre Azul que encontraran los otros seis caminos, y cons-

truyeran puertas en ellos para asegurar la división entre los mundos. Los guardianes de esos portales fueron llamados la Orden de los Siete, que incluía a las siete familias originales del Cónclave.

Acordaron dispersarse cuanto fuera posible por toda la tierra, alejados los unos de los otros. El conocimiento de esos accesos permanecería en las familias de los guardianes, transmitido a lo largo de las generaciones.

El Legado Van Alen es el último nombre adjudicado a la tarea que Lawrence y Cordelia emprendieron al desembarcar en el Nuevo Mundo. Cuando los jóvenes Sangre Azul empezaron a desaparecer de nuevo, sospecharon que lo que llevaban siglos temiendo se había hecho realidad: las puertas estaban fallando. De algún modo, Lucifer y sus Sangre de Plata habían sobrevivido a la guerra en Roma y planeaban su regreso al poder. Lawrence convirtió en el trabajo de su vida localizar cada puerta y a cada guardián para avisar del peligro. Pero Charles jamás creyó en el Legado Van Alen. Estaba resentido por las dudas de su padre en relación con aquello que había sido forjado siglos antes. Así que Lawrence se exilió y el Legado Van Alen fue olvidado.

Pero Lawrence estaba en lo cierto, envió Schuyler. Han regresado.

Sí, han regresado, e intentan desesperadamente descerrajar esas puertas, liberar al Demonio atrapado en el infierno. Fue por eso por lo que los engañamos hace tanto tiempo. Charles no era el guardián de la puerta de Lutecia. El anclaje de la puerta a la tierra se había movido. El verdadero guardián se había encargado de que así fuera hace mucho tiempo.

¿Cómo sabes tú eso? ¿Eres tú la guardiana?

No, de los Van Alen, sólo Lawrence era un guardián. Recuerda la Orden de los Siete. Una puerta para cada familia.

Leviatán y Corcovado. Schuyler por fin lo comprendía.

Sí. Tu abuelo era el guardián de la Puerta de la Venganza, la prisión de Leviatán. Pero lo que no sabían los Sangre de Plata era que la Puerta de la Venganza era un solom bicallis. *Sólo puede usarse una vez, y en una dirección. Una vez liberado Leviatán, el camino quedaba cerrado a todos.*

Los Sangre de Plata no descansarán. Buscarán a los guardianes y las puertas hasta que todos los Caminos de la Muerte estén libres de nuevo. Schuyler, te corresponde a ti encontrar a los miembros restantes de la Orden, alertarlos del riesgo y mantener la seguridad de las puertas. En tanto aguanten, Lucifer no podrá cruzar desde su inframundo a éste. Ese es el Legado Van Alen y ahora es tuyo.

Quieres decir que es nuestro.

¡Ay de mí! No será así. No puedo ayudarte en tu búsqueda. Tengo que encontrar a Charles. Se perdió en algún lugar entre los mundos cuando los Sangre de Plata desataron la última subvertio. *Nuestros destinos están entrelazados. Él me necesita ahora más que nunca. Algo se ha roto en el universo que sólo podemos arreglar juntos… lo que también forma parte de tu viaje.*

—Madre, me abandonas de nuevo. Otra vez, cuando más te necesito —gritó Schuyler conmocionada por las noticias y la enorme responsabilidad que se abría ante ella. ¿Encontrar las puertas? ¿Encontrar a los guardianes? ¿Salvar el mundo? ¿Cómo se suponía que iba a hacerlo sola?

—No me marcho. Estoy siempre contigo —dijo Allegra, estrechando a Schuyler entre sus brazos—. Hija mía, estoy *dentro* de ti. No lo olvides nunca.

—¿Así que eras tú? ¿La de la espada, la de mis sueños? —preguntó Schuyler.

—Por supuesto. —Allegra le dirigió una suave sonrisa y se puso en pie—. Ahora escúchame con atención. Leviatán ha descubierto su juego en París. Sabemos que intenta abrir el portal antes situado en Lutecia, la Puerta del Tiempo. Estoy segura, porque estaba allí cuando Miguel y yo designamos al guardián. Estaba bajo la custodia de Tiberius Gemellus. Encuéntrale. Asegura esa puerta.

Cincuenta y tres

Mimi

Cuando Mimi salió de clase aquella tarde, se encontró a Kingsley esperándola ante la verja de Duchesne, entre la habitual colección de chicos de aspecto desaliñado que esperaban a sus novias de colegio privado. Sin embargo, Kingsley no parecía desaliñado en absoluto. Parecía recién salido de una revista: dientes brillantes, pelo negro brillante y repeinado, mejillas recién afeitadas. Llevaba una chaqueta de cuero negro sobre una camisa abotonada blanca y vaqueros azules desgastados. El look de estrella de rock al completo.

—¿Qué haces tú aquí? —exigió saber Mimi, mirando ansiosa a su alrededor—. ¡Podría verte Jack!

La verdad, tampoco la importaba tanto. Quizá su gemelo se sintiera celoso al verlos juntos. ¿Quién sabía lo que rondaba dentro de aquella espesa sesera últimamente?

Kingsley la ignoró y tiró de ella. La besó sonoramente delante de un grupo de novatos excitados.

—Entra en la limusina, Force.

Mimi vio un coche brillante del largo de una manzana de edificios parado junto a la acera. Un chófer uniformado tenía abierta la puerta.

Siempre había albergado una secreta debilidad por las limusinas. Era una horterada utilizar una en la ciudad. Corrías el riesgo de parecer un turista, o de que pensaran que ibas a un baile de fin de curso. Pero esta desprendía un perverso resplandor. Tenía que reconocerlo: el tío viajaba con estilo.

Le dirigió una mirada a Kingsley, luego se deslizó al interior. Él entró detrás de ella y cerró la puerta. Levantó la partición del conductor hasta cerrarla del todo. Los cristales de las ventanillas eran tintados. Estaban, a todos los efectos, solos. El vehículo era tan amplio como una habitación móvil. La alfombra bajo sus pies era soberbia y los asientos anchos como una cama.

—Veamos, ¿por dónde íbamos? —preguntó Kingsley inclinándose hasta ponerse casi encima de ella, con una mano bajo su blusa y la otra tirando de la cintura de su falda.

—Espera, espera —jadeó Mimi, apoyándole una mano contra el pecho y empujándole. Y ella se creía *rápida*. Kingsley era algo así como el ligón con mayor talento del mundo. Apenas acababa de subir al coche y estaba ya prácticamente desnuda.

—Querida, llevo todo el día esperando —suspiró él, hundiéndole el rostro en el cuello. Pero hizo lo que ella le pedía y retiró la mano de su muslo. Recuperó la compostura y se recostó en el asiento—. Ya está. ¿Mejor así?

Mimi intentó no parecer halagada. Era agradable que la desearan a una. Kingsley y su voraz apetito.

—¿Adónde vamos? O mejor dicho, ¿adónde me llevas? —preguntó mientras el coche giraba por Roosevelt Drive.

Por toda respuesta, Kingsley le mostró unos billetes de avión.

—A París. Los Lennox están ya en el aeropuerto. Salimos esta noche.

—¿Salimos?

—No pensarás abandonar al equipo, ¿verdad, Force? —sonrió—. No te preocupes, tengo todo lo que puedas necesitar. Te he conseguido un nuevo equipo de Venator. Por supuesto, no combina con esas botas tan poco prácticas, pero estoy seguro de que podremos reemplazarlas en la Ciudad de la Luz.

Mimi se abotonó la blusa.

—Debe de ser una broma. Haz que este coche dé la vuelta ahora mismo. No pienso ir a París.

—¿Por qué no?

«Este tipo es un caso increíble», pensó ella. «¿Tenía que decirlo?».

—¿No lo recuerdas? Me vinculo el domingo que viene.

—¿Ah, sí?

—¿A dónde quieres ir a parar? Jack es mi… — decir *alma gemela* le parecía un poco cursi—. Es mi gemelo. Tenemos que estar juntos. Siempre lo hemos estado.

Kingsley asintió con la cabeza como si estuviera considerando en serio su argumentación.

—Exacto. Y por eso has estado colándote en mi habitación del hotel todas las noches durante la semana pasada.

¡Todas las noches! ¿Había sido todas las noches? Tenía que estar equivocado. Seguro que al menos había pasado *una* noche sola. Estaba en fase de negación. Iba a cortar por lo sano, ya mismo.

—Ya conoces el Código —dijo ella—. Así son las cosas, simplemente. No puedo renunciar a mi vínculo.

—Los vínculos están para romperlos —replicó él—. Igual que las normas.

—Bien dicho, eres un auténtico Sangre de Plata —respondió ella tajante.

El rostro de Kingsley se ensombreció.

—Conoces mi secreto. Sabes a lo que nos enfrentamos, la enormidad de nuestra tarea si lo que sospecha Charles es cierto. El equipo te necesita. Ven con nosotros.

Mimi se sonrojó. Jamás se había sentido así en su vida. En todas sus vidas. El amor por Abbadon era lo único que había conocido, pero Kingsley lo había puesto todo patas arriba.¿De verdad la deseaba? ¿De verdad le importaba? ¿La amaba? ¿O quería tenerla a mano para divertirse?

Kingsley sonrió y ella supo que era una sonrisa de triunfo, la sonrisa de alguien que siempre se salía con la suya. Estaba claro que la quería, pero ¿qué ocurriría cuando dejara de hacerlo? Ella era consciente de la dedicación, el compromiso mutuo que implicaba el vínculo, y el servicio que prestaban a la comunidad en su conjunto. Sabía que los vampiros se estaban desvaneciendo. Los Sangre Azul los necesitaban ahora más que nunca. Pensó en todas las cosas que ella y Jack habían logrado juntos: habían derrotado a Lucifer en Roma, habían fundado el Nuevo Mundo…

Ella era Azrael. Era fiel a su palabra. No vacilaría en cumplir lo que se le pidiera. ¿Creía que ella era como su hermano? Inconstante, indeciso, incapaz de elegir entre la estupidez y el deber.

—No, Kingsley. No puedo —negó con la cabeza—. Déjame salid de aquí. Haz que pare el coche.

Kingsley se la quedó mirando un largo rato. Luego se aclaró la garganta, cogió el teléfono interior y le dijo al conductor que se detuviera.

—Como quieras.

Cincuenta y cuatro

Bliss

Las horas de visita en el Presbyterian de Nueva York habían concluido cuando llegó Bliss, aunque poco importaba. A su llegada al hospital, Allegra Van Alen se había marchado.

—¿Cómo que se ha ido? Acabo de recibir una llamada diciéndome que se había despertado… ¡Soy su hija! —exclamó Bliss.

—Schuyler estuvo aquí hace una hora —dijo la enfermera, confusa—. Se fueron juntas.

—Quiero decir que soy su otra hija. ¡Oh, déjelo! —explotó Bliss. Salió hecha una furia, esparciendo gotas de lluvia por todo el suelo.

Se ha marchado. Allegra se había largado. Ni siquiera se ha quedado el tiempo suficiente para hablar conmigo. No le importo. Ni sabe que estoy viva. *¿Has oído eso, padre?* Chilló dentro de su cabeza. *¿Dónde te has metido, por cierto?*

Era como si el Visitante ya supiera que no encontrarían a Allegra en el hospital. En algún momento, durante el recorrido en medio de atascos, se había retirado de nuevo.

Bliss regresó a casa, a un apartamento vacío como de costumbre. Se asó una patata en el microondas para cenar. Aunque no sentía hambre –en realidad, nunca–, era difícil romper el hábito de las tres comidas diarias.

Tras darle unos cuantos bocados, tiró la patata a la basura y fue a su habitación para probarse su nuevo vestido. Schuyler tenía razón. No debió comprarlo. Le apretaba el pecho y la falda era demasiado corta. El color tampoco la sentaba bien; el intenso púrpura la hacía parecer aún más pálida y chocaba con su pelo rojo. Se había dejado cegar por las rebajas. Se quitó el vestido y lo metió de cualquier manera en una bolsa para llevarlo a una tienda de segunda mano. Con un poco de suerte sacaría algo. Desde la bancarrota, Forsyth se mostraba muy rácano con el dinero que le daba.

Allegra era su madre... Aquella verdad la hería, como cuando oyes por casualidad a tus amigas decir lo que realmente piensan de ti. Llamó otra vez a Schuyler, pero no obtuvo respuesta.

Bliss cerró los ojos y trepó al tejado de Cloisters en busca de su amigo Dylan. Necesitaba decírselo a alguien. Pero en vez de a Dylan, vio a otra persona.

El hombre del traje blanco. El Visitante. Lucifer. Su padre.

—Hola, hija.

—¿Dónde te habías metido? Fui al hospital, pero ella ya no estaba allí.

—Oh, ya lo sé. Fue demasiado rápida para nosotros. Siempre lo fue. Pero no importa, pronto daremos con ella. Se está bien aquí arriba. ¿Cómo llamáis a este lugar?

—Los Claustros —dijo Bliss.

—Ah, así que es aquí donde os reunís tu chico y tú. No te preocupes, no nos volverá a molestar.

A Bliss se le hizo un nudo en el estómago.

—¿Qué quieres decir?

—Sé lo que has estado haciendo. Sé todo lo que tú sabes. No puedes esconderte de mí, Bliss. Oigo hasta tu menor pensamiento. Me alegro de que hayas visto lo que contiene mi mente, porque has de estar lista.

—¿Lista? ¿Para qué?

—La noticia de lo de Allegra me ha recordado que tenemos asuntos pendientes por resolver. Su hija mestiza, Schuyler Van Alen. Una muy buena amiga tuya, por lo que veo.

—¿Qué pasa con Schuyler? —preguntó Bliss nerviosa.

—Forsyth ha sido incapaz de traérmela. Leviatán ha fracasado también. Es asombroso lo ciego que he sido respecto a la baza que tenía justo a mi alcance. Porque tú no me fallarás, hija. Tú me la traerás.

Bliss negó con la cabeza y dio un paso atrás, retirándose casi hasta el borde del tejado.

—¡Ni hablar! Estás loco si crees que haré una cosa así.

El rostro de Lucifer reflejaba calma.

—¿Por qué? ¿Porque, equivocadamente, tomas a Schuyler Van Alen por amiga tuya? ¿Qué clase de amiga te abandona? No te llamó ni una vez, ni una sola, ¿verdad? Ni se molestó en saber cómo estabas. ¿Qué clase de amiga es ésa? ¿Cómo pudo dejarte sola sabiendo cuánto estabas sufriendo?

Bliss siguió sacudiendo la cabeza con tanto vigor que creyó que iba a marearse.

—¡No tenía opción... estaba huyendo... Forsyth la convirtió en una fugitiva!

—Aun así, todos tenemos que escoger. Tenemos la libertad de elegir cómo actuar, y ella eligió dejarte sola. Sola conmigo —Lucifer sonrió de nuevo y Bliss alcanzó a verle los colmillos.

—No. No pienso hacerlo. Tendrás que hacerlo tú mismo si quieres.

—Lo he intentado, querida —suspiró Lucifer—. No lo olvides: como decís vosotros los jóvenes, «tío, de verdad que lo he probado».

Bliss comprendió que Lucifer quería decir que había intentado ya hacerle daño a Schuyler las veces que había tenido el control, cuando Bliss padecía aquellos desmayos.

—Hasta el momento, no he conseguido hacerle auténtico daño a la chica. La protección de Gabrielle está arraigada en su sangre y ha debido desviar mi presencia. Pero tú, querida mía, también llevas la sangre de tu madre. La misma que Schuyler. Podrás llegar adonde yo no he podido.

—Jamás lo haré. —Bliss se metió los puños en los bolsillos del abrigo. Su padre tenía que estar loco si pensaba que le haría eso a su amiga.

—Bueno, ahora tienes por delante una elección: puedes hacer lo que te pido o no volver a ver jamás a tu amigo.

—¿Y a mí qué me importa? Él no es real —insistió Bliss.

—Es tan real como lo soy yo. ¿Crees que tu mundo es el único verdadero? Hay un número infinito de mundos en el universo. El mundo de tu mente es tan real como lo que hay fuera de ella.

Bliss miró hacia abajo desde el techo del museo. Si saltaba, si caía en su mente, ¿podría hacerse daño a sí misma?

—¿Qué vas a hacer? ¿Qué es lo que quieres que le haga… a Schuyler? —susurró la muchacha.

—¿Acaso no es evidente? Matarla.

Cincuenta y cinco

Mimi

Él tenía razón, estoy más guapa desnuda, pensó Mimi comprobando su figura en los espejos del spa. Con su metro setenta y cinco de estatura, sus largas y bien torneadas piernas, sus anchos hombros y sus pechos altos, ni muy grandes ni muy pequeños, que no necesitaban ni una reducción ni un aumento, parecía una modelo de portada de *Sports Illustrated*. Atlética y con buen tono muscular, aunque femenina y sexy, con su diminuta cintura de Barbie y sus graciosas y esbeltas caderas. La vinculación se celebraría al día siguiente. Intentó no pensar más en Kingsley, pero se acordaba de él en los momentos más inesperados. Un mal hábito del que estaba procurando desengancharse.

—¿Lista? —preguntó su madre, cerrando la puerta de su armario y enrollándole una gruesa toalla en torno al torso. Trinity parecía desaprobar que Mimi se mostrase desnuda tan descaradamente en el vestuario. La tradición exigía que la novia estuviera totalmente desvestida para la ceremonia, aunque ya no era necesario. Pero Mimi prefería los ritos antiguos y recordaba con afecto los anteriores baños que había tomado con este fin: en el río Nilo, en una bañera de mármol en Versalles y en una sauna recién instalada en Newport.

Las Guardianas, un puñado de chicas Sangre Azul de Duchesne y unas cuantas primas, estaban esperándolas en el estanque de fuego.

—Vamos allá —dio Mimi, encabezando la comitiva hacia la caverna subterránea.

Hacía una semana que Kingsley la había pedido que se fuera con él a París. A veces se preguntaba qué estaría haciendo, si pensaría en ella, pero sobre todo había dedicado la mayor parte del tiempo a prepararse para la vinculación de mañana.

El spa era un centro exclusivo para los Sangre Azul, diseñado al modo de los antiguos baños romanos. Mimi lo había contratado para la obligada ceremonia previa a la vinculación: el baño de la novia a cargo de sus compañeras.

La limpieza ritual era una tradición que los Sangre Azul habían transmitido a lo largo de los siglos. Se había manifestado en otras culturas bajo diferentes nombres: en la religión judía era el *mikva*; en el hinduismo se recomendaba que el baño se realizara a las cuatro de la madrugada, durante el *brama muhoratham*, el momento mas auspicioso del día. En el lenguaje sagrado recibía el nombre de *sanctus balineum*.

En el vasto complejo subterráneo había cuatro estanques diferentes: un baño de hielo, que se mantenía a la escalofriante temperatura de trece grados; un humeante estanque de «vapor», bueno para los poros; un estanque de la «armonía», que era la esencia de la relajación; y un estanque de fuego, en el que el agua estaba a una temperatura que sólo los vampiros podían tolerar. Un humano se habría quemado en él, pero para los vampiros era un vigorizante tratamiento de recuperación.

Mimi bajó los escalones de losas de piedra para unirse al grupo de mujeres dispuestas en círculo y sintió como el agua cálida cubría su piel. Vibrantes, agitándose como ninfas, empezaron a canturrear con la boca cerrada según ella se iba acercando.

Se detuvo en el centro del grupo y cruzó los brazos delante del pecho, inclinándose ante ellas para hacerles saber que respetaba y apreciaba su presencia en una fase tan importante de su vida.

Trinity la siguió al interior del círculo, llevando en alto un cáliz de oro. Lo sumergió en el estanque y lo llenó con el agua sagrada. El *sanctus balineum* exigía agua que no procediera de una cañería. Había sido recogida por cisternas en la fuente de un arroyo secreto en un lugar oculto.

La vertió lentamente sobre la cabeza de Mimi mientras pronunciaba las palabras.

—He aquí a la Hija de los Cielos —entonó con una voz dulce y melodiosa, que resonó por toda la cámara de piedra.

Poco a poco, la luz de la sala empezó a desvanecerse hasta que quedaron sumidas en una oscuridad total, sus cuerpos de vampiro resplandecientes en las tinieblas.

—Amén —murmuró el grupo.

Trinity asintió y continuó su salmodia.

—Estamos aquí para lavarla de sus pecados terrenales.

—Amén.

Las mujeres empezaron a girar lentamente en torno a Mimi, cantando suavemente «Aleluya».

—La preparamos para el vínculo que no ha de romperse, para pronunciar las palabras que jamás deben retirarse.

Cada miembro del grupo avanzó y vertió agua de la copa de oro sobre la cabeza de Mimi, bendiciéndola con sus oraciones.

—Ésta es la Hija de los Cielos. Hoy queda lavada de sus pecados terrenales. —Trinity condujo a Mimi a aguas más profundas y la sumergió por completo en el estanque.

Mimi notó que el agua cálida cosquilleaba y aliviaba su piel. Sintió, exultante, la limpieza de su mente y de su cuerpo. Emergió de las aguas en paz y llena de energía.

Se había desprendido de todas sus dudas, de toda su confusión. No pensaba ya en Kingsley, o en lo que le había pedido que hiciera. Era una con el espíritu, era una con la vida, con la luz, con su destino.

Estaba preparada para vincularse.

Cincuenta y seis

Schuyler

Habían transcurrido dos semanas desde que Schuyler se había reunido con Bliss en las rebajas. Tras su feliz encuentro, Schuyler pensó que vería a Bliss más a menudo, pero había ocurrido exactamente lo contrario. Bliss siempre encontraba alguna excusa para no quedar con ella. Schuyler intentó no sentirse demasiado decepcionada por la renuencia de su amiga a salir. En cualquier caso, su madre le había asignado una tarea sobrecogedora.

El Repositorio de la Historia era el primer lugar en el que buscar registros familiares, pero dado que no era seguro que Schuyler fuera allí, Oliver había llevado todos los libros a su apartamento. La separación había sido positiva para su relación. Ya no experimentaban las pequeñas irritaciones cotidianas, consecuencia de vivir en un mismo espacio veinticuatro horas al día, siete días a la semana. Por supuesto, seguían viéndose con mucha frecuencia. Aunque Schuyler no asistiera a

Duchesne, veía tanto a Oliver como si estuviera matriculada allí. Él tenía una llave de su estudio.

—Vaya montón de libros —dijo Schuyler, abriendo la puerta para dejarle entrar.

—Los Conductos los están transfiriendo todos a una base de datos informatizada, pero sólo han llegado hasta el siglo XVIII —dijo animoso Oliver. Soltó los polvorientos volúmenes en la mesa de la cocina—. Por cierto ¿cómo te va? —preguntó, dándole un beso en la mejilla.

La situación de ambos estaba nuevamente encarrilada. En cuanto resultó evidente que Schuyler no tenía intención de revivir su amistad con Jack, Oliver se relajó. La amenaza había pasado.

—Muy bien.

Ella le había contado todo lo ocurrido con Allegra. Le comentó lo raro que le había resultado hablar por fin con su madre, que tuvo que marcharse otra vez tan deprisa. Ni siquiera había podido preguntarle a Allegra por su supuesta hermana. Todo se había reducido a *Aquí tienes el Legado Van Alen. Salva al mundo, ya que estás en ello. Te veré en el otro lado en algún momento.*

Schuyler tenía que ponerse a trabajar y se alegró de tener a Oliver con ella. Con su ayuda habían avanzado mucho, considerando que estaban buscando un árbol familiar que se remontaba a la antigüedad. Era una suerte que los Sangre Azul conservaran un meticuloso registro de los ciclos de expresión y expulsión.

Schuyler puso al fuego la tetera y se sentó frente a Oliver, que tenía todos los libros abiertos ante él.

—Esto es lo que sabemos —dijo Oliver—. Se suponía que Tiberius Gemellus debería haber sido emperador, porque era el auténtico nieto y heredero de César Tiberius, mientras que Calígula, que de hecho se *convirtió* en emperador, era adoptado. Pero Tiberio, que prefería a Calígula, lo nombró su sucesor. Lo normal habría sido que Gemellus se hubiera sentido molesto, pero los archivos muestran que siguió muy unido a Calígula, y que lo amaba como a un hermano. Los libros de historia de los Sangre Roja afirman que no se sabe nada de Gemellus, lo que es lógico, dado que la mayor parte de la historia real les ha sido ocultada. Me refiero a nosotros… ya sabes lo que quiero decir.

Schuyler asintió con un gesto.

—Pero tampoco hay nada sobre Gemellus o su familia en los registros de los Sangre Azul. Es como si nunca hubiera existido. O como si no fuera lo bastante importante para seguirle la pista —dijo Oliver, levantándose cuando empezó a silbar la tetera. Vertió agua caliente en sendas tazas y metió dentro las bolsas de té.

—Sin embargo, sí que *era* importante —dijo Schuyler aceptando su taza y soplando el líquido antes de darle un sorbito—. Era un guardián. Tenía la importancia suficiente para que Miguel y Gabrielle le designaran para formar parte de la Orden de los Siete. Pero, ¿dónde está ahora? ¿Qué le pasó? ¿En quién se convirtió? —preguntó Schuyler—. ¿Cómo vamos a encontrar a una persona que no figura en los libros?

Oliver y Schuyler se miraron. Los dos estaban pensando en un curioso diario que habían encontrado dos años atrás.

—Por lo general, cuando algo no figura en los libros, eso significa... —dijo Oliver excitado.

—Que ha sido ocultado deliberadamente —concluyó Schuyler.

—Exacto —Oliver dejó su taza en el plato—. Así que, dondequiera que esté, no vamos a encontrarlo aquí —dijo, apartando de sí los libros.

—Era hermano de Calígula, querido por el emperador. Su consejero más próximo. Ollie, he tenido una idea. Dirás que estoy loca, pero ¿crees que quizá Gemellus... era un Sangre de Plata?

Cincuenta y siete

Bliss

Cuando Mimi le había pedido que fuera dama de honor en su boda, Bliss se quedó anonadada. Llevaban más de un año sin verse, y difícilmente podía decirse que siguiesen siendo amigas. Mimi parecía un poco desesperada y a Bliss le había dado pena, así que le había dicho que sí. La resplandeciente mañana de octubre en la que Jack y Mimi iban a vincularse, Bliss llegó temprano al salón de estética para que le arreglaran el pelo y la maquillaran, como le había pedido Mimi.

Trinity Force y varias hijas de miembros de alto estatus en el Cónclave estaban ya envueltas en batas, leyendo revistas y bebiendo champán. La propia Mimi estaba sentada en medio de la movida. La futura novia llevaba puesta una bata blanca suelta, pero por lo demás estaba de foto. Tenía el rostro tan exquisitamente maquillado como el de una muñeca, con labios rojo rubí y un leve toque de colorete. Su lustroso cabello platino iba recogido atrás en un moño entretejido con flores blancas. Estaba fabulosa.

—¡Bliss! ¡Me alegra tanto verte! —dijo.

—¡Oh, Dios mío!¿Estás emocionada? —preguntó Bliss imitando el tono pijillo de Mimi—. ¡Hoy te vas a vincular!

—Ya era hora, ¿no crees? —casi gritó Mimi.

Bliss percibió el alcohol en su aliento. Había algo en la excitación de Mimi que parecía... *forzado*. Sonreía tanto que parecía que se le iba a partir la cara en dos.

—Tú vas ahí. Danilo se encargará de ti. Recuerda, Danilo, pon guapa a mi amiga, ¡pero no se te ocurra dejarla más guapa que a mí! —Mimi se deshizo en risitas.

—Oye, por cierto, siento haberme perdido esa... esa cosa del baño —se disculpó Bliss, intentando no sentirse azorada.

—No pasa nada. Estás aquí ahora y eso es lo que importa —dijo Mimi con una brillante sonrisa.

Era exactamente la antigua Mimi Force, pensó Bliss. Vanidosa, acicalada y centrada en sí misma, o quizá fueran los nervios de la vinculación.

Bliss sentía ansiedad ante el acontecimiento. Esperaba que la vinculación fuera rápida para poder alejarse de todo el mundo. Tras su encuentro con el Visitante se sentía estremecida y desequilibrada, y dudaba que fuera seguro estar en su compañía. No porque, estando cuerda, fuera a hacer nada parecido a asesinar a su mejor amiga. Jamás de los jamases. Debía convencer a Schuyler de que abandonara Nueva York lo antes posible. Cuanto más tiempo permaneciera en la ciudad, más peligro correría. Bliss tenía que mantener a su amiga a salvo... y alejada de ella. Aún tenía que dar con el modo de hacerlo, de hablar con Schuyler sin que el Visitante se enterara.

Al menos, sabía que Schuyler no estaría en la vinculación de Mimi, así que Bliss no tendría que preocuparse hoy por el asunto. Se trataba de un breve, pero bienvenido, indulto temporal, aunque no por ello se sentía menos nerviosa.

El peluquero estiró el cabello de Bliss y la embadurnó con tal cantidad de maquillaje que cuando se miró al espejo apenas se reconoció. El pelo le llegaba casi hasta los codos. Era mucho más largo alisado y su cara era una máscara de perfección, aunque el bronceado en vaporizador le daba un color un poco anaranjado. Tomó un taxi de vuelta a casa para ponerse su vestido, uno negro sin hombreras. Un traje de dama de honor bastante básico, nada que hiciera sombra a la visión que Mimi constituiría con toda seguridad.

En el ático, Bliss comprobó su maquillaje por última vez en el espejo, intentando atenuar el bronceado de sus mejillas. ¿Dónde estaba Dylan? Sabía que el Visitante le mantenía alejado de ella y le odiaba amargamente por eso. ¿Lo tenía retenido en algún lugar? ¿Estaría herido? ¿Era todo culpa de ella? ¿Cómo podía haberle ocurrido esto? ¿Qué podía hacer? En ocasiones, tenía la impresión de que se estaba volviendo loca.

Mientras se miraba al espejo, notó que seguía llevando la esmeralda que le había dado Forsyth dos años antes. La Maldición de Lucifer. Tocó la fría piedra y con gran dificultad retiró el collar. No quería tener cerca de su cuerpo nada asociado con su padre. Lo lanzó sobre la mesa del vestidor. Notó como si hubiera dejado una marca en su piel, pero no eran más que imaginaciones suyas.

No le quedaba ya nadie con quien hablar. Ni Dylan. Ni Schuyler. Estaba realmente sola. Salió de su habitación y encontró el bouquet que el florista de Mimi había entregado esa mañana. Un enorme ramo de lirios blancos. Lo recogió y encontró un pequeño sobre entre las flores. Llevaba su nombre.

Abrió el sobre. En su interior había un delgado trozo de cristal. Cuando lo tocó, se transformó de repente en una espada.

—Pero, ¿qué…? —soltó Bliss, sujetando torpemente tanto las flores como la espada. Soltó las flores y miró más de cerca la espada. Le resultaba familiar. Era la espada de Miguel, la misma que Jordan había utilizado para apuñalarla. ¿Qué estaba haciendo allí?

Cuando la soltó se convirtió de nuevo en un delgado trozo de cristal. No podía dejarlo allí. Lo volvió a guardar en el ramo y salió para asistir a la ceremonia.

Cincuenta y ocho

Schuyler

¿Qué estoy haciendo aquí?, se preguntó Schuyler. Se suponía que debía estar en casa, repasando algunos libros y documentos que Oliver había desenterrado en el Repositorio. Él quería que echara un vistazo a lo que había encontrado y que le llamara en cuanto lo hubiera leído. Pero, por algún motivo, sus pies la habían conducido hacia el distrito residencial. Había recorrido a pie ochenta manzanas hasta la esquina de Cathedral Parkway y Amsterdam Avenue.

Tengo que verlo por mí misma. He de verle por última vez antes de que se vincule a Mimi. En cuanto sea de ella, me iré.

Cuando vivía en Riverside Drive, Schuyler solía asistir al servicio dominical en St. John the Divine. Cordelia prefería su capilla de la Quinta Avenida, pero Schuyler tenía cierta debilidad por la iglesia gótica construida en 1892 y que aún seguía incompleta. Hasta donde llegaba la memoria de Schuyler, la torre sur había estado rodeada de andamios y faltaban tallas de piedra en parte de la fachada.

Todos los años, para celebrar la festividad de San Francisco, la iglesia organizaba una bendición formal de los animales. Schuyler recordaba haberse sentido feliz al ver tantos juntos, incluyendo un elefante del circo, un ciervo noruego, un camello y un águila real entre la variopinta representación. Había llevado allí a Beauty varias veces para que la bendijeran. Esperaba que a su perra le fuera bien, que estuviera cómoda en casa con Hattie y Julius.

Schuyler caminó hacia la iglesia. Observó que una procesión de sedanes negros y taxis amarillos desembarcaban a una multitud de invitados elegantemente vestidos, que se saludaban alegremente los unos a los otros según iban llegando. Se respiraba un aire festivo. Los Sangre Azul estaban a punto de celebrar uno de sus ritos de paso más sagrados.

El sol estaba bajo en el horizonte. La ceremonia comenzaría inmediatamente después del ocaso. Schuyler remoloneó al otro lado de la calle. Debería marcharse. No tenía derecho a estar allí. Ni siquiera había sido invitada. No era una buena idea. El lugar estaría repleto de Sangre Azul y tenía que mantenerse oculta. Pero Schuyler no podía evitarlo. En contra del sentido común, se encontró caminando hacia la iglesia. Tenía que verlo por sí misma. Si lo presenciaba, quizá dejaría de sentirse así. Si veía a Jack vinculado a Mimi, y lo felices que eran, puede que las heridas de su corazón empezaran a sanar. Schuyler entró a hurtadillas por una puerta lateral y se colocó en un banco detrás de una columna. La orquesta tocaba a Strauss y el aire olía a incienso. Los presentes intercambiaban susurros mientras esperaban.

Jack estaba ya en pie ante el altar, totalmente arrebatador con su esmoquin. Levantó la vista y ella sintió que su mirada atravesaba toda la iglesia. Sus ojos destellaron de esperanza. Schuyler se encogió en su asiento. *No puede ser que él... Debería marcharme...* Pero era demasiado tarde. Jack la había visto.

¿Schuyler? ¿Eres tú? ¿Qué estás haciendo aquí?

Oh, mierda. Le cerró su mente. Tenía que largarse, aquello no estaba bien. ¿En qué estaría pensando? Cuando intentó escabullirse, se dio cuenta de que tendría que cruzar entre el grupo de invitados que estaba entrando. Divisó a Bliss entre los asistentes. Estaba atrapada. Tenía que quedarse, al menos hasta que la novia hiciera su entrada. Luego, podría escurrirse sin que nadie lo notara.

Alguien más la había visto también. Alguien que había sido invitado a la boda. Oliver y su familia habían entrado por la puerta de enfrente al mismo tiempo que ella, pero él no había dado muestra alguna de haber advertido su presencia. Se había limitado a seguir andando hasta su asiento.

Cincuenta y nueve

Mimi

—Estás preciosa, querida. Ojalá estuviera aquí tu padre para verte —dijo Trinity Force, mientras le ajustaba el velo a Mimi en el coche.

—No es mi auténtico padre. Lo sabes, ¿verdad? —preguntó Mimi—. Lo mismo que tú no eres en realidad mi madre y que Jack no es mi hermano. De lo contrario, ¿por qué iba yo a vincularme a él?

—La familia es la familia —dijo Trinity—. Quizá seamos diferentes, pero seguimos siendo una familia. También nosotros podemos aprender de los humanos.

—Lo que tú digas —dijo Mimi, poniendo los ojos en blanco.

Bien, había llegado el momento. El día de la vinculación. Lucía el vestido de sus sueños. Una creación expresamente diseñada para ella: un auténtico Balthazar Verdugo. Había sido confeccionado con cincuenta metros del mejor jacquard de seda parisino, bordado con docenas de diminutos capullos de rosa, paillettes de lentejuelas, encaje antiguo y plumas de avestruz. El vestido había llevado dos mil horas de trabajo, sin contar las mil horas dedicadas a los bordados por las monjas belgas. Llevaba un rosario en su bolso de mano: el mismo que en su última vinculación en Newport. Sus únicas joyas eran unos pendientes de diamantes y perlas de Buccellati.

Mimi observó su reflejo en el espejo retrovisor. Comprobó con agrado que sus labios lucían rojos y jugosos bajo el velo. Su *apariencia* era absolutamente perfecta; ojalá se *sintiera* igual. En realidad, Mimi estaba pensando si no estaría cometiendo el peor error de su vida.

Los vínculos están para romperlos. Como las reglas.

El coche se detuvo ante la iglesia. En el interior estaría la totalidad de su Cónclave. Los vampiros disfrutarían de una celebración esta noche. Habría baile, fuegos artificiales y muchos brindis por la feliz pareja. Todo estaba perfectamente orquestado. Lo único que tenía que hacer ella era dejarse llevar e interpretar su papel. Podría hacerlo si dejara de oír la voz de Kingsley en su cabeza.

Salió del coche y una repentina ráfaga de aire le levantó el velo del rostro. Su madre la condujo hasta la antesala, donde Mimi esperaría hasta que le llegara el turno de entrar.

Dentro de la iglesia, las damas de honor avanzaban lentamente por el corredor junto con las niñas de los pétalos. Trinity se volvió para ofrecer a Mimi su último consejo materno.

—Camina derecha. No vayas desgalichada. Y, por el amor de Dios, ¡sonríe! ¡Es tu vinculación!

Después, ella también cruzó la puerta y avanzó por el pasillo. La puerta se cerró a su espalda, dejando a Mimi a solas.

Finalmente, Mimi oyó cómo la orquesta empezaba a tocar las primeras notas de la «Marcha Nupcial». Wagner. Los encargados de acomodar al personal, abrieron las puertas y Mimi se adentró hasta el umbral. Su oyó un suspiro colectivo de satisfacción entre los asistentes al aparecer Mimi con su fantástico vestido. En vez de regodearse en su triunfo como la novia más bella de Nueva York, Mimi miró directamente hacia adelante, a Jack, que tan alto y recto se erguía ante el altar. Él le devolvió la mirada y no sonrió.

Acabemos con esto de una vez.

Las palabras de él fueron como si le clavaran un picahielos en el corazón. No me ama. Nunca me ha amado. No del modo en que ama a Schuyler. No del modo en que amaba a Allegra. Todas sus vinculaciones habían sido sombrías, repletas de renuencia y titubeos, dudas y desesperanza. Ella no podía disimular. Conocía a su gemelo y sabía lo que estaba sintiendo, y no era gozo, ni siquiera alivio.

¿Qué estoy haciendo?

—¿Lista? —Forsyth Llewellyn apareció de repente a su lado.

Ella recordó que le había dicho que sí cuando Forsyth se había ofrecido a acompañarla hasta el altar.

Vamos allá. Como pasmada, Mimi le cogió del brazo. Las palabras de Jack retumbaban todavía en su cabeza. Caminó como una zombi por el pasillo, sin notar el destello de las cámaras ni los murmullos de aprobación de aquella multitud difícil de impresionar.

Casi a mitad del recorrido, descubrió a alguien inesperado. A punto estuvo de tropezar con sus tacones de satén.

Kingsley Martin estaba en pie al final de un banco, los brazos cruzados. Iba de esmoquin, como cualquier otro invitado. ¿Qué estaba haciendo allí? ¡Se suponía que estaba en París! ¡Se suponía que se había ido!

Miró directamente a Mimi.

Oyó su voz alta y clara dentro de su cabeza. *Déjale.*

¿Por qué iba a hacerlo? ¿Qué me ofreces tú?

Nada. Y todo. Una vida de riesgo y aventura. Una oportunidad de ser tú misma, Déjale. Ven conmigo.

Desde luego, era un caradura. ¡Ella ya había tomado su decisión! No pensaba dejar a su gemelo plantado en medio de la vinculación, delante de todo el Cónclave. Era consciente de que aquello sería motivo de murmuración durante siglos. ¿Quién se había creído que era? ¿Estaba sonriendo con suficiencia? Y tanto que sí. Sabía que estaba consiguiendo que ella se retorciera. Se lo echaría en cara, le haría desear que… que jamás…

¿En qué estaba pensando? Kingsley estaba *aquí*. Dijera lo que dijera, sus actos decían más que su verborrea. Debería estar en París, pero estaba allí, en la iglesia, en la vinculación, porque quizá, sólo quizá, sentía algo por ella, algo real y verdadero. Algo que él no podía negar, por muchas bromas que hiciera al respecto.

Puede que estuviera allí porque la amaba.

Acabemos con esto, le había enviado Jack. Jack la querría una vez estuvieran vinculados, pero sólo porque sería su deber hacerlo, porque la vinculación le obligaba.

Mimi sostuvo la mirada a Kingsley. *No puedo…*

Sesenta

Bliss

¿Qué hacía Mimi? ¿Por qué se había detenido en mitad del pasillo? ¿A quién estaba mirando? ¿A Kingsley Martin? Bliss no lo había visto desde el juicio. Que extraño que hubiera asistido a la vinculación... ¿Acaso no era un Venator, o algo parecido?

¡Martin!

Apareció una imagen. Un chico delgado, enfermizo y frágil, que pisaba los talones a su primo mayor, más fuerte, más listo. Un chico que admiraba y adoraba al héroe de su infancia, su Gaius, su protector y mejor amigo.

Gemullus.

Bliss lo vio: el emperador Calígula aceptando el trono. A su lado, su primo más joven, más débil: Tiberius Gemellus, el auténtico heredero.

No obstante, el corazón de Gemellus no albergaba envidia alguna, sólo adoración. Le quería tanto. Haría cualquier cosa que su emperador y comandante le ordenara hacer, incluso aceptar la Corrupción.

Los vio: Calígula bebiendo la sangre de Gemellus, y la transformación de Gemellus de un muchacho delgado y enfermizo en uno fuerte. Más de lo que jamás hubiera podido soñar, más rápido y poderoso. Una transformación de todo su ser… la agonía del alma desencadenada… los gritos de muchos en la sangre de los no muertos. Después, la penitencia ante Miguel… y el perdón… y una misión.

De repente, todo encajó. La voz del Visitante hablaba tan deprisa que Bliss no entendía lo que estaba diciendo.

Por supuesto, Gemellus. ¡Porsupuesto! Miguelfuesiempreuntiporetorcido. Muysuyolodeconfiarenuntraidor. Hemosdeatacarahora. Ahora. Ahora. Ahora.

La iglesia inconclusa. De acuerdo con las leyes sagradas, un templo ha de estar terminado para ser plenamente consagrado. ¿Qué mejor sitio para ocultarse que en un lugar sagrado que no era sagrado en absoluto? ¿Una iglesia en la que pudiera entrar hasta un Sangre de Plata?

Sin saber lo que estaba haciendo, Bliss gritó con una voz más cavernosa que los escalones más profundos del infierno.

¡Croatan! ¡A mí! ¡Éste es nuestro destino! ¡La Puerta del Tiempo está aquí! ¡Alzaos oscuros demonios de las profundidades! Alzaos y despertad. ¡Ha llegado el momento!

Todo se cubrió de niebla cuando los Sangre de Plata entraron en la única iglesia a la que podían acceder en el universo conocido. Con su risa demencial y agónica, rodearon a Kingsley, envolviéndole en la bruma plateada.

—¡La chica! ¡No os olvidéis de la chica! —bramó ronca una voz.

Bliss levantó la vista. Schuyler corría por el pasillo en ayuda de Kingsley, mientras el Cónclave permanecía inmóvil por la conmoción. Era como si Schuyler se moviera a cámara lenta a través de una muchedumbre paralizada.

—¡No! ¡Schuyler! ¡Mantente alejada! —chilló Bliss, echando a correr para salvar a su amiga de las manos del demonio.

Pero Leviatán llegó antes.

Sesenta y uno

Schuyler

La había poseído y caía, caía, caía. El demonio la mantenía agarrada y la arrastraba a las profundidades, hasta el más oscuro centro del mundo en penumbra. Finalmente, Schuyler logró abrir los ojos. Vio que estaba encadenada a algún tipo de puerta con dos hombres a cada lado. A un costado había un hombre guapísimo con un traje blanco.

Lo reconoció de inmediato: Lucifer, el antaño Príncipe de los Cielos, la Estrella de la Mañana. Nunca había pensado que un hombre pudiera ser tan apuesto; su belleza era tan deslumbrante que casi dolía mirarla. Como un cuchillo que penetrara profundamente en la piel, su hermosura tenía un precio para quien la contemplaba. Comprendió la diferencia entre él y la falsa imagen del Corcovado. La auténtica Estrella de la Mañana resplandecía con una luz pura e ineludible.

Se erguía sobre un suelo de lava fundida, las rocas siseando por el vapor. Y Schuyler lo supo: estaba ante un Camino de los Muertos, ante la Puerta del Tiempo, y Lucifer se encontraba preso tras de ella.

A su lado de la verja estaba Leviatán, el asesino de su abuelo. Un demonio enfundado en una capa con capucha, para que Schuyler sólo pudiera atisbar su piel calcinada y las rojas brasas relucientes que tenía por ojos. Hubiera debido sentir miedo, pero en su lugar sólo sentía una ira asesina. No sabía cómo, pero iba a salir de ésta e iba a hacer que lo pagaran con creces. Sonaba absurdo y débil, pero Schuyler sabía que mientras estuviera viva, mientras quedara el menor aliento en su cuerpo, haría todo lo que estuviera en su mano para luchar contra la presencia blanca que se erguía ante ella, resplandeciente como el sol en su superficie, pero desagradable como un montón de gusanos retorciéndose en el interior de su alma inmortal.

Entonces, Schuyler descubrió que había alguien más en aquel rincón oscuro y sombrío: un tercer hombre permanecía aplastado bajo el pie de Leviatán.

Kingsley Martin gimió.

—Gemellus, claro está. Debí darme cuenta —dijo Lucifer. Su voz retumbaba hipnótica y autoritaria. Sonaba como la de una estrella de cine.

Kingsley parpadeó al abrir los ojos y tosió.

—Pero no lo averiguaste, no durante mucho tiempo. Me alegra verte de nuevo, primo. ¿Te importa decirle al subnormal de tu hermano que me quite el pie de encima? Aquí abajo se está bastante incómodo.

Como respuesta, Leviatán le pateó ferozmente en las costillas. Kingsley jadeó y se ahogó. Schuyler se encogió como si la hubieran pateado a ella.

—Dime, Gemellus, ¿siguen teniéndote atado los Incorruptos con la correa de castigo? Sigues obedeciendo las órdenes de Miguel, ¿no? Aunque fui yo quien te convirtió en lo que eres hoy. Yo te enseñé cuánto más fuertes podríamos ser cuando nos apropiáramos de la sangre inmortal. —Lucifer se apoyó contra la puerta, mirando a través de los barrotes. Un animal en una jaula.

—No tenía ni idea… No sabía lo que me estabas ofreciendo —susurró Kingsley—. Era sólo un muchacho. Aquellos a los que consumí aún siguen en mí. Los oigo. Vivo con su sufrimiento. Es… insoportable.

—¡Eras el más débil de nosotros! ¡Una desgracia para los vampiros! ¡No eras nada! —siseó Lucifer.

—Y ahora soy menos que nada —replicó Kingsley.

—Es una lástima que pienses así. Jamás llegaste a entender la escala de mis ambiciones —suspiró Lucifer—. Sin embargo, he de concederte que cambiar la puerta de Lutecia dejando la intersección como trampa fue un movimiento sabio.

—Brillante, ¿no crees? Fue idea mía —Kingsley sonrió con suficiencia.

—Lo suponía —Lucifer hizo un gesto de asentimiento, como si estuviera satisfecho—. Miguel necesitaba a otro mentiroso como él para que el engaño funcionara. Un diablo para pensar como el diablo.

Kingsley lanzó una risita.

—Siempre se te dio bien jugar con las palabras.

Lucifer aceptó el halago con una reverencia.

—Eres consciente de que llevo esperando esto bastante tiempo. Por fin hay aquí una puerta. ¿La abrimos?

Schuyler comprendió lo que estaba ocurriendo. Como le había dicho Allegra, el portal estaba imbuido del poder celestial, el poder de los ángeles. Mantenía a Lucifer y a su maldad alejados de la tierra. Mantenía a la Estrella de la Mañana aprisionada bajo tierra. Pero una vez que se abriera...

Kingsley se echó a reír.

—Sabes que cada puerta exige una vida inocente. Y yo disto mucho de ser inocente.

—Ah, por supuesto. Hemos traído una —dijo Lucifer.

Schuyler vio a Kingsley levantar la vista y percibir su presencia. Estaba encadenada a la puerta. El rostro de él se desencajó y perdió toda voluntad de luchar.

Entonces, Schuyler entendió por qué estaba allí.

Era la víctima del sacrificio.

Sesenta y dos

Mimi

Mimi se quedó inmóvil como una estatua en medio del pasillo, mientras a su alrededor todo era pánico y caos. Oía a alguien gritar desde algún lugar muy lejano. ¿Qué había pasado? ¿Dónde estaba Kingsley?

Entonces, Jack apareció a su lado, una mano en el codo de ella.

—¡Croatan! ¡La apropiación! ¡Ya! ¡Sígueme!

Gracias a Dios, en la penumbra del hechizo no llevaba puesto su estúpido vestido de vinculación. Así era mucho más fácil correr.

—¿Dónde están? —preguntó.

—Se han llevado a Schuyler a los límites, a la puerta —dijo él mientras se adentraban corriendo hacia las profundidades, hacia la oscuridad, hacia el lugar donde la memoria y el tiempo dejan de existir y sólo queda el sendero de fuego.

¡Schuyler había asistido a su vinculación! ¡Qué pintaba ella allí! ¡Hasta era posible que todo fuera culpa de ella! Espera...

—¿Sabes lo de las puertas? —preguntó—. ¿Lo de la Orden?

—Sí —dijo Jack—. Charles me lo contó. Sospechaba que tras la liberación de Leviatán los Sangre de Plata buscarían la de Lutecia.

—Y él los condujo a la intersección —dijo Mimi, casando al fin todo lo que Kingsley le había contado.

—Exacto.

—Pero la cosa no salió del todo bien, ¿no es cierto? —preguntó Mimi. Nadie había obtenido lo que buscaba en París.

—Ni para ellos ni para nosotros —replicó Jack, con gesto adusto.

Los Sangre de Plata no habían conseguido abrir la puerta. Charles había sido incapaz de atraparlos y lo más probable era que él mismo hubiera quedado atrapado en la intersección.

Llegaron a la puerta. Era justo como la había descrito Kingsley: de cuatro metros de altura, profundamente incrustada en la corteza terrestre. Mimi sabía que no era más que su manifestación física en la transición, algo que sólo ellos podían ver. La auténtica barrera era el espíritu y la protección de Miguel que impedía que los Sangre de Plata la cruzaran. ¿Dónde estaba Kingsley? Mimi no lo veía, allí sólo estaba Lucifer en pie tras los barrotes de hierro. La estúpida esa, Van Alen, estaba encadenada junto a él.

Cuando los vio llegar, su anterior comandante sonrió.

—Azrael, Abbadon. Sois muy amables al haber venido.

Mimi sintió el impulso de arrodillarse.

Ante ella estaba la Estrella de la Mañana. Su único y verdadero príncipe. Qué apariencia tan magnificente, tan adorable. Mimi recordó que había obedecido hasta su menor orden, cómo entre los tres habían conquistado el Cielo y la Tierra para el Todopoderoso.

¡Qué gloriosos habían sido sus triunfos! ¡Qué bellos y resplandecientes todos, ascendiendo hacia el sol! ¿Cómo podían reprocharles que se regocijasen en su propia belleza y gloria? ¿Cómo podía nadie culparles por pensar que esa gloria les pertenecía?

Sin embargo, estaban allí varados por culpa de él; era culpa suya que estuvieran condenados a vivir su vida en la Tierra. El Paraíso no era más que un recuerdo desvaído, casi un mito inaccesible incluso para ellos, excluidos de la calidez y el amor del Todopoderoso. Si al menos…

Lo habían intentado. Habían cambiado de bando en el último momento, escogiendo a ese patán de Miguel en lugar de a su general. Pero había sido muy tarde, incluso entonces, al comienzo del alba del mundo, cuando ella era aún joven…

—¡Libérala! —gritó Jack—. Ahora, víbora.

Mimi miró a su hermano, su gemelo. Nunca le había visto tan encolerizado, tan proclive a la destrucción. En una ocasión habían luchado juntos en el bando de Lucifer, y desde entonces habían batallado contra él.

Jack saltó sobre la puerta con su espada llameante para derrotar a su enemigo y rescatar a su amada.

Sin el menor titubeo, Mimi le siguió al combate.

Sesenta y tres

Schuyler

Cuando Schuyler vio a los gemelos Force, al principio no los reconoció. Brillaban tan cegadoramente como Lucifer y se asemejaban a él. Por un momento fue como si tres ángeles celestiales estuvieran ante ella, esplendorosos, incognoscibles y distantes como dioses. Schuyler no estaba segura de si estaban a punto de luchar contra Lucifer o de hacerle reverencias. Mimi, al menos, parecía extasiada. Entonces, Jack saltó al otro lado de la reja y Schuyler supo que sería una lucha a muerte.

En un abrir y cerrar de ojos, Lucifer adoptó la forma de un dragón de plata, exhalando un fuego carmesí. Jack se transformó también, adoptando la forma de Abbadon y blandiendo su tosco martillo.

El dragón de plata y la oscura y pesada bestia se lanzaron el uno sobre el otro, enzarzados en una feroz batalla, garra contra garra, fuego contra fuego. Rodaron y se golpearon, escupiendo veneno y odio. El dragón salió proyectado contra la puerta, pero en un instante tuvo a la bestia entre sus garras. La bestia logró librarse de la presa del dragón y le asestó un golpe con su arma.

A continuación, volvieron a ser humanos: un príncipe de blanco contra un caballero negro, sus espadas inundando la oscuridad con chispas. Jack, golpe por golpe, se convirtió en el igual de Lucifer, hasta que con un rápido y frenético ataque lo acorraló contra la puerta.

—¡Déjala ir! —ordenó Jack, su voz un rugido asesino.

—¿Por qué? ¿Acaso es tu amiguita? Se parece mucho a su madre, ¿no crees? Siempre tuviste esa estúpida debilidad por Allegra —Lucifer sonrió—. ¿Cuándo aprenderás, Abbadon? Las Hijas de la Luz no son para gente como tú.

—¡Hazlo!

—No —mientras hablaba, Lucifer se convirtió en una intangible niebla.

Antes de que Jack pudiera moverse, Leviatán reapareció, un demonio silencioso y encapuchado, con su resplandeciente espada negra. La misma que había dado muerte a Lawrence en Corcovado. La misma que hundió, rápida y silenciosamente, en la espalda de Jack.

Schuyler gritó al ver caer a Jack al suelo. Lucifer reapareció, y esta vez sus colmillos destellaron en la oscuridad, como cuchillos. Venía a por ella. La sumaría a su propia consciencia, para vivir un millón de vidas atrapada en la oscuridad de su alma corrompida.

Con un poderoso aleteo, algo se interpuso entre ellos, algo que chillaba como un espíritu aullador, y el demonio soltó su presa.

Schuyler estaba a salvo.

Sesenta y cuatro

Mimi

Mimi desató los plenos poderes de su transformación. Podía sentir cómo brotaban sus alas, cómo sus cuernos crecían enroscándose sobre su frente. Aquella era su verdadera forma: el oscuro y terrible Azrael, el Ángel de la Muerte. El Apocalipsis, el heraldo de Hades, del horror y la ruina. Todo eso abarcaba dentro de su alma y su ser.

Con todas sus fuerzas se lanzó contra la Estrella de la Mañana, inmovilizándole contra la roca negra, pero sus garras no encontraron oposición. No tenía más que un montón de polvo entre las manos. No iba a ser tan fácil vencer a Lucifer, pero Schuyler estaba libre. *Te debía una, Schuyler Van Alen.* Ahora estamos en paz, pensó Mimi.

—No ha estado mal, Force.

Se volvió.

Detrás de la puerta, Kingsley y Leviatán se hallaban en una situación sin solución. La lanza del demonio apuntaba al cuello de Kingsley y la espada de éste iba dirigida al corazón del demonio. Mimi comprobó que ninguno de los dos podía moverse ni un milímetro, pero si…

—Quédate donde estás, Force —dijo Kingsley, su hermoso rostro vuelto hacia ella tras los barrotes—. No te acerques más.

—¿Por qué? ¿Qué piensas hacer? —gritó Mimi, aunque ya lo sabía.

Vio el aura blanca que empezó a rodearle. Estaba invocando una *subvertio*, generando un agujero blanco de muerte.

—Voy a destruir el camino —dijo Kingsley—. No hay otra salida.

—No lo hagas —Mimi negó con la cabeza, sus ojos brillantes.

Kingsley la miró con dulzura.

—No llores por mí, Azrael. No desperdicies tus lágrimas. Tú tomaste una decisión y esta es la mía. Al parecer, el sacrificio es mi destino. No deja de ser gracioso en un tipo tan egoísta, ¿no crees? Me consideraban débil, pero quizá la debilidad sea un tipo de fuerza.

Mimi apretó la cara contra los barrotes, acercándose a él todo lo posible.

No podía soportar la idea de que desapareciera sin saber que había pensado abandonar a Jack para irse con él. Había decidido olvidar su vinculación y arriesgarse. *No puedo*, había estado a punto de decir. *No puedo hacer esto. Me voy contigo.*

—Kingsley, yo…

Kingsley le dirigió su sonrisa de gato de Cheshire. Y sin una palabra más, invocó la oscuridad blanca –la *subvertio*– un encantamiento irreversible, que destruía lo que no podía ser destruido.

Se produjo un profundo retumbar, una agitación como la del más potente de los terremotos, y el sendero empezó a fundirse. El demonio aulló, pero Kingsley no dejó de mirar a Mimi en ningún momento.

Azrael…

Desaparecieron en medio de un destello. El camino, la puerta, el demonio y el Sangre de Plata.

Kingsley había desaparecido. Estaba atrapado en el Infierno por toda la eternidad.

Mimi se derrumbó en el suelo, como si su corazón le hubiera reventado dentro del pecho.

Sesenta y cinco

Schuyler

Lo había logrado. Había conseguido retornar con Jack de la penumbra. Estaban de nuevo en la iglesia, tumbados a poca distancia el uno del otro. Ella tosió, escupiendo polvo negro tóxico. Estaba cubierta de hollín, como un deshollinador. Se preguntó si formaba parte de la apropiación o si sería producto de la niebla con la que los Sangre de Plata habían cubierto el templo durante el ataque.

—Jack... Jack... —susurró, gateando hasta él.

Sangraba por la herida de la espalda. La corrompida lanza del demonio contenía el fuego negro. Jack se estaba muriendo. Era *la* pesadilla que la había acosado durante meses... la misma desesperación la embargaba en ese instante. Le estaba perdiendo.

Le dio la vuelta para poder acunarle entre sus brazos. Sus lágrimas cayeron sobre las mejillas de él, que no podía oírla.

—Necesita la *Caerimonia*, Sangre Roja —dijo una voz desde el otro extremo de la iglesia—. Es veneno para los Croatans y expulsará el fuego. Tenemos que encontrar a un humano.

Mimi Force lucía de nuevo su vestido ceremonial pero, al igual que Schuyler, estaba cubierta de hollín negro. Tenía la cara llena de cardenales y los ojos rojos.

—Lo sé, funcionará. Me lo contó Kingsley —dijo Mimi.

Quiso salir en busca de un humano que pudiera salvar a su hermano, pero no había tiempo. Ni siquiera para usar la Llamada. Entonces, Schuyler cayó en la cuenta.

—Yo soy humana —dijo—. Soy mestiza.

La mitad de ella era vampiro, la otra mitad era mortal y débil, pero estaba llena de vibrante vitalidad, de esa vida que los vampiros tanto necesitaban para sobrevivir. Era esa mitad, ese lado de ella, lo que salvaría a su amado.

—Jack, escúchame —susurró, inclinándose sobre él—. Escúchame, tienes que beber… tienes que beber mi sangre.

Jack abrió los ojos lentamente y se quedó mirándola fijamente.

—¿Estás segura? —susurró.

—Sí, debes hacerlo. No hay otro modo.

Schuyler sabía que Mimi no mentía. En cierto modo, tenía sentido que algo tan delicado pudiera dar tanta vida. Eso era exactamente lo que hacía la sangre, aportar vida.

—Pero podría hacerte daño… Es demasiado arriesgado. La Corrupción… Podría sentirme tentado a… —jadeó Jack.

Tomar la sangre de un compañero vampiro iba contra al Código. Era lo que los Sangre de Plata hacían a sus víctimas. Si Jack perdía el control, los dos quedarían condenados.

—Confío en ti —dijo Schuyler, inclinándose mientras él se incorporaba a duras penas y la rodeaba el cuello con un brazo.

—No quiero hacerte daño —susurró. Sus colmillos, afilados y blancos, eran tan peligrosos como una navaja de afeitar.

—Por favor, Jack —rogó Schuyler. Cerró los ojos—. ¡Hazlo ya!

Como respuesta, Jack hundió los colmillos en la base de su cuello. Schuyler se mordió el labio ante la súbita intrusión. No había esperado que doliera tanto. ¿Era esto lo que experimentaban los humanos? ¿Aquella vertiginosa sensación de alteridad, de dulce alivio y dolor exquisito, mientras un vampiro le arrebataba la fuerza vital? Nunca se había sentido tan próxima a Jack. Era como si él tocara hasta su última fibra, como si sus almas se fundieran en el intercambio de sangre, como si destapara hasta su secreto más recóndito, como si conociera hasta el último rincón de su cuerpo… saboreándola y regocijándose en ella.

Empezó a perder el conocimiento.

Siniestro y adorable y precioso… tan dulce… tan dulce… tan dulce…

Sesenta y seis

Bliss

El Visitante había vuelto. Parecía maníaco, histérico, ladraba órdenes que ella no comprendía. Bliss estaba atontada. El demonio la había dejado inconsciente de un golpe cuando había intentado ayudar a Schuyler, y ahora le latía la cabeza.

¡DESPIERTA, CRIATURA! ¡VETE! ¡ES TU OPORTUNIDAD!

Qué… ¿qué era lo que quería? ¿Qué estaba pasando? Miró a su alrededor. En medio del pasillo, Schuyler acunaba a Jack entre sus brazos, como una *Pietà*.

Se tambaleó hacia delante, agarrada aún a su ramo. ¿Qué estaba haciendo Schuyler con Jack Force? Se suponía que Jack estaba vinculado, pero Schuyler jamás había obedecido ninguna regla. Nunca había seguido el Código de los Vampiros. No le era aplicable. ¿Qué había dicho el Visitante que era? Egoísta. Insignificante. Una falsa amiga.

Bliss se sentía perdida y sola. Puede que el Visitante tuviera razón. Quizá él fuera la única persona en la que pudiera confiar de verdad. Su madre ni siquiera se había tomado la molestia de esperarla, de verla, de hablar con la hija que tanto la necesitaba. En cuanto a Dylan, bueno, quizá también fuera un falsario. ¿Había desaparecido realmente? ¿Le estaban reteniendo? Había conseguido abrirse paso antes, ¿qué le detenía ahora?

No había nada que la retuviera a *ella*.

Tal vez el Visitante estaba en lo cierto. Ya no era capaz de pensar; no conseguía ver nada claro. Lo único que sabía era que estaba cansada de oír aquella voz en su cabeza. Estaba harta de luchar.

¡Hazlo!

¡HAZLO!

¡MÁTALA!

Tan cansada, tan cansada de resistirse y de ser buena... Quizá, si hacía lo que él quería, dejaría de torturarla, alcanzaría por fin la paz...

Bliss se desplazó hasta donde estaba sentada Schuyler y sacó la esquirla de cristal de su bouquet.

Sesenta y siete

Schuyler

—Te pondrás bien —murmuró Schuyler.

Jack yacía dormido en sus brazos. Podía *sentirlo*. Su sangre le salvaría. Era lo único que podía salvarle. Llevaría de nuevo la vida a su cuerpo y combatiría el fuego negro de la lanza de Leviatán.

Miró a su alrededor, la iglesia estaba vacía. Mimi no había regresado todavía. La que había sido su némesis parecía destrozada y perdida. Algo había pasado allí abajo, en lo más hondo de la penumbra.

Schuyler abrazó aún más fuerte a Jack. Entonces, oyó pasos. Alguien se acercó y se cernió sobre ella.

—Bliss, ¿qué estás haciendo? —gritó Schuyler.

Su amiga parecía una bruja, con su pelo rojo ensortijado y su vestido negro desgarrado. En la mano, blandía algo brillante y ominoso.

—Lo siento, Schuyler. Lo siento mucho —sollozó Bliss.

Schuyler apartó a Jack para ponerlo a salvo. Se puso en pie y le cubrió, protectora.

—Bliss, baja ese cuchillo.

—No puedo... Tengo que hacerlo —gimoteó Bliss—. Lo siento, pero tengo que hacerlo.

—¿Qué quieres decir? ¿Qué está pasando? ¿Qué te sucede?

—Mi padre... está dentro de mi cabeza. Me dice cosas. Dice que si no lo hago no volveré a ver a Dylan.

—¿Tu padre? —preguntó Schuyler.

En realidad, ya conocía la respuesta a su pregunta. ¿Qué le había contado una vez Cordelia? *Tememos que una de nuestras familias más antiguas esté dando cobijo al Príncipe de la Oscuridad. No sabemos cómo, ni quién, pero sospechamos que el traidor ocupa el nivel más elevado del Cónclave.* Bliss Llewellyn era la Sangre de Plata. Bliss llevaba a Lucifer en su interior. Schuyler recordó otra cosa que le había dicho Lawrence: *Tu hermana será nuestra muerte.* Bliss era su hermana oculta. Bliss había nacido para matarla.

—No, Bliss, no tienes que... puedo ayudarte. Podemos hacer algo al respecto. No tienes que hacer lo que él te diga.

Bliss no respondió. En su lugar, se abalanzó sobre Schuyler, que la esquivó justo a tiempo. Bliss agarró el borde de la falda de Schuyler y la arrastró al suelo. Schuyler notó cómo la hoja avanzaba poco a poco hacia su pecho. Era el fin... Jack había arriesgado su vida por ella y ella había arriesgado la suya por él... todo para nada. ¿Cómo era posible que no lo hubiera descubierto?

—¡Bliss! ¡Por favor! —sollozó Schuyler—. ¡No!

Bliss mantuvo la hoja sobre el corazón de Schuyler, a dos centímetros de su pecho, pero en el último momento titubeó.

—¡Lo siento mucho! ¡Lo siento mucho! —lloró Bliss soltando a su amiga, el rostro anegado en lágrimas.

—Bliss, detente, ¿qué estás haciendo? —gritó Schuyler—. ¡No!

Con un poderoso impulso, Bliss se clavó la hoja del arcángel en lo más hondo del corazón, rompiendo el cristal en un millón de pedazos y poniendo fin a su vida.

Sesenta y ocho

Mimi

El Cónclave se había levantado en armas. Forsyth Llewellyn había desaparecido. ¿Secuestrado por los Croatans? ¿O era él mismo uno de ellos? Nadie sabía en quién podrían confiar en adelante. Mimi se preguntó por qué había estado tan interesado en su vinculación. ¿Era por el bien del Cónclave o por alguna otra razón? ¿Conocía lo que se ocultaba bajo la iglesia? El Cónclave era un caos. Era el fin de todo. ¡Sangres de Plata en el templo! ¡En una vinculación! Era una locura. Inexcusable. Habría que reunirse para discutir lo que debían hacer. Nuevas asambleas y una investigación en condiciones. Mimi comprendió que el Cónclave los necesitaba, a Jack y a ella más que nunca. Incluso más que ayer.

La iglesia había sobrevivido al ataque, a excepción de un polvo negro e impalpable que cubría hasta la última superficie. Cuando cruzó sus puertas la mañana siguiente se alegró, en cierto modo, de que ella y Jack estuvieran solos para la ceremonia esta vez. Porque su vinculación no era sólo algo que les afectara a ellos dos, sino que afectaba también a la supervivencia de su gente. Era su obligación.

Llevaba una sencilla camiseta y vaqueros. En esta ocasión, no habría fotógrafos de sociedad ni distinguidos invitados. Sería exactamente como en los primeros días en Roma. No habría testigos de su vinculación, pero no los necesitaban. Lo único que tenían que hacer era decirse las palabras el uno al otro.

Era su destino y su camino.

Avanzó hasta el altar y encendió un cirio. Jack no tardaría. Habían compartido un taxi hasta la iglesia, pero él le había pedido que esperara dentro mientras respondía a una llamada.

A medida que pasaban los minutos y Jack seguía sin entrar, Mimi lo comprendió. *Nunca* entraría por aquella puerta. La había engañado de nuevo. No era digno de ella. Jamás lo sería.

No como… No pudo decir su nombre en voz alta. *Kingsley*. Todo lo que pudo ser inundó como un relámpago la mente de Mimi: los dos dando caza juntos a los Sangre de Plata… una vida de peligros y aventuras… una oportunidad de volver a ser ella misma.

Su teléfono vibró. Era un mensaje de texto de su hermano. Constaba de dos palabras:

LO SIENTO

Mimi apagó la llama de un soplido. Ya no hacía falta. Había acertado. Jack la había abandonado para irse con la mestiza. No respetaría su vínculo celestial. No pensaba cumplir con su deber. Ella había sacrificado su amor, pero él se negaba a sacrificar el suyo. Había lanzado su suerte al viento, tentando al destino y a la muerte, rebelándose contra las leyes del cielo y las de su vínculo de sangre.

No se lo perdonaría. Ella habría podido marcharse con Kingsley a París cuando se lo había pedido. También habría podido optar por la felicidad, pero no lo había hecho. Había tomado su decisión demasiado tarde.

Y ahora estaba sola.

El Código de los Vampiros decretaba que todo aquel que violara la Ley Sagrada quedaba condenado a muerte, a que su sangre ardiera. Charles se había negado a aplicar la sentencia a Allegra, pero Mimi era de otra pasta.

Salió de la iglesia, consciente de que si volvía a ver a Jack tendría que matarlo.

Sesenta y nueve

Bliss

El día siguiente a la vinculación de Mimi, Bliss despertó en una cómoda cama bajo un edredón de patchwork. Frente a ella había una mujer de aspecto corriente con mejillas sonrosadas y una expresión interrogadora, vestida con un suéter de cachemira gastado y una falda de lana.

—¿Señorita Murray? —preguntó Bliss. ¿Qué pintaba su profesora de Historia sentada delante de ella?

—Has pasado malos momentos, querida. Tómatelo con calma; no hagas esfuerzos.

La habitación era pequeña y acogedora. Bliss se dio cuenta de que constituía todo el apartamento. Nunca había estado en un espacio tan pequeño. Era prácticamente del tamaño de un armario. Había sitio para una cama, una cocina y nada más. Si Bliss hubiera querido hacer algún esfuerzo habría podido preparar la cena tumbada en la cama. Pero aunque fuera minúsculo, el lugar era cálido y confortable.

—¿Qué hago aquí? ¿Qué ha pasado? ¿Dónde...?

—Shhh —dijo la señorita Murray, llevándose un dedo a los labios—. Tienes que descansar. Ella no tardará en llegar. Quiere hablar contigo.

—¿Quién...?

Una mujer se materializó ante ella. Tenía el cabello claro y los ojos azules, e iba vestida con una ropa que resplandecía con una luz pura y blanca. En cuanto Bliss la vio, supo quién era.

—¿Allegra? —jadcó . Eres tú, ¿verdad? ¿Dónde estoy? ¿Estoy muerta?

Allegra Van Alen sonrió serena. Parecía mucho más vieja de como la recordaba Bliss en el hospital. La mujer de la cama parecía estar suspendida en el tiempo, pero la Allegra que permanecía en pie ante ella tenía arrugas en la cara y las manos. Había cabellos grises en su pelo rubio, aunque seguía siendo muy bella. Verla hizo que a Bliss le entraran ganas de llorar.

—Ven —dijo Allegra, tendiéndole los brazos—. Ven aquí, hija mía.

—Así que es cierto —susurró Bliss—. Soy tu hija.

—Siento no haber estado contigo, pero tu existencia me había sido ocultada —respondió ella, y la tristeza que impregnaba su voz era innegable.

—¿Cómo? ¿Por qué?

—Viniste a visitarme no hace mucho.

—Sí —Bliss asintió. Recordó aquella visita a hurtadillas al hospital, cuando Allegra yacía aún inmóvil en su cama.

—Cuando llegaste, sentí una presencia que no había percibido desde hacía mucho tiempo. Tuve mucho miedo y me inundó la ira. Grité. Creo que me oyó todo el hospital. Ahora entiendo que Charles y Lawrence hicieron lo que creían que debían. Lo hicieron por amor, y a veces el amor nos hace hacer cosas irracionales… inexcusables. No sé si les perdonaré jamás lo que intentaron hacer contigo —dijo Allegra con voz apagada.

Bliss apretó los puños sobre el edredón. Tenía una madre, pero se la habían robado.

—Así que Lucifer no me mintió —dijo con voz inexpresiva. En su interior, todo era conflicto y agonía.

—No, no lo hizo. Eres nuestra.

—Pero cómo.., cómo… Tú estabas vinculada a Miguel.

Allegra asintió.

—Sí, es una historia larga y dolorosa. Pero has de saber que te hicimos juntos, por amor.

—¿Dónde estás? ¿Estás realmente aquí?

—Estoy dentro de ti. No había localizado el vínculo hasta hoy. Como le dije a tu hermana, siempre estaré contigo.

—Vale —Bliss parpadeó para no llorar.

—¿Notas algo diferente en ti? —preguntó Allegra.

—¿Cómo qué?

No tenía ni idea de qué estaba hablando Allegra, hasta que se paró a pensarlo. Había silencio. Estaba sola dentro de su cuerpo. Habían desaparecido las voces. El peso –toda aquella multitud de voces en su interior– había desaparecido. Y, lo más importante, tampoco estaba el Visitante.

—La espada de Miguel rompió tu vínculo de sangre con Lucifer. Tu padre te estaba utilizando para atravesar la frontera que le mantenía en el inframundo.

—Así que no estoy muerta, pero mi padre está muerto en mí. —Bliss notó un enorme alivio. Había recuperado su vida. Lo había hecho, había conseguido matarse, como ella y Dylan sabían que tendría que hacer. Lo había logrado...

Y entonces, como conjurado por el aire, apareció Dylan junto a Allegra.

—Estoy orgulloso de ti, Bliss —dijo—. La espada de Miguel liberó a las almas atrapadas en tu sangre. Las liberaste. Me liberaste.

—Pero no te volveré a ver, ¿verdad?

Dylan sonrió.

—No es probable, pero yo nunca digo nunca jamás.

—Ojalá no te marcharas. Te voy a echar tanto de menos —dijo Bliss.

—Yo también te echaré de menos.

Dylan alzó la mano y Bliss hizo otro tanto. Esta vez, en vez de tocar aire, sintió que una cálida mano agarraba la de ella, fría. Miró a Allegra. De algún modo, supo que su madre había hecho que aquello ocurriera. Dylan se inclinó y Bliss pudo sentir cómo sus labios, suaves e invitadores, la besaban.

En ese instante, Dylan desapareció, pero Bliss no se sintió angustiada. Estaba en paz. Dylan había dejado de estar roto e incompleto. Había vuelto a ser él.

—Estás curada —asintió Allegra—. Ya no eres una Sangre de Plata, pero has dejado de ser un vampiro.

Bliss dio un respingo. Ya no era un vampiro... ¿Qué significaba eso? ¿Quería decir que era simplemente humana?

Escúchame con atención. Bliss escuchó la voz de Allegra dentro de su cabeza, como si estuviera hablando directamente a su mente. *Hace mucho tiempo, cuando el mundo era joven y los caminos entre el cielo y la tierra estaban aún abiertos, Lucifer hizo salir del suelo a las bestias, los Sabuesos del Infierno. Pero su alianza con los Sangre de Plata duró poco. Los lobos son luchadores diabólicos. Se pusieron de parte de los Sangre Azul durante la crisis, pero a lo largo de los siglos los perdimos de vista. Has de encontrarlos. Los Sangre Azul los necesitarán para la batalla final contra los Sangre de Plata. Encuentra a los lobos. Dómalos. Tráelos de vuelta al redil.*

Pero, ¿por dónde he de empezar?

No estás sola. Tendrás a alguien que te ayude en tu tarea. Alguien que te quiere y cuidará de ti, dado que yo no puedo hacerlo.

Bliss comprendió. La señorita Murray estaba en pie junto a Allegra, y ya no parecía una maestra de Historia con mejillas de manzana. Por el contrario, sus ojos eran grises y severos... Bliss jadeó.

¿Jordan?

En tiempos me conociste por ese nombre. Su maestra asintió con la cabeza. *Pero mi verdadero nombre es...*

Sophia.

Exacto. Buena chica. La señorita Murray sonrió de oreja a oreja.

¿Es así como debo llamarla?

Creo que, de momento, bastará con señorita Murray. Aunque, si lo prefieres, puedes llamarme tía Jane.

La espada de Miguel. ¿Fuiste tú quien la metió en el ramo de flores?, preguntó Bliss.

Su profesora no lo negó. *Sabía que la utilizarías del modo correcto. Tenía fe en ti.*

Pero yo ya no soy un vampiro… ¿Cómo voy a hacer nada? La idea de ser humana la asustaba. Vivir sin las increíbles habilidades conferidas por la sangre inmortal… ser tan frágil y tan débil… y tan absolutamente falta de poder.

Haz tanto como puedas. Eso es todo lo que te pido, le dijo su madre.

—¿Dónde vas? —preguntó Bliss, esta vez usando su voz.

—A algún lugar donde nadie pueda seguirme. Pero no desesperes. No veremos de nuevo, Bliss Llewellyn.

—Allegra, antes de irte… ¿puedes decirme… cómo me llamo? Quiero decir que Mimi es Azrael, y Jack es Abbadon. Pero yo no sé cuál es mi verdadero nombre. Nunca lo he sabido. ¿Tengo alguno? —preguntó Bliss.

—Los nombres se forjan en el Cielo. Tu padre te llamó Azazel, La Pequeña Oscura, pero yo te llamaré Lupus Theliel, Ángel del Amor, mi Luparia.

Setenta

Schuyler

Durante el recorrido hasta el aeropuerto JFK, Schuyler se mantuvo encerrada en sí misma. Estaba exhausta por los acontecimientos del día anterior, pero no había tiempo para descansar. Los documentos que había encontrado Oliver, con los que se había mostrado tan excitado, eran un pequeño paquete de libros de notas que había descubierto en los ficheros de Christopher Anderson, el Conducto de Lawrence.

Cincuenta y cinco cuadernos, que detallaban todo lo que su abuelo había descubierto en relación con el Legado Van Alen y todas las posibles pistas. Los guardianes de la tercera puerta, la de la Promesa, probablemente seguirían en Florencia, que era la ciudad a la que se dirigían.

La noche anterior, al llegar a su apartamento, Oliver la estaba esperando. A él le llevó un rato aceptar el hecho de que seguía viva y estaba en pie ante él. Estaba convencido de que la había perdido para siempre. Se abrazaron con fuerza, pero Schuyler seguía turbada y confusa sobre todo lo ocurrido con Jack como para prestarle a Oliver demasiada atención.

Le escuchó mientras la ponía al corriente de lo que les había pasado a los demás durante el ataque y sus secuelas. La mayoría de los Sangre Azul habían corrido a esconderse en la Torre Force, como había ordenado el Cónclave. Todos habían salido indemnes.

Pero, ¿durante cuánto tiempo?

El taxi se detuvo delante de la terminal y Oliver sacó el equipaje. Él también había permanecido en silencio durante el viaje. Ahora, miraba a Schuyler con tal intensidad que se diría que intentaba memorizar su cara.

—¿Qué pasa? —preguntó Schuyler—. ¿Tengo algo entre los dientes? ¿Por qué me miras de ese modo?

—No voy a ir a Florencia —dijo Oliver cuando el taxi se alejó.

—¿Qué quieres decir con eso de que no vienes a Florencia? —quiso saber Schuyler.

En ese instante, Jack Force se acercaba andando a la terminal. La víspera, Mimi había vuelto a la iglesia y se había llevado consigo a su hermano. Jack se encontraba aún demasiado débil para hablar cuando Schuyler los acompañó hasta un taxi y los vio alejarse. A juzgar por el modo posesivo en que Mimi aferraba a Jack, Schuyler supo que no tendrían oportunidad de decir las cosas que habrían querido decirse.

A su regreso al templo, no quedaba ni rastro de la Mimi perdida y destrozada. Schuyler comprendió que la lucha por el corazón de Jack distaba mucho de estar resuelta.

Quizá lo de ella y Jack era imposible, y ambos tendrían que aceptarlo sin más. Bastaba con saber que lo habían arriesgado todo el uno por el otro. Quizá el recuerdo de su amor fuera todo lo que les estaba permitido. No lo sabía. Lo único que sabía es que tenía mucho que hacer. Y si eso implicaba abandonar a Jack, no podía hacer otra cosa. Debía cumplir con su legado.

Sin embargo, cuando le vio y se miraron supo que no sería capaz de dejarle. Se había recuperado bien. Parecía cansado, pero lo mismo podía decirse de ella. Les habían pasado muchas cosas en las últimas veinticuatro horas.

Mi amor, estás aquí, envió ella.

No podría estar en ningún otro sitio.

—Vine en cuanto recibí tu mensaje —le dijo Jack a Oliver.

Oliver le tendió su propia mochila.

—Vuestro vuelo sale dentro de poco. Os sugiero que entréis ya. La seguridad es un latazo últimamente, en especial en los vuelos internacionales.

—¿Tú le llamaste, Oliver? ¿Qué está ocurriendo? —preguntó Schuyler.

—Le pedí a Jack que se reuniera aquí con nosotros. Le dije que te ibas a Florencia y le pedí que te acompañara.

—¡Oliver!

—Sky… basta —dijo Oliver—. Y no me interrumpas, porque tengo que decir esto. Sé que tú nunca me dejarías, lo sé. Sé que eres incapaz de tomar una decisión, así que la he tomado yo por ti. Debes irte con él.

A Schuyler se le llenaron los ojos de lágrimas.

—Ollie…

—Como no eres capaz de escoger entre nosotros, escogí yo en tu nombre. Jack puede protegerte mucho mejor que yo. En mi vida me había sentido tan impotente como ayer, cuando Lcviatán sc apoderó de ti. Supe… supe que no podría ayudarte, no del modo en que él puede. —Oliver tragó saliva—. Prefiero que estés segura y a salvo…en lugar de conmigo.

—Oliver..

—Ahora márchate, antes de que cambie de opinión. Sabes que tengo razón. Siempre la tengo, Schuyler.

Él sólo la llamaba Schuyler cuando estaba serio o enfadado... o ambas cosas. Esto no le estaría resultando fácil. Para ella tampoco lo era escucharlo.

—Pero, ¿qué hay de ti? —preguntó—. Yo te marqué… —El Beso Sagrado implicaba que la añoraría siempre. No podía dejar que viviera el resto de su vida así.

—Estaré bien. Ya lo verás. No creo en el fatalismo. Y me llamarás de vez en cuando, ¿verdad? Todavía puedo ayudarte… desde aquí, o eso creo. Sabías que esto tenía que pasar. Puedo sentir que… es lo correcto… Y, como ya he dicho, jamás me equivoco. Oliver le puso los billetes en la mano a Jack.

Schuyler tiró de Oliver y lo abrazó con fuerza.

—Gracias —musitó. *Gracias por amarme tanto como para dejarme marchar.*

—No hay de qué —dijo Oliver. Sonrió, y ella supo que había oído lo que ella no había llegado a pronunciar. La conexión entre ellos –vampiro y conducto– se había establecido al fin.

—Adiós, Ollie —susurró Schuyler.

—Cuida de ella —dijo Oliver estrechándole la mano a Jack—. Hazlo por mí.

Jack asintió con la cabeza y estrechó vigorosamente la mano de Oliver.

—Siempre.

Oliver se despidió de ambos con una inclinación. Luego, se alejó caminando deprisa y saltó dentro del primer taxi que pudo encontrar. Schuyler le vio marchar con un dolor infinito... pero su corazón no se rompió. Serían amigos. Nunca dejarían de serlo. Ella le seguía amando.

A su lado, Jack le tendió la mano.

Schuyler se aferró a ella con fuerza. Nunca le soltaría, no en esta vida. Sabía lo que eso significaba. Iban a correr riesgos, a enfrentarse al vínculo, al Código, a todo lo que se interponía en su camino, con tal de estar juntos. Lo arriesgarían todo por su amor. Igual que su madre. Igual que Allegra.

Nadie escogería tu vida, le había dicho a su madre.

Se había equivocado.

Juntos, las manos unidas, los dos echaron a andar hacia la terminal.

EPÍLOGO

Saint-Tropez

En casa, Isabelle de Orleans resultaba tan intimidante como en el baile. La condesa los recibió en su villa de Saint-Tropez, en la terraza salpicada de sol, que daba al resplandeciente y azul Mediterráneo. Era su primer alto en el camino a Florencia. Había sido idea de Jack intentar lo que Schuyler no había conseguido hacía meses.

—Así que sois refugiados de la tribu de Miguel —dijo Isabelle con voz grave y cascada—. ¿Qué os hace suponer que os daré lo que pedís? ¿Por qué debería el Cónclave Europeo preocuparse siquiera por dos díscolos mocosos?

—Comprendemos su escepticismo, Excelencia… pero estamos desesperados. Sin la protección de los vampiros, no podremos llevar a término la trascendental tarea de Lawrence Van Alen —dijo Jack.

—Así que estáis en Europa para intentar completar su legado. —La condesa enarcó las cejas.

—Si, Excelencia —asintió Schuyler.

—¿Por qué no lo habéis mencionado antes? —quiso saber la condesa. Sus dos perritos falderos emitieron un ladrido.

Jack y Schuyler intercambiaron una mirada.

—Acepte nuestras excusas —dijo Jack.

—Os concederé acceso al Cónclave Europeo y os daré mi bendición. Mientras estéis dentro de nuestras fronteras, el Cónclave de Nueva York no podrá tocaros.

—Gracias, condesa. No sabe cuánto significa esto para nosotros —dijo Schuyler, la gratitud y el alivio patentes en su voz.

—Esta guerra se ha cobrado la vida de mi amigo de mayor confianza —refunfuñó la condesa.

Schuyler asintió con la cabeza. Había oído que el cuerpo del verdadero barón de Coubertin había aparecido flotando en el Sena pocas semanas después del ataque.

—Lamentamos lo ocurrido —dijo. Sabía lo que significaba perder un Conducto.

La condesa se encogió de hombros con tristeza.

—No sé si lo sabréis, pero siempre fui amiga de Lawrence y de Cordelia. Era a Charles a quien no podía soportar —la condesa suspiró—. Sé que tenía que castigar a mi hermano, pero el castigo me pareció innecesariamente draconiano. Sin duda, ha de haber algún modo de vivir juntos y en paz, sin necesidad de recurrir a medidas tan estrictas. En fin, no hay gran cosa que podamos hacer ahora al respecto, ¿no creéis?

—¿Su hermano, Excelencia? —preguntó Jack.

—Vamos, Valerius. ¿Tan pronto me has olvidado? —La condesa sonrió, con expresión repentinamente coqueta e insinuante. ¡Oh, con lo que peleamos las tres hermanas por ti cuando cumpliste la mayoría de edad! ¡Apuesto Valerius! Por supuesto, Agripina fue la ganadora, como siempre. Bueno, puede que esta vez no. —Le guiñó el ojo y dirigió la mirada a Schuyler—. Eres una chica afortunada, querida.

—¿Perdón? —dijo Jack.

—En Roma me conocisteis como Drusilla —les dijo la Condesa levantándose de su asiento—. Vamos, chicos. Creo que están sirviendo la comida. Y mi chef prepara una magnífica ensalada de tomate. Os quedaréis a comer, ¿no?

Árbol genealógico de la familia VAN ALEN

Cordelia Van Alen — (m) (b) — **Lawrence Van Alen**

Seraphiel
El Ángel del Canto
z Catherine Carver

Metraton
El Escriba Celestial
z John Carver

Steven Chase (m) **Allegra Van Alen**

(Sangre Roja)

Gabrielle
Gabriel, el Incorrupto
z Rose Standish

Schuyler Van Alen
Dimidium Cognatus
(Mestiza)

◸ = Vínculo roto
(m) = Matrimonio
(b) = Vínculo inmortal
z = Nombre conocido
en vidas anteriores

Charles (Van Alen) Force (m) **Trinity Burden Force**
Miguel, Puro de Corazón

z Myles Standish

Benjamin (Jack) Force —— (b) —— **Madeleine (Mimi) Force**

Abbadon
El Ángel de la Destrucción
z Valerius
z Louis D'Orleans
z William White

Azrael
El Ángel de la Muerte
z Agripina
z Elizabeth Lorraine–Lillebonne
z Susannah Fuller

Agradecimientos

Resulta muy divertido y gratificante escribir acerca de los Sangre Azul, pero no sería capaz de hacerlo sin la ayuda, el amor, el apoyo, la paciencia y la entrega de muchas personas. En primer lugar, he de agradecer a mi marido, Mike Johnston, que compartiésemos lecturas cuando éramos unos quinceañeros. Es mi nombre el que figura en la portada, aunque estas obras son de los dos en todos los sentidos imaginables. Y gracias a Mattie, por ser la luz de nuestra vida. Nada de esto tendría sentido sin vosotros dos, pero eso ya lo sabéis.

Doy las gracias a mi adorable editora, Jennifer Besser, por ser una forofa y jadear al teléfono sobre los capítulos de Bliss. ¡Yupi! Y mi agradecimiento a todos los de Hyperion: ¡adelante, equipo! Gracias a Jennifer Corcoran por su fabulosa publicidad; a Nellie Kurtzman y Ann Dye por los asombrosos planes de comercialización; a Elizabeth Clark por sus fabulosas portadas; a Jonathan Yaged por su fe en mí; a Simon Tasker y Dave Epstein, responsables del ejército de ventas (¡una fuerza digna de ser vista!). Gracias a mi agente, Richard Abate, por mantenerme centrada, por su apoyo más allá de llevarme de la mano. Gracias a Elizabeth Yates, Melissa Myers y Richie Kern de Endeavor, y a Kate Lee y Larissa Silva de ICM.

Gracias a mi madre, a quien está dedicado este libro, en especial por decirme: «¡Los libros son tan emocionantes que se me olvidó que los habías escrito tú!» ¡ESO sí que es un halago materno! Gracias también al resto de mi maravillosa, fabulosa e infinitamente estimulante familia por su apoyo: a papá, Aina, Steve, Nicholas, Joseph, Chit, Christina (que en su mayoría se encargan de la promoción/web/correo de admiradores con mucho humor y buenas ideas). También a mamá J, papá J y a todos los Johnston. Un agradecimiento así de grande para Tita Odette, Isabelle y Christina Caisano. (¡Hala, ya se lo puedes enseñar a todos tus amigos, Tina!)

Gracias a mi mejor amiga desde siempre, Jennie Kim, a la que le gusta que le mencionen en estas cosas. (Jennie, tú también puedes enseñar esto para presumir. Je, je.) Y gracias a mis chicos de Nueva York y Los Angeles: Katie Davis, Tina Hay, Tom Dolby y Drew Frist, Gabe Sandoval, Tristan Aschby y Jeff Chu, Tyler Rollins y Jason Lundy, Andy Goffe y Jeff Levin, Peter Edmonston y Mark Hidgen, Kate y Harold Hope, y el fantástico Kim DeMarco.

También debo agradecer a la difunta Jean Murphy, que daba clases de Historia e Historia del Arte en el convento del Sagrado Corazón, que hiciese revivir el mundo de la antigua Roma en un aula polvorienta. La señorita Murphy siempre decía que era el mejor culebrón de la historia. Sé que está allá arriba con los grandes.

Por encima de todo me gustaría dar las gracias a los seguidores de los Sangre Azul, el grupo más asombroso, entusiasta, inteligente y fastuoso de personas que jamás haya conocido. (¡Lo digo en serio: siempre me flipa ver lo listos y brillantes que sois todos y todas!) Gracias por incorporar a vuestras vidas mi relato de los vampiros reencarnados. Gracias por seguirme la pista en ese viaje. ¡Espero veros a todos en la próxima parada!